GOLDMANN

Buch

Haithabu, die Wikingerstadt an der Schlei, erlebt im Jahr 925 ihre Blütezeit, ist Drehscheibe des Handels in der Ostsee. Folke, der junge Bootsbauer, erlebt seine erste Liebe, er hat nur noch Augen für die schöne Tordis.

Doch da bricht wie eine Strafe der Götter Unheil über die Stadt herein: Ein Schiff sinkt im Unwetter, und im Wald hängt ein Toter an einem Baum, am Arm den Thorshammer. Plötzlich wird es gefährlich, nachts durch die Straßen der Stadt zu gehen. Man munkelt von Schmugglergeschäften, von Verrat, von einer wertvollen Fracht, die mit dem Schiff in den Fluten versank. Und wieder gibt es einen Toten. Wer zu viel weiß, bezahlt mit dem Leben. Folke wird durch seine Liebe zu Tordis in die Nachforschungen des Wikgrafen hineingezogen. Und bald weiß auch er zu viel …

Der Thorshammer, der erste Wikinger-Krimi von Kari Köster-Lösche, dem weitere folgen werden, ist zugleich spannender Krimi und präzise recherchierter historischer Roman, eine faszinierende Reise in die Welt der Wikinger.

Autorin

Kari Köster-Lösche, 1946 in Lübeck geboren, Tierärztin und Wikingerexpertin, hat selbst lange im schwedischen Uppsala, dem Zentrum der nordischen Kultur, gelebt. Bekannt wurde sie als Autorin mehrerer Sachbücher und historischer Romane. Sie gilt als »Erfinderin des Wikinger-Krimis«.

Kari Köster-Lösche

Der Thorshammer

Ein Wikinger-Krimi

GOLDMANN VERLAG

Umwelthinweis:
Alle bedruckten Materialien dieses Taschenbuches
sind chlorfrei und umweltschonend.
Das Papier enthält Recycling-Anteile.

Der Goldmann Verlag
ist ein Unternehmen der Verlagsgruppe Bertelsmann

Taschenbuchausgabe mit freundlicher Genehmigung
des Ehrenwirth Verlags

Umschlaggestaltung: Design Team München
Umschlagfoto: Archiv für Kunst und Geschichte, Berlin
Druck: Elsnerdruck, Berlin
Verlagsnummer: 42250
Ge · Herstellung: Heidrun Nawrot
Made in Germany
ISBN 3-442-42250-7

3 5 7 9 10 8 6 4 2

Inhalt

Letzte Woche im Schlangenmonat

Erste Woche im Erntemonat

Zweite Woche im Erntemonat

Letzte Woche im Schlangenmonat

1 Sonnentag in Haithabu

Es war ein glutheißer Abend in den letzten Tagen des Schlangenmonats im Jahr 925. Die Arbeit in der Bootsbauerei ruhte längst, und auch die Buden der anderen Handwerker lagen still und leer am Ufersaum. In der Stadt stiegen schmale Rauchfahnen aus jedem der unzähligen Häuser und Höfe, Zeichen dafür, daß die Menschen nun nach einem langen arbeitsreichen Tag um das Herdfeuer versammelt waren. Vereinzelte Stimmen wurden hinter den Bretterumzäunungen der Häuser laut; mancher der Kaufleute, die von weit her in dieses Grenzgebiet zwischen Nordleuten und Franken gekommen waren, mochte unerwartet einem Freund wiederbegegnet sein und das Ereignis tüchtig begießen. Im allgemeinen aber waren die Menschen hier in Haithabu an der Schlei nüchtern und ruhig, denn wer im Handel tätig ist, muß einen kühlen Kopf bewahren.

Folke, der siebzehnjährige Gehilfe, gleichzeitig Neffe des Schiffbaumeisters Thorbjörn, trat durch die Pforte auf den bohlenbelegten Weg und sah sich um. In Richtung auf den Wall, der die Stadt umschloß, war alles ruhig, aber am Hafen schien einiges los zu sein. Er setzte sich in Bewegung, immer abwärts am Bach entlang.

Er wollte den heute erst gestreckten Kiel des neuen Langbootes noch einmal ganz in Ruhe und ganz allein in der Bootsbauerei betrachten – es war sein erstes Schiff und sein erster Kiel, und beide flößten ihm beinahe Ehrfurcht ein. Still und verschlossen, wie er war, mochte er seine Freude in Gesellschaft nicht laut äußern. Außerdem hatte er sich in der Gegenwart der Männer, für die die Kiellegung ein Alltagsgeschäft war, nicht blamieren wollen.

Wegen der Hitze war er nur mit einer dünnen Sommertunika und leichten Schuhen bekleidet; wäre es nach ihm gegangen – er wäre barfuß gelaufen, aber Hild, die Frau seines Oheims, die dem Haushalt vorstand, duldete das nicht. Folke grinste in sich hinein. Zu gut hatte er noch im Ohr, wie sie ihm gleich nach seiner Ankunft zu verstehen gegeben hatte, daß man zu der Oberschicht von Haithabu gehöre: »Hier nicht«, hatte sie mit einem Blick auf seine nackten Füße spitz bemerkt, und allein aus der Betonung der Worte hatte er sofort gewußt, daß sie auf den Bärenhof seines Vaters Björn anspielte. Als ob er nicht durch seine Mutter Aasa eine sehr sorgfältige Erziehung genossen hätte! Allerdings mußte er einräumen, daß seine Kenntnisse der bekanntesten Heldengesänge ihr wichtiger gewesen waren als die Überprüfung seines Schuhwerks.
Folke eilte die schmale Gasse entlang zum Hafen. Lang und schlaksig war er und wuchs immer noch; im Gehen schienen sich seine Knochen aneinander zu stoßen wie seine Zunge an allzu vielen Worten; aber im Laufen waren seine Bewegungen elegant wie die eines jungen Hirsches. Ohne innezuhalten, lauschte er. Seine leisen Schritte wurden von gleichmäßigem Pferdegetrappel übertönt: eine Patrouille des Wikgrafen.
Seit der schwedische König Knuba über Haithabu herrschte, gab es um das Grenzgebiet zwischen dem Deutschen Reich und dem Wikingerreich noch mehr Streit als vorher, und Haithabu war nun mal die südlichste Stadt der Wikinger. Seit anderthalb Jahrhunderten Drehscheibe für den Handelsverkehr zwischen Norden und Süden, zwischen Westen und Osten, gab es manchen Herrscher, der ein Auge auf die blühende Stadt geworfen hatte: mit neuerbauten Befestigungsanlagen, mit dem besten Hafen der südlichen Ostsee, mit der kürzesten Verbindung von

Ostsee zur Nordsee überhaupt, mit einer königlichen Münzwerkstätte und einer rührigen Kaufmannschaft, war sie ein Leckerbissen für jedermann. Ja, es gab vielerlei Gründe, wachsam zu sein, und die meisten jungen Männer der Stadt besannen sich auf die Tugenden ihrer Väter und übten vor den Wällen mit dem Speer und der kurzen Axt fleißiger als noch vor einigen Jahren.

Die Straße endete am großen Speicher an der Bucht. Wie üblich während des hellen nordischen Sommers, wurden auch jetzt noch Schiffe beladen, die am nächsten Morgen in See stechen sollten. Folke wandte seinen Kopf der leichten Brise entgegen, die vom Wasser kam, und sog den salzigen Duft ein. Während seine Nase die toten Schollen und die vom letzten Sturm in den Hafen geworfenen Algen unterschied, nahm er mit den Augen wahr, daß die friesische Witwe noch laden ließ, ebenso der russische Kaufmann, der schon das dritte Jahr hintereinander nach Haithabu kam. Auch das größte ortsansässige Handelshaus kannte noch keine Nachtruhe: Kaufmann Högni, ein alter Erbfeind von Folkes Familie. Ihm gehörte das stattlichste der Schiffe, die ihren Heimathafen hier hatten.

Folke gab sich keine Mühe, sich zu verbergen. In der Stadt mußten Högnis Männer ihn in Ruhe lassen. König Knubas Vogt bewahrte den Marktfrieden zuverlässig, notfalls mit dem Schwert, und das wußte jeder, der sich hier aufhielt, ob Schwede, Norweger, Sachse, Franke oder Friese.

Drei Sklaven und einer von Högnis Gefolgsmännern hoben einen Kasten vom Transportwagen, der in eine Decke eingehüllt war. Als sie den Behälter über die Laderampe ins Boot schleppten, schwankte es wie ein Stückchen Kiefernborke im Tümpel, und das Wasser klatschte laut

zwischen der geklinkerten Bordwand und der Spundwand des Anlegers.
Der junge Bootsbauer trat neugierig an das Kauffahrtschiff heran, das schnell wieder breit und behäbig wie zuvor im Wasser lag.
Die zwei älteren Sklaven setzten den Kasten neben dem Mast ab. Schweigsam und unscheinbar von Gestalt, waren sie für einen Wikinger in ihrer grauen Wollkleidung genauso unsichtbar wie die Götter Odin und Thor, und sie waren es gewohnt, unbeachtet zu bleiben. Einer von ihnen mühte sich ungeschickt mit einem langen Seil ab, das er mitgebracht hatte. Der dritte, der Jüngste von ihnen, nahm ihm das Tau ab und schoß es wie ein Seemann auf. Als er das Ende mit einem Palstek am Mastfuß belegte, war Folkes Neugier geweckt.
Der Sklave richtete sich auf, und ein kleines Kreuz glänzte auf seiner nackten Brust in der warmen Abendsonne auf. Mit seinem sonnenverbrannten klaren Gesicht unter hellbraunen Haaren sah er aus wie ein beliebiger junger Mann in der Stadt – er schien alles andere als ein Sklave zu sein. Für einen Moment lang schaute Folke in hellblaue Augen, die ihn ohne Scheu und Zurückhaltung musterten. Aber bevor Folkes flüchtige Gedanken sich näher mit ihm befassen konnten, wurden sie von Högnis Mann abgelenkt.
»Was spionierst du hier herum?« fauchte der: Folke hatte in ihm längst Sote den Schweden erkannt. Sein roter Bart war der längste und borstigste, den es in der ganzen Stadt gab, da konnte kein russischer mithalten. Kürzer als sein Bart war seine Rede. »Hau ab!«
Folke zog überrascht seine Hände von der Bordwand zurück. Während er aus den Augenwinkeln wahrnahm, daß unter der Plattform des Steuermanns ein sorgfältig in Dekken eingehülltes Paket lag, das von dem älteren Sklaven

mit dem Fuß außer Sicht geschoben wurde, antwortete er stolz: »Du scheinst mich nicht zu kennen, Sote Rotbart. Ich bin Folke Björnssohn aus der Sippe der Bären. Mein Vater ist Husbjörn Granesohn, freier Bauer auf Bärenhof zu Missunde, meines Vaters Bruder ist Thorbjörn Granesohn, bekannter Schiffbauer in Haithabu. Wir Dänen haben hier keine geringeren Rechte als ihr Schweden. Es steht dir nicht zu, mich zu beleidigen.«

Der Schiffer, kenntlich an der roten Kapuze, die ihm am Rücken herabhing, stieg vom Schiff. Seine Bewegungen waren bedächtig wie bei allen erfahrenen Seeleuten, die nur zu genau wissen, wie schnell jemand über, statt von Bord geht. Er baute sich vor Folke auf, so dicht, daß dieser die stumpf gekauten Schneidezähne sehen konnte. Angriffslustig schien er nicht zu sein, aber Folke war auf der Hut.

»Ich kenne dich«, sagte der Schiffer in der singenden Sprachmelodie der Schweden. »Aber ich kenne meinen Herrn noch besser, und darum achte ich sein Recht höher als deine Neugierde. Nie würde mein Herr deiner Familie Einblick in seine Geschäfte geben. Also mach, daß du fortkommst!«

Folke antwortete verblüfft: »Ich kam hier nur eben vorbei auf dem Weg zum Bootsplatz meines Vaterbruders. Du wirst verstehen, daß ich mir gern jedes gut gebaute Schiff ansehe. Und nun habe ich genug gesehen.« Er wandte sich ab, lief den kurzen Anleger entlang und sprang auf den Uferweg. Er ärgerte sich. Schon für weniger hatten Männer sterben müssen. Aber es war zu spät, jetzt noch umzukehren.

Der Rotbart sah mißmutig hinter ihm drein und feuerte dann den unscheinbaren der älteren Sklaven mit der Peitsche an. Den jungen verschonte er.

Hinter dem letzten Steg für die großen Schiffe hatten die Fischer ihre Bootsplätze. Ihre kleinen Nachen und Prähme schaukelten sanft in den Boxen, die sie am Ufersaum mit Hilfe von Holzknüppeln angelegt und durch Steinschüttungen mit Muschelschalenauflage voneinander getrennt und gut begehbar gemacht hatten. Zwischen den Boxen und dem dazugehörigen Grasland, wo die Netze und Reusen sauber aufgestapelt waren, führte Folkes Weg hindurch. Die aufgeblasenen, bunt angemalten Schweinsblasen zur Markierung leuchteten hell in der Dämmerung.
Allmählich wurde es stiller um Folke, in den Büschen raschelten die Igel, und er hörte das Pfeifen einzelner Fledermäuse, die am Wasser Mücken jagten. Zu seiner Linken lag das Noor, das innerste Ende der Förde, die sie die Schlei nannten. Hier war der beste Naturhafen weit und breit an der Ostsee. Auch die fernreisenden Kaufleute, die lieber ihre letzte Etappe im gastfreien Bärenhof bei Missunde unterbrachen, als in Haithabu bei Nacht einzusegeln, lobten ihn in hohen Tönen. Mit Wehmut mußte Folke plötzlich an den väterlichen Hof denken. Hier hatte er mit dem Vater Braunbär, Ur und Dachs gejagt und hatte mit ihm in der Schlei gefischt. Der Vater hatte seinem jüngsten Sohn Blätter von Buche, Eiche, Ahorn, Linde und Esche in die Hand gegeben, hatte ihn riechen und fühlen lassen. Er hatte ihm beharrlich beigebracht, wie man Bäume fällt und ein Haus baut und auch, wie und wann man Gerste und Roggen zu säen hat. Und obwohl Folke dieser bäuerlichen Kenntnisse zu Hause überdrüssig gewesen war, hatte er jetzt Heimweh.
Widerwillig löste er seine Gedanken vom Bärenhof und sah trotzig hinaus auf die Förde. Dort glitzerten die Pfähle der Hafenpalisade schwärzlich im Wasser. Die Sonne erreichte sie nun nicht mehr. Nur zwischen den Enden der

Molen, die mit je einem Wachtturm gesichert waren, lag ein heller Streifen Wasser, der sich bis zum Horizont erstreckte und erst vom schwarzen Wald am jenseitigen Ufer verschluckt wurde.
Die Mole war leer bis auf die zwei Soldaten der Wachmannschaft des Wikgrafen. Die langweilten sich. Sie hatten ihre Speere abgestellt und hockten auf dem Boden, wohl ein Brettspiel zwischen den Füßen. Wahrscheinlich war ihnen das nicht erlaubt. Nun ja, was ging es ihn an. Er konnte die Männer verstehen – vermutlich besser als der Wikgraf, wenn es ihm zu Ohren käme.
Nach einigen Minuten stand er endlich vor der Bootsbauerei. Der große Schuppen, in dem sie ihr Handwerkszeug aufbewahrten und in dem sie auch die kostbaren zukünftigen Steven- und Kniehölzer trockneten, versperrte breit und entschieden den Uferweg: Hier war Haithabu zu Ende. Dahinter erhob sich der Wehrwall, dessen dem Feind zugewandte Pfahlreihe noch im letzten Licht des Tages lag. Da oben war alles still, die Soldaten waren wohl auf ihrer Wachrunde.
Eine kleine Brise bog die Birken und Holunderbäume am Fuß des Walls und fegte die Mückenschwärme weg, die sich auf dem stillen Gelände tummelten. Folke überquerte den Schiffsbauplatz zwischen Ufer und Werkstatt; er war von Rinde und Holzspänen übersät, zwischen denen das Gras büschelweise hochsproß. Es knisterte und knackte leise unter seinen Füßen. Folke stieß einen Brocken Eichenrinde mit dem Schuh beiseite und atmete tief ein. Der Holzteer, mit dem sie im Frühjahr die untersten Bohlen des Schuppens abgedichtet hatten, war am Tag in der Sonnenhitze wieder weich geworden und glänzte in Tropfen zwischen den Stoßkanten. Sein Duft mischte sich mit dem kräftigen Geruch der Bretter, die sie in den letzten

Wochen mit der Axt zugehauen und zwischen schmalen Holzstreifen zum Trocknen aufgesetzt hatten. Drei Stapel Bauholz aus vergrauter Eiche, einer aus hellgelber Kiefer, die von weit herkam, und zwei aus kürzeren, besonders krummen Ästen von Esche: Sie würden sich in den nächsten Monaten unter den Händen des Meisters zu einem Schiff fügen, wenn Njörd ihm gnädig beistand. Diese Gerüche waren es, um derentwillen er darauf verzichtet hatte, sich auf einem der Langboote unter König Knubas Kommando Kriegsruhm zu erwerben.

Das Boot, an dem er zusammen mit Thorbjörn am selben Tag den Kiel gestreckt und die Steven angebolzt hatte, war auf Lagerhölzern aufgepallt. Folke umschritt den Kiel mit den Steven und den Stützhölzern. Dreißig Schritte benötigte er von einem Schiffsende bis zum anderen, und die äußersten Pallhölzer lagen schon fast im leise gluckernden Wasser. Ein Kriegsschiff sollte es werden, scharf geschnitten und schnell wie ein Windhund.

Folke kniff die Augen zusammen, legte den Kopf schief und sah es schon fertig in voller Schönheit auf der Helling stehen. Das Sonnenlicht würde sich auf dem bunt bemalten Drachenkopf spiegeln, und dessen Augen würden feurige Strahlen auf die Feinde an fremden Küsten werfen. Folke in Haithabu hat das Schiff gebaut, würde der Skalde später zum Ruhm des siegreichen Königs singen, und dieser und alle Zuhörer wüßten sofort, daß ein Teil des Ruhms auch auf den Schiffbauer des Königs fiel, und sie würden nicken und ihre Trinkhörner erst auf Knuba und dann auf Folke erheben.

»Warum seufzt du?« fragte eine leise Stimme hinter Folke, und er fuhr herum, in der Hand den Dolch, den er aus dem Gürtel gerissen hatte. Als er erkannte, wer hinter ihm stand, verzog er verärgert den Mund und steckte das Messer wieder weg. »Ach, du bist es«, sagte er. »Ich habe dich nicht kommen hören.«

»Ich bin auch nicht gekommen«, erwiderte der Alte, der nicht zu den Schiffbauern gehörte und sich dennoch das Recht nahm, auf dem Platz ein und aus zu gehen, wie er wollte. »Ich war schon hier. Gekommen bist du.« Indem er das sagte, schloß er die Augen und hob den Kopf wie ein blinder Seher, der die Zukunft weissagt. »Gegangen aber sind Ragnvald und Assur. Beide starben in Särkland. Im Zweikampf wurde Öystein getötet. Frakki starb daheim. Tot ist auch Bue.« Trauer überkam den alten Mann, und er bewegte stumm die Lippen, während Folke in Ehrfurcht schwieg. Viele Söhne oder nahe Verwandte hatte der Alte verloren, und darüber mußten sich seine Sinne verwirrt haben.

Ein gewöhnlicher Mann konnte er nicht sein: aus seinem hageren langen Gesicht mit den tief eingekerbten Furchen neben den Nasenflügeln sprachen vergangene Kraft und Härte. Seine Waffen hatte er anscheinend schon vor langer Zeit abgelegt, nur den Helm nicht. Unter dem verbeulten und gekerbten Blech lugten dünne graublonde Haare strähnig hervor.

Der unhörbare Trauergesang ging in ein Murmeln über, aber erst nach einer Weile wurden daraus wieder Worte, die Folke verstehen konnte: »Niemand blieb übrig, ihnen einen Stein zu setzen. Außer Odin, dem Allwissenden, Suchenden, wird niemand bezeugen, daß sie in Walhalla auf den großen letzten, siegreichen Kampf warten.«

Folke fröstelte. Odin anzurufen war ungewöhnlich, der Umgang mit ihm war nicht ungefährlich; nur Könige, Jarle und Seher wagten das Zwiegespräch. Er kannte niemanden, der mit Odin wie mit seinesgleichen redete. Für ihn selber als freien Bauernsohn von guter Herkunft war Thor

zuständig, ebenso wie für seinen Vater und seine Brüder; seine Mutter Aasa, die ihm immer und immer wieder von den Göttergeschlechtern erzählt hatte, bis er sie auswendig kannte, hatte stets mit Ehrfurcht von Odin gesprochen.
»Odin muß es bezeugen«, verlangte der alte Mann bestimmt, nickte, als ob er sich jetzt selber sicher sei, und schlug die Augen wieder auf. Er musterte Folke erstaunt.
»Ich wollte dich nicht stören«», sagte Folke lahm und hatte plötzlich das Gefühl, eingedrungen zu sein, wo er nichts zu suchen hatte. Auf seltsame Art fühlte er sich wehrlos in der Nähe dieses alten Mannes. Seit seinem Erscheinen war jegliches Geräusch in der Natur erstorben. Kein Igel und kein Käfer raschelten, die schlaftrunkenen Vögel waren verstummt. Sogar der Wind in den Büschen hatte sich gelegt, es war totenstill.
Der alte Mann schien Folkes Furcht nicht zu teilen. »Horch«, befahl er und deutete mit dem Zeigefinger in die Luft. »Odin holt Atem. Es ist sein Hain. Er wartet.«
Folke sah ihn an, ohne etwas zu erwidern. Sein Herz krampfte sich zusammen wie seine Hand. War der Alte ein Priester? Er hatte es in der Stadt flüstern hören. Und standen sie hier auf heiligem Boden, ohne daß er davon wußte? Eine Ewigkeit lang war es ihm unmöglich sich zu rühren, und seine Zunge war wie gelähmt.
Der Alte lauschte immer noch. In der Ferne rollte erster Donner. Plötzlich fuhr ein Windstoß zwischen die Männer und wirbelte Holzschnitt und trockenes Gras auf. Mühsam entspannte sich Folke. Er hatte sich ins Bockshorn jagen lassen. Vor einem Menschenalter wäre ein freier Mann auch in Haithabu vielleicht noch nicht viel wert gewesen, aber heutzutage herrschte hier das Gesetz des Königs. Heimliche Opfer gab es nicht mehr, und dieser Platz gehörte Thorbjörn.

Folkes Unsicherheit ging in Ärger über. Wahrscheinlich war der Mann nur einer von den Alten, die zu Hause als unnütze Esser unerwünscht waren. Viele von ihnen trieben sich im Sommer draußen herum, blieben als geduldeter Gast eine Mahlzeit lang auf entlegenen Höfen und zogen weiter. »Warte«, sagte er hitzig, »ich werde Thorbjörn erzählen, daß du wieder hiergewesen bist.«
Die Aufmerksamkeit des Alten wich unvermittelt einem unzufriedenen Brummeln. »Ich habe die Hand nicht gegen dich erhoben. Ich hätte es können«, erinnerte er Folke, aber der Bann, den er für einige Minuten über den jungen Mann geworfen hatte, konnte nicht mehr zurückgeholt werden. Der alte Mann schien es selbst zu spüren. Er sah Folke mit trüben Augen an, dann drehte er sich um und schlurfte auf bloßen Füßen davon.
Wie merkwürdig, daß er bei dieser Hitze einen Mantel trägt, dachte Folke unbestimmt und starrte ihm nach. Vielleicht weil er alt war. Alte Männer froren leicht. Um die Fünfzig schätzte ihn Folke.
Der alte Wikinger verschwand hinter der Ecke des Bootsschuppens, und Folke hörte noch einige Augenblicke sein trockenes Altmännerhüsteln, bis es von den glucksenden Wellen am Ufersaum und dem Gebrumm einer verspäteten Hummel übertönt wurde. Erst lange nach dem unerwünschten Besucher machte Folke sich nachdenklich auf den Heimweg.
In der Zwischenzeit hatte der Wind gedreht, und der Himmel war nachtschwarz. Folke sah nach oben und beschleunigte seine Schritte. Es würde gleich losbrechen. Thor hatte seine Böcke angespannt, irgendwo in weiter Ferne warf er bereits den Blitzhammer.
Als Folke wieder an den Hafenanlagen anlangte, waren sie fast leer. Die Kaufleute hatten ihre Arbeiten kurzerhand

beendet. Als der Sturzregen begann, sprang Folke in die offene Tür eines Lagerschuppens: Er konnte den Regenguß gut hier abwarten. Die Wachleute durften sich nicht in Sicherheit bringen – die würden bis auf die Haut naß werden. Er grinste ein wenig und blinzelte dann aufmerksam durch die Regenschwaden.

Anscheinend hatten die Wachleute etwas gesichtet. Sie drängten sich zusammen an einer der Verteidigungslücken und spähten auf die Schlei. Aber es stieg weder ein Segel über der Palisade in die Höhe, noch erschien eines in der Hafeneinfahrt. Folke verlor das Interesse und fing gelangweilt an zu pfeifen.

2 Sonnentag auf See

Anderthalb Stunden von Haithabu entfernt, näherte sich der Stadt ein Langboot mit äußerster Reisegeschwindigkeit. Es kam von Birka, dem Zentrum des schwedischen Wikingerreichs und als Handelsstadt noch größer als Haithabu. Der Knorr gehörte dem Kaufmann Ivar, der Pelze nach Süden brachte. Nach Haithabu und dann weiter ins Frankenreich, wo die Nerze bei den Damen und Herren von Stand als Besatz an Kleidersäumen, als Brustlatz und als Kappe hochbegehrt und darum teuer waren. In diesem Jahr war er mit seiner letzten Fracht spät dran. Die kleinen wilden Jäger des äußersten Nordens, wo die Winterpelze am dichtesten waren, die Samen, hatten die Felle mit einem ganzen Monat Verspätung zu seinen schwedischen Zwischenhändlern gebracht. Ivar wußte nicht, warum, aber eines wußte er genau: den Franken würden die Gründe gleichgültig sein, weshalb er zu spät zum Markt und für das Herbstgeschäft kam. Sie würden sich nach zuverlässigeren Geschäftspartnern umsehen.

Der Schiffsführer, der zugleich Ivars Kompagnon war, trieb darum die Ruder so hart an, wie er konnte. Sklaven wären weniger empfindsam als seine Schweden gewesen; aber sie waren teurer als die Felle, und nur ein schlechter Geschäftsmann hätte sie als Ruderer statt als Handelsware benutzt.

Ivar jedoch war ein guter Geschäftsmann. Anpassungsfähig an sich schnell verändernde Verhältnisse, sprachbegabt und gewandt, hatte er schnell gelernt, die Franken richtig zu nehmen. Im Glauben wie in der Kleidung gab er sich fränkisch: in diesem Jahr trug er weinrote Pumphosen, dazu eine Untertunika aus reiner Seide. Die Schöße seines

Oberrockes waren mit breiten Nerzkanten gesäumt und mit einem goldverzierten Ledergürtel zusammengefaßt. Der üppige Goldbelag erzählte mit seinen Figuren nach nordischer Art eine ganze Fabel, und der Betrachter, der sie las, konnte leicht das kräftige Schwert am Gehänge übersehen.

Ivar wußte es jedoch zu gebrauchen. Vom Beginn einer Fahrt bis zu ihrem Ende mußten er und sein Kompagnon mit ihren Männern bis an die Zähne bewaffnet und verteidigungsbereit sein. Denn nicht nur Biber-, Nerz- und Zobelfelle gehörten zur üblichen Fracht, sondern auch Bronzebarren, und zur Bezahlung der noch kostbareren Rückfracht führten sie Goldmünzen und Hacksilber mit sich.

Mit zusammengezogenen Augenbrauen stand Ivar neben dem Steuermann auf der achterlichen Plattform und musterte die Uferlinie, die mal ferner, mal näher rückte, aber im Abendlicht ringsum gut zu sehen war.

»Der Wikgraf hält seinen Bezirk in Ordnung. Räuber brauchen wir jetzt kaum noch zu fürchten«, sagte er, ohne die weiten Wasserflächen auch nur für eine Sekunde aus den Augen zu lassen.

»Nein. Aber das Wetter um so mehr«, entgegnete Kaare, der Steuermann, wortkarg. Er steuerte das Schiff, den »Kühnen Adler«, manchmal in nur anderthalb Ruderlängen an verdächtigen Wasserwirbeln vorbei, um Zeit zu sparen, und Ivar zuckte nicht mit der Wimper. Sein Steuermann war ein ausgezeichneter Schiffsführer, und er kannte die Eigenschaften seines Knorr in- und auswendig. Ihm lag es im Blut zu wissen, wie hoch er an den Wind gehen konnte und wieviel Welle er dem Plankengefüge zumuten konnte. So nötigte er dem Handelsschiff stets das Äußerste an Geschwindigkeit ab, und mancher Kleinkö-

nig der Wikingerreiche hätte ihn gerne als Schiffsführer eines Kriegsschiffes in seinem Dienst gesehen.
Die zehn Ruderer zogen die Ruderblätter hart durch, ihre nackten Oberkörper glänzten von Schweiß, und die Tropfen wurden zum Rinnsal, die die langen Hosen und die bloßen Füße näßten. Acht von ihnen saßen auf den Ruderbänken der vorderen Plattform, zwei hinten. Sie waren während des Ruderns schweigsam bis zur Wortkargheit, zäh und stets wachsam. Ihre Äxte lagen griffbereit zu ihren Füßen, die Langbögen und die Köcher unterhalb der Reling.
Im Bug kauerte Frau Aasa, die in Sigtuna nahe bei Birka ihre Tochter besucht hatte und nun auf der Rückreise zum Bärenhof war. Sie war eine schöne Frau, obwohl man gegenwärtig von ihrem Gesicht nicht viel sehen konnte, weil es von der Kapuze ihres leichten, daunengefütterten Reisemantels verhüllt war. Aber sie saß lieber in der Gischt als im Gestank der feucht gewordenen Felle. Und wenn sie dadurch den schwitzenden vordersten Ruderern sehr nahe kam, so zog sie diese Männer doch der Gesellschaft des Kaufmanns vor, der so sichtlich die heimischen Sitten abgeworfen hatte.
Mitleidig blickte sie auf die Ruderer. Sie waren ausgepumpt und gaben dennoch ihr Bestes. Die Treue, die sie ihrem kaufmännischen Führer dadurch bewahrten, rührte Frau Aasa ein wenig und stimmte sie Ivar gegenüber milder.
Nachdem sie die Insel Kieholm passiert hatten, begann Frau Aasa unruhig zu werden. In wenigen Minuten würde sie zum Bärenhof emporsteigen und von ihrem glücklichen Ehemann in die Arme geschlossen werden. Aasa bemerkte nicht, daß Ivar seinen Platz neben dem Steuermann verlassen hatte. Mit wenigen großen Schritten eilte er nach

vorne und überquerte gewandt die schmale Planke, mit der man den vollgepackten Laderaum in der Schiffsmitte überbrückt hatte.

»Frau Aasa«, sagte Ivar leise.

Sie drehte sich zu ihm um, voller Vorfreude auf die Ankunft. Sie bereute ein wenig, daß sie so abweisend gewesen war. Nun wurde es Zeit, ein wenig Schuld abzutragen und sich wenigstens in angemessener Form für seine Gastfreundschaft und Fürsorge auf dem Schiff zu bedanken. Und stets hatte er seinen Steuermann dafür sorgen lassen, daß ihr nach dem abendlichen Landen ein Zelt errichtet wurde, noch bevor die Männer ihr Essen bekamen.

Aber bevor Aasa etwas sagen konnte, hob der Kaufmann seine auch nach der langen Fahrt sorgsam gepflegte Hand. »Es ist leider nicht so, Frau Aasa«, sagte er mit betrübtem Gesicht, »daß ich komme, um mich von dir zu verabschieden. Im Gegenteil. Wir haben vor, so schnell wie möglich nach Haithabu zu fahren, und es bleibt keine Zeit, dich an deinem Hof abzusetzen.«

Frau Aasa, die schon die Rauchfahne von ihrem eigenen Herdfeuer sah, konnte es kaum glauben. Sie schüttelte wortlos den Kopf.

Ivar nickte, und sein festes Kinn blieb für einen Moment auf den feinen Haaren des Pelzbesatzes am Wams liegen, während er nach den richtigen Worten suchte. »Sieh dort«, sagte er, und Aasa folgte unwillkürlich dem schlanken Zeigefinger vor ihren Augen zu den haufenartigen Wolken, die im Südwesten aufzogen. »Sie ziehen schnell. Es braut sich ein Unwetter zusammen.«

»Eine halbe Stunde«, bat Aasa und bemühte sich angestrengt, die Verzweiflung zu unterdrücken, die sie zu überwältigen drohte. »Mehr kostet es nicht.«

»In einer halben Stunde kann ein Gewittersturm schon

über uns sein«, widersprach der Schiffsbesitzer mit hörbarer Besorgnis. Er hob die grauen, geraden Augenbrauen leicht an und wartete auf ihre Zustimmung.

Aasa preßte die Kiefer zuammen und atmete tief ein. Im stillen fand sie, daß der Kaufmann übertrieb. Aber sie war zu höflich, um Ansprüche zu stellen, wo sie keine hatte. Sie neigte den Kopf.

Ivar nickte ihr dankbar zu, jedoch spürte Aasa, daß er nur seinen eigenen Plänen gefolgt war, ohne ihr eine Wahl zu lassen. Er war ein siegesgewohnter Mann, aber manchmal zeigte er es unnötig deutlich.

Aasa ließ sich an Deck niedersinken. Den Tränen nahe, sah sie oberhalb der Furt ihr Anwesen vorüberziehen, das Haupthaus, das nach Nordosten durch einen alten Eichenwald geschützt war und darum halb verborgen, das Gesindehaus, den kleinen alten und den großen neuen Stall. Aber viel Gelegenheit, nach ihrem Besitz und ihren Leuten Ausschau zu halten, blieb ihr nicht: an dieser schmalen Stelle hatte der Strom rauschende Geschwindigkeit, und zu ihrem Unglück stand er gegen ihre Fahrtrichtung. Viel vernünftiger wäre es deshalb gewesen, an der Brücke festzumachen, aber Kaare peitschte die Männer mit seinen Worten vorwärts, nutzte den Neerstrom am Ufer aus, erst am einen, dann am andern, und Aasa hielt sich mit aller Kraft am schwankenden Schiff fest. Ein wenig Trost empfand sie erst, als der bucklige Missunder Fährmann, der seinen Nachen für die Nacht festmachte, sie erkannte und zögernd winkte. Für einen kurzen Augenblick traute sie sich, die Hand von der obersten Planke zu nehmen und ein wenig anzuheben. Nun würde Husbjörn wenigstens Bescheid bekommen.

Die Männer legten sich auch hinter dem scharfen Knick der Schlei noch gewaltig in die Riemen, bis die letzten

Sände von Kielfoot achteraus lagen. Der Himmel im Südwesten hatte sich inzwischen verdüstert. Eine tiefe schwarze Wolke hing über dem Land, und in großer Höhe war ein sirrendes Pfeifen in der Luft. Kurze, kräftige Wellen bauten sich schon auf, aber der »Kühne Adler« schoß wie ein Pfeil über die Wasseroberfläche.
Frau Aasa mochte das offene Wasser nicht. Sie rückte von der Reling weg und verließ nach wenigen Minuten die Plattform, um sich neben dem Mast auf die Felle zu setzen. Ihr weicher Sitz erbebte, als Ivar mit einem Satz bei ihr landete. Er lächelte ihr beruhigend zu. »Nun, Frau Aasa, wird es da vorne zu naß? Unsere Männer wittern den Hafen wie Pferde den Stall.«
Aasa sah den Kaufmann dankbar an. Sie verstand den Trost in seinen Worten.
Ivar legte seine Hand auf ihre Schulter. »Ich weiß, daß du dich vor dem Wasser fürchtest«, sagte er freundlich. »Aber auf dieser Reise hat Thor Wolken und Wind für uns gebändigt. Er wird es bis in den Hafen tun.«
»Wie es scheint, erwartet er uns schon in Haithabu«, sagte Aasa mit feinem Humor. Allmählich nötigte ihr dieser Mann Respekt ab. Nur wenige Nordleute würden sich bemüht haben, eine ängstliche Frau zu beruhigen, insbesondere, wenn sie sich vor dem Wasser fürchtete. Es mußte seine fränkische Art sein.
»Das sieht so aus«, bestätigte Ivar und lächelte zurück. Mit vorgeschobener Unterlippe betrachtete er nachdenklich die Frau, die zu seinen Füßen saß. Ihre Sippe war nicht mächtig, aber sie hatte einen tadellosen Ruf. Es würde nicht schaden, sich ein wenig um sie zu bemühen. »Ich hätte dich jetzt gerne sicher zu Hause gewußt«, sagte er. »Es war nicht möglich; aber wenn wir in Haithabu gelandet sind, werde ich dafür sorgen, daß du ungefährdet nach

Hause kommst. Ich selber und Kaare müssen zwar heute nacht noch weiter, jedoch nicht, bevor dein Geleit aus wehrhaften Männern und zuverlässigen Pferden zusammengestellt ist.«

»Das war nicht Teil der Abmachung«, wehrte Aasa ab, obwohl sie sich über seine Fürsorge freute. »Ich habe Verwandte in Haithabu, die mich aufnehmen werden. Aber ich danke dir. Du und deine Leute werdet immer im Bärenhof willkommen sein.«

»Vielleicht ergibt es sich auf der Rückfahrt«, stimmte Ivar zu. »Wenn ich es mir recht überlege, sogar ganz bestimmt. Ich würde dir gerne ein paar schöne weiche Schuhe aus Köln mitbringen, wenn du erlaubst; solche, wie sie an den fürstlichen Höfen getragen werden.« Und zu Aasas großem Erstaunen zog er ihre Hand an seine Lippen und küßte sie zart. Sie ließ es sprachlos geschehen und starrte ihm nach, als er, mühsam sein Gleichgewicht haltend, auf dem schwankenden Boden nach vorne ging. Schuhe aus weichem Leder, dachte sie. Wo hätte ich denn dafür Verwendung? Unwillkürlich sah sie auf ihre derben Knöchelstiefel hinunter, die für das Spritzwasser an Bord und das Waten im seichten Uferwasser gerade gut waren. Aber am Hof, so wie er ihr beschrieben worden war, nein, da konnte sie sich ihre Stiefel nicht vorstellen. Sie lächelte ein wenig und verlor vorübergehend ihre Angst.

Aus den niedrigen Wolken tauchten die Umrisse der Haithabuer Festung auf. Kaare steuerte nun die Einfahrt in das Noor an und korrigierte den Kurs nach backbord: sie waren bereits etwas über das Ziel hinausgeschossen. Er lächelte zufrieden. Sein Gedächtnis für Kurse und Landmarken trog ihn nie.

Die Haddebyer Enge lag unmittelbar vor ihnen, als die

Wolken aufbrachen und ihr Wasser über das Schiff ausschütteten. So heftig war der Wolkenbruch, daß der Steuermann die Ruderer des Vorschiffs nicht mehr erkennen konnte und auch Ivar nicht, der vorne stand, um sie aufzumuntern. Doch Kaare hörte ihn: mit ruhiger Stimme gab er den Ruderern den Takt an.

Wilde Sturmböen packten plötzlich das Schiff und schüttelten es. Kaare umklammerte das Steuer mit beiden Händen. Es kam jetzt darauf an, Kurs zu halten, auch wenn er in der undurchdringlichen Schwärze nichts mehr sehen konnte. Mit Augen, Ohren und Nase bemühte er sich, die Einfahrt zu orten. Für einen ganz kleinen Moment war er versucht, einen hellen Blitz herbeizuwünschen, aber dann entsetzte er sich selber über seinen tollkühnen Gedanken. Thor jedoch hatte ihn verstanden.

Er brüllte laut auf vor Vergnügen, sprengte mit seinem Bockwagen über den Wolken herbei und warf den Blitzhammer genau auf den »Kühnen Adler«.

Der Blitz fuhr in den Mast und durch die Stenge des Segels mitten in die nassen Felle hinein, stieß sich einige Male am Eisenballast, dann fuhr er zwischen den Spanten wieder in das Wasser hinaus, um dort zu verzischen. Hinter sich ließ er eine Spur aus verkohlten, rauchenden Haaren und eine gelähmte Frau.

»Raus!« brüllte der Steuermann, der als erster die Gefahr begriff.

Die Ruderer ließen sich über die Bordwand ins Wasser gleiten, ihre Äxte in den Händen; Ivar und Kaare aber sprangen mit zwei Sätzen in den vollaufenden Laderaum, wo sie bei ihrem Fahrgast zusammentrafen. Aasa war bei Bewußtsein, aber bewegen konnte sie sich nicht. Der Kaufmann warf sich die Frau über die Schulter.

Mit zusammengekniffenen Augen versuchte Kaare im Regen zu verfolgen, wo seine Männer blieben, und hörte sie zu seiner Erleichterung rufen. Wenige Meter vom Schiff hatten sie Grund unter den Füßen gefunden. Ein Krachen ließ ihn herumfahren. Die Rah hatte sich aus ihrer glühenden Verschnürung am Masttopp gelöst und war zwischen die Schilde an der Bordwand gestürzt. Der Rumpf des Handelsseglers begann sich zu neigen.

Ohne Hast stieg Ivar mit seiner leichten Last von Bord. Einige Meter nur mußte er schwimmen, dann konnte er sich auf die Füße stellen und die Frau auf seine Arme nehmen. Nach wenigen Minuten langten sie bei den übrigen Männern an Land an. Ivar setzte Aasa schwer atmend auf den Sumpfgrasbüscheln ab, zwischen denen das Wasser stand.

»Danke«, sagte Aasa, legte die Hände vors Gesicht und fing an zu weinen.

Ivar richtete sich stumm auf und sah auf die See hinaus, wo die Wolken sich bereits hoben und der Regen nur noch sanft fiel.

Kaare, mit seinem vernünftigen und praktischen Verstand, zählte die Männer durch, die erschöpft und verwundert im Gras saßen und langsam wieder zu Atem kamen. Er überzeugte sich, daß keiner verletzt war, dann ging er zu Frau Aasa und hockte sich vor sie nieder. »Kannst du dich jetzt bewegen?« fragte er. »Hat Thor ein Brandmal an dir hinterlassen?«

Frau Aasa sah an ihrem triefenden wollenen Mantel hinunter, bewegte die Zehen in den Schuhen, dann schüttelte sie schwach den Kopf. »Es ist mit mir alles in Ordnung«, beteuerte sie. »Danke, daß du dich um mich kümmerst.«

Kaare nickte und sprang auf. Dann ging er sich umsehen. Sie befanden sich in einem Sumpf am Rande des Noors. In einiger Entfernung wuchsen Bäume, und das Gelände

schien anzusteigen. Dorthin mußten sie sich wenden. Haithabu konnte nicht weit sein.
Kaare trat neben Ivar, der immer noch teilnahmslos auf das Wasser starrte. Jetzt, wo das Meer sich beruhigt hatte, wo es nur noch trügerisch sanft plätscherte und der gleichmäßige Regen Blasen aufwarf, konnte man die Mastspitze ihres Bootes aus dem Wasser herausragen sehen. »Wir hatten unser Glück wohl aufgebraucht«, sagte er, hilflos in seinem Bemühen, eine Erklärung zu finden.
Ivar richtete seinen Blick auf den Steuermann, und in ihm lag zu Kaares Überraschung maßloser Zorn. »Wirklich? Konntest du das nicht voraussehen?« fragte er mit Haß in der Stimme.
Die Felle hatten in der Eile des Aufbruchs nicht ausreichend wasserdicht verpackt werden können. Sie hatten zuviel Wasser aufgesaugt. All das war richtig. Und trotzdem... »So denkst du darüber?« fragte Kaare nach einer Weile.
»Ja, so denke ich darüber«, antwortete Ivar mit harter Stimme.
»Dann gibt es dazu nichts mehr zu sagen.« Kaare wandte sich ab und winkte den Männern, ihm zu folgen. Diese erhoben sich, naß, frierend und müde. Von einem Grasbüschel zum anderen springend, begannen sie sich ihren Weg zu suchen. Kaare sah zurück. »Komm, Ivar«, rief er ungeduldig über seine Schulter, »wir können hier nicht bleiben. Frau Aasa muß ins Trockene, und wir schließlich auch.«
Ivar seufzte und wandte sich endlich um. Er hatte einen Verlust erlitten, dessen Größe sich noch gar nicht abschätzen ließ. Aber es war richtig, jetzt mußte erst für die Frau und die Männer gesorgt werden.
Aus der Richtung, wo Kaare die Stadt vermutete, hinter

der bewaldeten Anhöhe, erschollen laute Stimmen. Fakkeln leuchteten zwischen den Büschen auf. »Wir werden gesucht!« rief er erleichtert und rannte mit großen Sätzen den Abhang hoch, den Männern entgegen, die soeben aus dem Wald traten. Es waren Soldaten des Wikgrafen, und bei ihnen befand sich Folke, der bestürzt seine erschöpfte Mutter in die Arme schloß.

3 Sonnentag abend und Mondtag

Neun Soldaten des Wikgrafen unter einem Anführer waren losmarschiert, um die Schiffbrüchigen zu suchen. Der Wikgraf war derzeit abwesend, aber jeder in der Stadt wußte, wie hoch der König – und in seinem Auftrag der Wikgraf – die fernreisenden Händler hielt; auch die allmählich angewachsene Verärgerung zwischen dem König und der ansässigen Kaufmannschaft hatte daran noch nichts geändert. Andererseits lag die Sicherheit der Stadt in seinen Händen, und diesen Auftrag vergaß der Wachhauptmann keinen Augenblick; in schwerer Bewaffnung mit Lederhelm, Axt, Pfeil und Bogen sowie dem Buckelschild hatten sie die Suche aufgenommen.
Er überblickte sofort, daß die Schiffbrüchigen Leib und Leben gerettet hatten und einigermaßen ruhig schienen. Während die Soldaten am Waldrand stehenblieben, Pfeil und Bogen schußbereit, trat er selber zu demjenigen, den er als Anführer ausmachen konnte. Er stellte die Axt auf den Boden, bevor er Ivar höflich ansprach.
»Ihr befindet euch«, deklamierte er, als hätte er eine oft wiederholte Formel aufzusagen, »im schwedischen Reich des Königs Knuba und darin auf dem Boden der Handelsstadt Haithabu. Wo auch immer ihr herkommt, steht ihr jetzt unter Knubas Gerichtsgewalt, aber auch unter seinem Recht. Ich mache euch darauf aufmerksam, daß für das ganze Stadtgebiet Handelsfrieden ausgerufen wurde, der das ganze Jahr gilt. Was sonst noch über die Steuern für eingeführte Waren gilt, wird euch der Wikgraf selber mitteilen, der morgen wieder in der Stadt ist.«
»Nun mach aber mal halblang, Benno«, rief einer der Ruderer empört und trat aus der Mitte des Schiffsvolkes

heraus, das sich instinktiv wie zum Kampf zusammengefunden hatte. »Sehn wir so aus, als ob wir Waren zu verzollen hätten? Und kennst du mich etwa nicht?«
Ivar sah sich zornig um und hätte Halvdan, der ihn mit seiner allzu flinken Zunge schon öfter geärgert hatte, scharf zurechtweisen müssen. Statt dessen schlug er ihm mit dem Handrücken ins Gesicht. »Es ist«, sagte Ivar und richtete sein Augenmerk auf den Anführer der Stadtwache, ohne sich um den aufbrausenden Halvdan zu kümmern, »nicht das erste Mal, daß wir in Haithabu sind, und wir kennen euer Recht. Wir sind friedliche Handelsleute, die vor wenigen Augenblicken ein großes, vollbeladenes Schiff verloren haben. Mich kennt man weit und breit als Ivar den Pelzhändler, und mag ich dir auch unbekannt sein, so doch nicht dem Wikgrafen. Unsere Haut haben wir gerettet, sonst aber kaum etwas. Was wir nun brauchen, sind Unterkunft und ein Platz zum Trocknen unserer Kleidung. Bisher ist nur für Frau Aasa gesorgt, wie ich annehme.« Mit schmalen Lippen erwartete er die Antwort des Wachmanns. Um seine berechtigten Ansprüche durchzusetzen, würde er diesem Mann gegenüber möglicherweise etwas deutlicher werden müssen. Der Wikgraf kannte seinen Rang, dieser hier nicht.
Aber es war nicht nötig. Der Krieger sah betreten drein. In seinem Eifer, seine sächsische Herkunft wettzumachen und seinen Vorgesetzten besonders gut zu vertreten, hatte er von Recht geredet, wo Bevorzugung erwartet wurde. Er war nur ein einfacher Mann, der sich hochgedient hatte; er behandelte alles gleich, bis man ihn mit der Nase daraufstieß, daß mehr als das angebracht war. Dann aber reagierte er rasch, und das war in den Augen seines Vorgesetzten grundsätzlich sein größter Vorzug. »Für dich und deine Männer steht ab diesem Moment alles zur Verfü-

gung, was die Stadt an Hilfe aufbringen kann«, beteuerte er. »Im Namen des Wikgrafen heiße ich euch willkommen.«
Ivar rang sich ein kühles Lächeln ab und dankte mit einem Nicken für den verspäteten Gruß. Dann gab er das Zeichen zum Aufbruch, ohne sich um die Soldaten zu kümmern. Hauptmann Benno verzichtete schweren Herzens darauf, seine Leute ans Ende der Kolonne zu verweisen, was sowohl als Fürsorge wie auch als Vorsorge hätte gedeutet werden können, und ging mit Ivar voraus, gefolgt von Kaare, der sich ihnen wortlos anschloß.
Folke stand mit Frau Aasa etwas abseits. Er stützte seine Mutter behutsam, die in der Zwischenzeit wieder so weit bei Kräften war, daß sie mit seiner Hilfe den Soldaten und der Schiffsmannschaft langsam folgen konnte. »Nur ein Wort noch, Kaufmann Ivar«, rief Aasa hinter ihm her, der die Frau anscheinend schon vergessen hatte.
Dieses fiel in diesem Moment auch dem Kaufmann auf. Er schlug die Hände wie in Entsetzen zusammen und war mit wenigen Schritten an ihrer Seite. »Verzeih mir«, sagte er reuig, »aber ich sah dich in der Obhut des jungen Mannes, und da du selber sagtest, du habest hier Verwandte . . .« Ohne den Satz zu beenden, sah er Aasa und ihren Sohn verständnisheischend an.
Aasa verzieh ihm, er hatte genug um die Ohren. »Ich möchte mein Angebot wiederholen«, sagte sie schlicht. »Die Gastfreundschaft, die dir der Bärenhof anbietet, gilt auch in Haithabu. Du bist im Haus meines Schwagers willkommen.«
»Jeder kann dir sagen, wo du Thorbjörn Schiffbauers Anwesen findest«, ergänzte Folke höflich.
»Ich nehme die Einladung gerne an«, entgegnete Ivar nach kurzem Überlegen. »Du verstehst aber sicher, daß

ich mich erst vergewissern muß, daß meine Leute gut untergebracht sind. Ich werde nachkommen, sobald ich kann.« Ivar nickte Folke freundlich zu, verbeugte sich kurz vor Aasa und eilte zum Wachhauptmann zurück. Dort fiel ihm noch etwas ein; es sah so aus, als ob er dem Hauptmann einen Befehl gebe. Dieser nickte und schickte einen Soldaten zu Aasa und ihrem Sohn.
Aasa, die dem Kaufmann nachgesehen hatte, dachte einmal mehr, daß Ivar sich nehme, was ihm seiner Meinung nach zustehe, und wunderte sich, daß er trotz allem noch Zeit fand, für eine Eskorte zu ihrer Sicherheit zu sorgen.

Inmitten der Bootsleute befand sich ein weiterer Bürger der Stadt, ein unscheinbarer Handwerker, den seine Neugier den Soldaten hatte folgen lassen.
»Woher kommt ihr denn so?« fragte er munter, während sie den Abhang zwischen den belaubten und zuweilen stacheligen Büschen hochstiegen. »Ihr seht eigentlich aus wie Schweden. Wenn ich raten sollte, so müßte ich sagen: aus dem Osten. Stimmt's? Und mit – laß mich mal überlegen – zehn bewaffneten Männern seid ihr nicht nach Haithabu bestimmt, sondern weiter in den Süden. Ja, ja«, schwatzte er, »recht hat euer Herr, heutzutage muß ein Fernhändler wehrhaft sein, wenn er kostbare Ware hat. Was führt ihr denn mit euch, wenn ich fragen darf?« Er blickte um sich, auf der Suche nach einem Gesprächspartner. Die Ruderer waren versprengt, jeder suchte sich zwischen Büschen und den Bäumen des allmählich dichter werdenden Waldes seinen eigenen Weg. In seiner Nähe sah er nur den mürrischen Mann, den der Anführer über den Mund geschlagen hatte. Der Handwerker rückte vertraulich näher zu ihm heran und flüsterte: »Woher kennst du eigentlich Benno Sturmbock?«

»Ach, der und Sturmbock! Alte Ziege wolltest du wohl sagen«, höhnte Halvdan. »Stellt sich hin und redet mit uns, als ob wir hier Neulinge wären. Und als wäre ich nicht am Frühlingsfest hier gewesen! Besoffen habe ich mich jeden Abend mit ihm, sechs oder acht oder ich weiß nicht wie viele Nächte hintereinander! Bei Thor und allen seinen Zechkumpanen! So kann er doch nicht mit mir umgehen!« Halvdan wurde immer lauter, bis sein schlauer Nachbar ihn am Arm ergriff und schüttelte.
»Still«, warnte er. »Im Wald gibt es Langohren.«
Halvdan knurrte und schwieg endlich. Das war dem Handwerker gerade recht. »Ist es bei euch Sitte, Beleidigungen hinzunehmen?« wollte er wissen. »Da kenne ich die Schweden sonst aber anders.«
Durch Halvdan schien ein Ruck zu gehen, und er wollte aufbrausen, besann sich aber noch rechtzeitig. »Besten Dank für deine Nachfrage«, sagte er verdrießlich, »aber bei den Schweden ist es Sitte, Beleidigungen zu vergelten. Nur werde ich damit wohl warten müssen, bis ich von eurem Stadtgebiet herunterkomme. Mit eurem Wikgrafen und dem König will ich mich nicht anlegen. Noch bin ich auch durch Schwur gebunden, aber irgendwann . . .«
Der Handwerker sah sich verstohlen um. »Recht hast du«, stimmte er zu. »Der Wikgraf ist streng, er läßt nichts durchgehen. Die kleinste Kleinigkeit – schon bist du um einen Kopf kürzer.«
Halvdan fand allmählich seine Laune wieder. Mit einem spöttischen Seitenblick auf den kleinen quirligen Mann fragte er: »Hast du etwa dein Ohr dort gelassen, wo der Wikgraf die Köpfe hinrollen läßt?«
Der Handwerker zog schamhaft einige braune Haarsträhnen über die Ohröffnung, der die Ohrmuschel fehlte. Eine rote, wulstige Narbe war alles, was von ihr übriggeblieben

war. »O nein«, wehrte er ab, »das ist eine andere Geschichte. Hat mit dem Königsrecht nichts zu tun. Ein Mann, der sich seiner Haut nach Kräften wehrt, kann leicht zu Schaden kommen, das weißt du wohl selbst.«
Das wohl, dachte Halvdan. Aber es ist doch merkwürdig, daß eine ehrenvolle Kampfnarbe das Aussehen einer schimpflichen Bestrafung annehmen kann. Indes berührte er das Thema nicht weiter. Bis sie die Stadt erreichten, hatte er den neuesten Klatsch erfahren und selber auch viel erzählt.

Auch Kaufmann Ivar hatte mit dem Hauptmann ein unverbindliches Gespräch begonnen. Es war nie ungünstig, mit einem Untergebenen zu plaudern, bevor man auf dessen Vorgesetzten traf. Auch aus halben Bemerkungen ergab sich eine ganze Meinung, hörte man nur recht viel davon.
Währenddessen hatten sie den Absatz auf halber Höhe des Berges erreicht und trafen dort auf einen Weg, der von oben kam und durch den Wald abwärts in Richtung Stadt weiterführte. Der Hauptmann wies zur Kuppe hoch und erklärte: »Die Schutzburg des Königs liegt da oben, wie du weißt. Aber die Unterkünfte sind zur Zeit alle durch Wachmannschaften besetzt, und wir können euch da oben nicht unterbringen, wie es sonst wohl der Wunsch des Wikgrafen wäre. Die Kaufmannshäuser sind nämlich auch alle belegt, durch auswärtige Kaufleute.« Nicht ohne Stolz fügte er hinzu: »Haithabu läuft Birka allmählich den Rang ab, du wirst schon sehen. Ihr werdet deshalb in der Stadt von den Handwerkern aufgenommen. Welche das sind, werde ich feststellen, wenn wir dort sind. Die Leute machen es unter sich aus.«
Ivar nickte gleichgültig. Sein Interesse galt viel mehr einer

nebenbei geäußerten Bemerkung des Hauptmanns. »Ist das Grenzgebiet zur Zeit unruhig?«
Der Soldat zuckte bedächtig mit den Schultern. »Nicht viel mehr als sonst, würde ich sagen. Aber man hört, daß der Sachsenkönig ein Auge auf uns geworfen haben soll.«
»Ist das die Meinung des Königs?« wollte Ivar der Kaufmann wissen.
»König Knuba spricht nicht mit mir«, antwortete der Wachmann vorsichtig. »Meine Befehle bekomme ich vom Wikgrafen, und der hält es nicht für nötig, sie zu erklären.«
»Und was glaubt das Volk?«
»Daß es stimmt«, antwortete der Soldat prompt.
Ivar nickte und blieb still und nachdenklich, während sie dem Weg abwärts folgten. Durch die Kronen der Bäume schimmerte der Himmel wieder hell nach dem Gewitter, aber hier unten war wenig zu sehen. Jedoch kannte der Hauptmann seinen Bezirk auch im Stockdunkeln. Ohne die Hilfe der Fackelträger in Anspruch zu nehmen, die weiter hinten folgten, stapfte er selbst an den schmalen, steilen Stellen sicher vorweg, machte Ivar hier auf eine dicke, oberflächlich verlaufende Baumwurzel aufmerksam, dort auf einen kleinen Bachlauf, dessen viele Rinnsale den Weg über mehrere Meter matschig und unsicher machten.
Am Fuß der Anhöhe hörte der Wald auf und gab eine offene Fläche frei, die vor dem Stadtwall von Haithabu endete. Ivar war es recht, als der Hauptmann vorschlug, hier zu warten, bis die Männer sich gesammelt hatten. Nach einiger Zeit kam auch der letzte auf seinen bloßen Füßen aus dem Wald gerutscht. Alle waren mittlerweile müde und unwirsch und schlugen fluchend die Mücken weg, die sich über ihre dampfenden Leiber hermachten.

Geschlossen marschierten sie zum nächsten Stadttor. Ivar wunderte sich nicht, daß auch dort ein Soldat stand, Schild und Speer in den Händen. Achtungsvoll trat dieser einen Schritt zurück, als er den Wachhauptmann erblickte, und ließ sie ohne Kontrolle in die Stadt.

Dort war die beginnende Nachtruhe einstweilen wieder aufgehoben. Nicht wenige Haithabuer freuten sich auf eine willkommene Unterbrechung ihres sonst gleichmäßigen Lebens. Der Wachhauptmann geleitete die Schiffbrüchigen mit polternden Schritten durch die Stadt, und viele seiner Einwohner folgten ihnen, um Herberge und trockene Kleidung anzubieten. Die Jungen sprangen zwischen den Ruderern umher, fragten sie aus und taten sich mit tollkühnen Erzählungen über eigene Schiffbrüche im Einbaum hervor.

Endlich waren sie an der Halle des Königs angekommen, deren eine Seite fast offen war; in der Mitte des weit einsehbaren Raumes stand ein Hochsitz. Davor stellte sich jetzt der Hauptmann auf, zum Zeichen, daß er im Namen des Wikgrafen reden wolle. Ivar, Kaare und die Ruderer sammelten sich in seiner Nähe, während die Haithabuer Bevölkerung an den Wänden Aufstellung nahm und stiller wurde, je mehr sich die Versammlungshalle füllte, und schließlich erwartungsvoll schweigend den Hauptmann anblickte.

»Wir haben hier die Besatzung des Schiffes ›Kühner Adler‹«, erklärte der Hauptmann unbeholfen aber laut. »Ihr Führer ist Kaufmann Ivar aus Birka. Gerettet sind alle. Folke der Schiffbauer kommt noch mit seiner Mutter Aasa, die ebenfalls auf dem Boot war. Jetzt brauchen sie alle ein Nachtquartier, Essen und trockene Kleidung.«

Da Benno nun seine Ansprache beendet hatte, drängten die Leute näher, eine bunte Mischung aller Bevölkerungsgruppen. Aus den großen Kaufmannshäusern waren die Herrinnen selbst gekommen, um Hilfe anzubieten. Manche hatten einen Sklaven mitgebracht, um mögliche Verletzte zu stützen. Aber auch sächsische und slawische Handwerker waren da: jeder sah es als Ehre an, einen der fremden Gäste bewirten zu dürfen. Enttäuschung wurde laut, daß es sich nur um ein kleines Schiff mit wenigen Schiffbrüchigen handelte. Ivar, der mehrmals herzlich gebeten wurde und dankend mit dem Hinweis auf Thorbjörn ablehnte, erweckte Anstoß, vor allem bei Högnis Frau, die sich gekränkt zurückzog.

Nach einer Weile erst löste der Tumult sich auf; die Ruderer verschwanden nach und nach mit ihren Wirtsleuten, hauptsächlich ansässigen Schweden. Als der Kaufmann Ivar als einziger Fremder im Raum übriggeblieben war, sah der Hauptmann seine Aufgabe als gelöst an. Er beglückwünschte sich im stillen, daß er den Wikgrafen so gut vertreten hatte, und sagte laut: »Es scheint, als hätten wir alle deine Leute gut untergebracht. Ich werde dich nun zu Thorbjörns Hof bringen. Du hast damit keine schlechte Wahl getroffen. Thorbjörn ist angesehen und hat ein bequemes Haus.«

Ivar war schon halb auf dem Weg nach draußen. Ihm eilte es jetzt. Die leinene Pumphose hing in kalten Falten an seinen Beinen herunter, und die Wickelgamaschen aus Wolle, die bereits zu trocknen begannen, kratzten auf der Haut. »Komm«, sagte er und ließ es an seiner sonstigen Höflichkeit fehlen.

Der Hauptmann aber nahm es nicht übel. »Gewiß, gewiß«, sagte er ein wenig großspurig und eilte dann dem Kaufmann auf einer Straße voraus, neben der ein schmaler Bachlauf herlief, dann über eine Brücke hinweg. »Hier sind wir schon.« Er wies auf ein stattliches Haus mit

mehreren Nebengebäuden. Das Anwesen war mit einem hohen Lattenzaun eingefriedet, und in dem erleuchteten Eingang stand Folke.
»Ich biete dir den Willkomm im Namen meines abwesenden Vaterbruders«, sagte der Bootsbauer Folke stolz, »und auch im Namen meiner Mutter Aasa.«
Ivar nickte und trat ein.

Er hatte es in der Tat nicht schlecht getroffen. Das Haus des Bootsbauers hatte mehrere Räume, und der Wohnraum war groß und luftig. Dank der Höhe des Firstes zog der Rauch schnell nach oben und verschwand zwischen den Reethalmen. Ivar beglückwünschte sich selbst. Er haßte die kleinen Katen, in denen der Rauch wie Nebel zwischen den Wänden liegenblieb und ständig zum Husten reizte. Unauffällig sah er sich im Hauptraum um.
Auf den fellbespannten Bänken entlang der Wände konnten viele Leute übernachten. Aber bisher schliefen nur die kleinen Kinder und eine Gestalt, die unter einer warmen Wolldecke völlig unkenntlich war. Die Hausfrau kniete am Herd und fachte das Feuer an, als Folke den Gast zu ihr brachte.
Hild erhob sich. An ihrem Gürtel klirrten die Schlüssel des Hauses. Während sie die Asche von den Händen putzte, die sie schließlich zusammengelegt auf ihrem Kleid ruhen ließ, musterte sie den Gast mit abschätzenden Blikken. Sie war mittelgroß und hatte ein rundes Gesicht, eingerahmt von aschblonden Haaren. Sie war viel jünger als Aasa und unterschied sich auch sonst wie Tag und Nacht von ihr. »Willkommen«, sagte sie.
Ivar hatte sich beim Anblick des unmodernen Kleides und der kunstlosen Schmuckfibeln der Hausfrau kurzerhand entschlossen, seine höfischen Umgangsformen beiseite zu

lassen; hier waren sie nicht angebracht. Er bedankte sich in einfachen Worten, und Frau Hild war zufrieden. Sie wandte sich erneut dem Essen zu.
Ivar und Folke setzten sich auf eine der Bänke, die über und über mit Bären-, Wolfs- und Rentierfellen bedeckt waren, wie Ivar mit Kennerblick feststellte.
Folke schwieg. Er wünschte sich, daß seine Mutter nicht schon schliefe oder wenigstens Thorbjörn im Hause wäre. Aasa war den Umgang mit dem achtunggebietenden Gast gewöhnt, und sein Onkel hatte durch seinen Beruf mit Männern aller Art zu tun. Er selber fühlte sich durch Ivar eher niedergedrückt und wußte nicht, was er sagen sollte. Erst das Warmbier, das Hild dem Gast im Holzbecher reichte, gab ihm Gelegenheit, diesem wenigstens höflich zuzuprosten.
Aber der Kaufmann war ohnehin wenig gesprächig. Nach dem Essen entbot er Hild und Folke sofort eine gute Nacht und ließ sich dann eine Schlafbank zuweisen.

Am nächsten Morgen schien die Sonne schon warm über das Noor, als Folke sich zur Werkstatt aufmachte; die meisten Häuser der Stadt lagen noch im Schatten hinter dem Wall und den angrenzenden Wäldern. Die Handwerker nahmen wohl ihre Morgenmahlzeit ein, denn in ihren Häusern war es still; nur die Hunde waren hinausgelassen worden, und die Hühner scharrten und kratzten laut in den Höfen.
Unten am Hafen war mehr los. Dort tummelten sich die Seeleute und die Sklaven der großen Kaufleute. Sie mußten nachholen, was sie am Vorabend nicht geschafft hatten. Sonst aber erinnerte nichts mehr an das Unwetter vom Vortag. Folke, der keine Lust auf ein Gespräch hatte, setzte sich auf dem Uferweg in einen gemächlichen Trab.

In der Schiffbauerei würde er heute allein arbeiten. Thorbjörn, der mit den beiden älteren, erfahrenen Gesellen drüben im Dorf Schleswig war, wurde im Laufe des Tages zurückerwartet, vielleicht sogar erst am Abend.
Fast mit Liebe betrachtete Folke den Baumstamm, der über vier Böcken lag und den er schälen sollte. Ein Mast würde aus ihm werden, ein stattlicher, zäher, und der würde nicht in der Mitte knicken, wie der, den er ersetzen sollte. Ein Stümper, wer einen Mast aus fremdländischem Fichtenholz macht, hatte der Meister gesagt, als er mit dem Auftraggeber gesprochen hatte.
Der Baum war längst entastet. Der Bogenmacher hatte diese Aufgabe übernommen, nachdem sie die Esche gemeinsam gefällt hatten. Thorbjörn arbeitete schon lange mit dem Bogenmacher Ordulf zusammen – obwohl der ein Sachse war: sein Interesse an dem Baum war genauso groß wie ihr eigenes. Er stellte aus den geschmeidigen Ästen ohne Knorren die besten Langbogen der Gegend her. Die Schiffbauer dagegen machten sich die krummgewachsenen dicken Äste und Astgabelungen, deren Spannkraft und Geschmeidigkeit keine andere Holzart erreichte, für die Spanten und Kniehölzer zunutze.
Folke holte ein Schälmesser aus der Werkstatt und fing an, die Borke sorgsam zu entfernen. Noch war sie glatt, denn der Baum war jung; erst wenn er so alt wie ein Greis war, fing auch seine Haut an, sich zu furchen. Ohne es zu wollen, mußte Folke an den Alten denken. Er sah sich vorsichtig um. Der würde ihn doch nicht wieder überraschen wollen? Nein, er war allein, die Vögel zwitscherten es ihm zu.
Folke starrte sinnend auf das Gebüsch, ohne etwas zu sehen. Der Mantelstoff des Alten war sehr fein gewebt gewesen und die rote Färbung nicht einmal verschossen.

Wie mochte der Mann an ein Kleidungsstück gekommen sein, das sich sonst nur Könige und Edelleute leisteten? Es blieb ein Rätsel.
Nachdem Folke stundenlang ohne Unterbrechung gearbeitet hatte, hörte er jemanden auf der Straße kommen. Thorbjörn war es nicht, der benutzte innerhalb der Stadt kein Pferd. Gemächlich klopfte er die Späne von seinen Gamaschenhosen und richtete sich auf.
Das Pferd kannte er – das kam vom Schmied, der auch Pferde an Kaufleute auslieh –, den Mann aber nicht. Der sprang herunter, blieb auf krummgewachsenen Beinen neben dem schnaufenden Gaul stehen und sah sich wie ein sichernder Fuchs um. Als er endlich fertig war, war Folke gewiß, daß er nun jeden Busch auf dem Gelände auswendig kannte. »Du bist doch der Schiffbauer Thorbjörn«, sagte der Mann endlich und machte dabei den Mund kaum auf, als müßte er mit dem Atem sparsam sein.
Folke schüttelte den Kopf. »Thorbjörn ist nicht da.«
»Aber du baust Boote, wie man sieht. Puh, heiß hast du es hier. Komm in den Schatten, ich habe mit dir zu reden.«
Folke schwieg abwartend. Der Mann sah nicht so aus, als würde Thorbjörn viel Wert auf ihn legen. Dürr und schmächtig wie einer, der kurz vor dem Verhungern ist: nicht Kaufmann zu Schiff, sondern Wanderhändler. Aber er folgte ihm dennoch. Der Meister wies nie jemanden ab, ohne ihn angehört zu haben. Und der Schatten der Hütte schien für einige Minuten verlockend; die Nachmittagssonne brannte immer noch heiß.
»Wenn dein Meister nicht da ist«, sagte der Mann schlau und dachte, er hätte einen Dummen gefunden, »repariere du mein Schiff, und es soll dein Schaden nicht sein. Es ist nur eine Kleinigkeit, und ich gebe dir dafür einen schönen Kamm für deine Liebste. Komm, schlag ein.« Er hielt dem

Bootsbauer schon die offene Hand hin, mit der anderen in der Tiefe seiner Umhängetasche nach dem versprochenen Kamm suchend.

Während Folke überlegte, bog Ivar um die Ecke. »Tu es nicht«, sagte er rasch. »Der Ruderschaft ist gebrochen, das ist keine Kleinigkeit.«

Obwohl Folke keineswegs vorgehabt hatte einzuschlagen, weder für seinen Meister noch für sich, nickte er dem Schweden dankbar zu. »Solche Geschäfte sind unredlich«, sagte er dann mit der Rechtschaffenheit dessen, der noch nie der Versuchung erlegen ist. »Ich und mein Meister sehen uns ein Schiff immer an, bevor wir den Handel abschließen.«

Der Mann grinste breit und zuckte mit den Schultern. »Trotzdem, wie dein Freund hier sagt: Wir brauchen ein neues Ruder.«

Folke versprach, Thorbjörn Bescheid zu sagen, und nachdem er ihm dann noch den Weg durch das Tor zur Straße nach Schleswig beschrieben hatte, stieg der Krämer wieder auf sein Pferd und ritt davon. Der Bootsbauer sah Ivar erleichtert an. »Nicht jeder kann sich so benehmen, daß man ihn ein zweites Mal in die Stadt läßt«, sagte er.

Ivar lachte leise. »Bei diesem hier scheint es äußerst fraglich. Er könnte wohl mit der Kiepe auch besser umgehen als mit einem Boot.«

»Hat er wirklich eins?« fragte Folke und staunte, daß Ivar aussprach, was er selber vor wenigen Minuten gedacht hatte.

»Hm«, sagte Ivar. »Achtzehn Fuß, schätze ich. Er hat noch einen Begleiter. Unnützes Volk, beide. Über den freut sich weder der Wikgraf noch die Kaufmannschaft.« Mit leisem Spott in den Augen schien er noch einen Moment über den Kleinhändler nachzudenken, während der junge Mann ihn scheu betrachtete. Kaufmann Ivar sah dank der ihm geliehenen Kleidung von Thorbjörn heute ganz anders aus als gestern, weniger fremdländisch, aber gerade deshalb noch eindrucksvoller. »Auch ich«, sagte er nach einer Weile, »wollte mit Thorbjörn über mein Schiff reden, allerdings hoffte ich, er wäre inzwischen zurückgekehrt. Ich brauche seinen Rat.«

»Nein«, sagte Folke, »aber vielleicht kann ich dir helfen...?«

Ivar schob nachdenklich die Unterlippe vor. »Möglicherweise. Ich höre gerne den Rat vieler Männer.«

Aasa hätte gewußt, daß Ivar dies zu tun pflegte, um anschließend nach seinem eigenen Kopf zu handeln, aber Folke freute sich. Er richtete sich zu seiner ganzen Länge auf, die der des Kaufmanns fast gleichkam, und legte die Hände auf den Rücken. »Sicher. Sprich nur freiweg«, forderte er ihn eifrig auf.

»Glaubst du, daß man ein Schiff wie meines heben kann?« wollte Ivar wissen.

»Das ist eine seltsame Frage«, sagte Folke mit plötzlichem Herzklopfen und ging sie an wie ein Auerochse den Jäger. Er kniete nieder und wischte mit der Handkante die Holzstückchen vom trockenen Boden. »Sieh her«, befahl er und vergaß ganz, mit wem er sprach. Mit einem spitzen Hölzchen warf er eine Figur hin, die Ivar sofort als sein Schiff deutete. »Man erzählte mir, daß der Mast heraussteht. Wenn nun dein Knorr sechzig Fuß lang ist, dann schätze ich den Mast auf ungefähr vierzig, wovon die Hälfte sich unter Wasser befindet. Nun glaube ich aber, daß der Fuß des Mastes sich aus dem Kielschwein losgerissen haben muß, denn die Schlei ist an dieser Stelle bei weitem nicht so tief wie der halbe Mast lang ist.«

Ivar, der sich anfänglich mit der Betrachtung der Zeich-

nung von oben begnügt hatte, begann seine Meinung über den jungen Mann zu ändern. Er war keineswegs der gedankenlose Jüngling, den er in ihm gesehen hatte. Vielleicht konnte er ihm sogar nützlich sein. »Ich mußte nur wenige Meter schwimmen, dann konnte ich bereits gehen«, bestätigte der Kaufmann und hockte sich ebenfalls nieder.
»Wir werden das nachmessen«, fuhr Folke fort. »Vielleicht ist es möglich, bei besonders niedrigem Wasser ein Tau an dein Schiff zu binden und es an Land zu ziehen. Vielleicht geht es.« Während er nachdenklich schwieg und Ivar skeptisch blickte, waren erneut Schritte zu hören.
»Thorbjörn!« sagte Folke, noch bevor der Bootsbauer um die Ecke gekommen war, und sprang mit gerötetem Gesicht auf. Plötzlich hatte er das Gefühl, sich zu weit vorgewagt zu haben.
Thorbjörn, nicht ganz so groß wie sein Brudersohn, aber immer noch hager wie ein Jüngling, nickte seinem Verwandten im Vorübergehen zu. Die Familienähnlichkeit war unverkennbar: bei beiden wuchsen die kurzgeschnittenen Haare über der geraden Stirn drahtig in die Höhe und gaben ihnen ein angenehm verläßliches Aussehen. Aber obwohl Thorbjörn der Ältere war, schien er das Leben leichter zu nehmen als Folke. Lachfalten, abwechselnd braun und weiß, umgaben seine hellblauen Augen. Er trat bedächtig vor den Kaufmann, dessen schweren Verlust im Sinn, aber über sein Gesicht huschte ein Lächeln, als er Ivar in den geliehenen Kleidern sah. »Da du Gast in meinem Wams bist«, sagte er mit tiefer Stimme, »wirst du wohl auch der Gast meines Hauses sein. Du bist mir willkommen.«
»Ich stehe in deiner Schuld«, sagte Ivar, ohne sich von dieser allzu sichtlich drücken zu lassen. Statt dessen musterte er den Bootsbauer mit offenkundigem Interesse, um

sich gleich darauf wieder der Zeichnung zuzuwenden. »Ich stellte deinem Brudersohn die Frage, ob man mein Boot heben kann«, erklärte er.
Thorbjörn schmunzelte, als sein Blick auf die vielen Linien fiel. »Da sind deine Gedanken wieder mit dir durchgegangen wie die Schlangen den Steinmetzen. Ich glaube gar, Folke hat das Schiff bereits gehoben?«
Die gutmütige Stichelei ärgerte Folke nicht; er kannte seinen Onkel. Thorbjörn pflegte bei aller Freude an Worten nie verletzend zu sein. »Das nicht gerade«, gab er zu. »Aber wenn man wüßte, wie tief der Knorr liegt, könnte man es vielleicht schaffen.«
»Der Knorr liegt achtundeinhalb Fuß tief«, erklärte Thorbjörn bestimmt.
Während Folke seinen Oheim staunend ansah, stand in Ivars kühlen grünen Augen nichts als unergründlicher Gleichmut, obwohl seine Hoffnung durch eine einzige Zahl zerschlagen worden sein mußte. »Wenn es so tief ist«, sagte er abweisend, »ist es kaum anzunehmen, daß man irgendwann herankommen kann.«
»Das will ich nicht auf meinen Eid nehmen.« Thorbjörn kniete nieder, wischte einige Linien von Folkes Zeichnung weg und zeichnete eine neue. »In sehr trockenen Sommern senkt sich das Wasser bis zu drei Fuß, manchmal noch mehr. Es sollte für einen guten Taucher nicht unmöglich sein, einen Teil der Ladung zu bergen.«
»Dein Rettungsversuch dauert zu lange«, murmelte Ivar geistesabwesend. »Wer kann mir versprechen, daß Niedrigwasser eintritt? Und was sind faulende Felle dann noch wert? Ganz abgesehen davon, daß das Schiff wichtiger ist als seine Ladung.«
»Hast du denn nur Felle an Bord?« fragte Thorbjörn überrascht.

Da dies ganz und gar unwahrscheinlich war, entschloß sich Ivar widerstrebend, wenigstens einen Teil der Wahrheit preiszugeben. »Eisenbarren fuhr ich statt Steinballast, und natürlich hatte ich auch ausreichend Silber.«
Der Bootsbauer pfiff leise. »Eine kostbare Ladung, wenn du mir auch sicher nicht auf die Nase binden wirst, wie kostbar. An deiner Stelle würde ich warten. Es ist jetzt schon ungewöhnlich lange trocken, und selbst der letzte Regen war nicht sehr ergiebig. Vielleicht hast du ja Glück.«
Ivar wiegte unentschlossen sein Haupt, und Thorbjörn spürte, daß dieser Mann nicht viel von seinen Gedanken preisgeben würde. Hild hatte ihn als sehr vornehmen Mann beschrieben, aber für sie war jeder, der sein Herz nicht auf der Zunge trug, sehr vornehm.
Da beide Männer schwiegen, sah Folke den Gesprächsgegenstand als erledigt an. »Der Alte war gestern da«, sagte er zu seinem Onkel und entflammte schon wieder in jugendlichem Zorn. »Ich glaube fast, er hat den bösen Blick. Einen Moment dachte ich, er wollte mich opfern.«
»Deine Vorstellungskraft ist durch keine Grenzen eingeengt«, tadelte Thorbjörn milde. »Ich weiß es und alle, die dich kennen, auch. Du solltest aber einem Gast wie unserem Kaufmann Ivar nicht den Eindruck vermitteln, hier in Haithabu könnten wilde Opfer gebracht werden. Schließlich leben wir in der fortschrittlichsten Stadt des Reiches.«
So aufgefordert, wollte Folke sich dem Kaufmann erklären, aber dieser hatte anscheinend nicht hingehört. Seine eigene Sache nahm ihn ganz und gar in Anspruch. Er verabschiedete sich denn auch sofort von den beiden Bootsbauern und ging rasch in Richtung Hafen davon.
»Ein eigenartiger Mann«, sagte Folke und sah ihm nach.
»Wie meinst du das? Mir scheint er im Gegenteil wie jeder

andere Kaufmann auch. Nüchtern. Er kennt sich in der Welt aus, das spürt man.«
»Aber seine Frage, ob man das Schiff heben kann, ist...«
»Ist auch nicht ungewöhnlich, Folke, nur etwas dumm.«
Das glaube ich nicht, eher klug, wollte Folke entgegnen, aber er besann sich rechtzeitig. Er wollte Thorbjörn nicht kränken. Hier in Haithabu ersetzte er ihm den Vater, und obendrein war er das Sippenoberhaupt.
Der Oheim, der Folke nicht aus den Augen gelassen hatte, seufzte tief. »Folke, Folke, wo will es mit dir nur hin? Gestern sahst du dich selbst geopfert, heute holst du in Gedanken ein Schiff vom Meeresgrund. Wer ist da wohl eigenartiger: ein Kaufmann, der rechnen kann, oder du selber? Das Rätsel löse mir.«
Folke bemühte sich, ehrerbietig zu sein, aber er schwieg, zuckte mit den Schultern und blieb bei seiner Meinung.
»Komm jetzt«, sagte Thorbjörn. »Wir wollen nach Hause gehen. Ich habe Hunger wie ein Wolf. Ich bin nur hergekommen, weil man mir sagte, der Kaufmann müßte mich auf der Stelle sprechen. Aber inzwischen hat er wohl erkannt, daß es nichts zu versäumen gibt.«
Angenehm überrascht durch das frühe Arbeitsende auf Geheiß seines Meisters, sprang Folke auf dem Platz umher, sammelte hastig die Werkzeuge ein und säuberte und versorgte sie in der Werkstatt.
Gerade hatte er den letzten Handgriff getan, als Thorbjörn in der Tür erschien. »Horch mal, im Hafen ist Lärm«, sagte er. »Da ist etwas passiert. Beeil dich!«
Als Folke draußen war, hörte auch er es. Sie rannten los.

Trotz seiner vierzig Jahre war Thorbjörn noch sehr beweglich, wenn er auch mit einem Läufer wie Folke nicht mithalten konnte. Aber Folke war nicht der Mann, dem Sippenoberhaupt seine körperliche Überlegenheit zu zeigen; er blieb neben ihm, bis sie am Hafen angelangt waren. Schon am Fischerhafen sahen sie, daß eine Gruppe von Männern auf dem Steg stand, an dem Högnis Knorr längsseits lag. Aus den angrenzenden Straßen strömten die Handwerker mit neugierigen Gesichtern zum Hafen, um den Bauch noch die Schürzen. Die Gruppe vergrößerte sich mit jeder Minute.

Das Geschrei kam von Schiffer Sote. Sote, dessen Haare wie ein Hofbesen in die Höhe standen, hatte mit festem Griff den alten Wikinger am Arm gepackt und ließ ihn nicht los, obwohl er mit der Geschwindigkeit und dem Nachdruck eines Schmiedehammers auf verschiedene Männer einsprach. Auch ohne seinen prächtigen Mantel wirkte der Alte ehrfurchtgebietend. Als ob das Getümmel ihn nichts anginge, ließ er stumm seine Augen über die Menschen schweifen.

»Da ist er ja wieder«, sagte Folke verblüfft und wies mit dem Kinn auf den Alten, von dem er eben erst gesprochen hatte.

Thorbjörn antwortete nicht, sondern drängte sich durch den inzwischen fast geschlossenen Kreis von Männern hindurch, gefolgt von Folke, der keine Bedenken hatte, sich in die bevorrechtigte Position seines Onkels mit einzubeziehen.

Von der anderen Seite, zugleich mit den beiden Schiffbauern, langte der Wikgraf an.

Seit einer knappen Stunde war er endlich wieder in der Stadt, nachdem er seinen Bezirk gewohnheitsmäßig inspiziert hatte. Während er vom Pferd gestiegen und in dem ihm zur Verfügung stehenden Raum den Staub aus den Hosen geklopft hatte, war er bereits über die neuesten Vorgänge in der Stadt in Kenntnis gesetzt worden, als allerletztes über den Streit im Hafen. Er sah seine Schlafbank mit Bedauern an, dann ließ er sein Ersatzpferd satteln und ritt den Festungsberg hinunter.

Die Zuschauer wichen respektvoll zurück, sowohl vor der Macht des Wikgrafen als auch vor dessen mächtigem Braunen. Aber nicht einmal die weißen Schaumflocken, die der Braune auf Sotes Schultern schüttelte, sondern erst die energische Stimme des Wikgrafen unterbrach Sotes Schwall von Schimpfworten. »Ist es nicht unter deiner Würde, Sote, deine Kraft an einem alten Mann zu erproben?« rief er.

Sote drehte sich jäh um, und sein Gesicht wurde so dunkelrot wie sein Bart. »Und ist es nicht unter deiner eigenen, zu urteilen, bevor du die Sachlage kennst?« höhnte er. »Oder stehen in deiner Gunst dänische Diebe höher als schwedische Krieger?« Wie ein Seufzen ging es bei dieser frechen Bemerkung durch die Zuschauer, unter die sich mittlerweile auch Kaufleute und einige Frauen gemischt hatten.

Die vier Mann starke Wache in des Wikgrafen Gefolge rückte unter leisem Füßescharren näher, aber der Wikgraf selber war nicht der Mann, sich herausfordern zu lassen, vor allem, wenn einer auf die Spannungen zwischen schwedischer Kaufmannschaft und dänischen Handwerkern anspielte. »Laß los«, sagte er kalt, und sein strenger Blick ruhte auf dem Schiffer, bis dieser den Arm des alten Mannes fallenließ. Dann erst sprach er weiter. »Wenn du eine Klage gegen den Mann hast, so bringe sie auf der Burg vor, und ich werde deine Angelegenheit prüfen. Meine Wache wird in diesem Fall den Mann in Gewahrsam nehmen. Hast du eine Klage?«

Der Wikgraf machte nie unnütze Worte, und er verstand glasklar zu sagen, was nottat. Schmallippig wartete er, um dem Schiffer Gelegenheit zu geben, seine Sache zu vertreten. In der gespannten Stille war nur das Scharren eines Pferdehufes zu hören. Sote blieb stumm.

»Wenn du also keine Klage hast«, fuhr der Wikgraf fort, »höre auf, den Ruf dieses Alten zu schädigen. Das leise Flüstern eines Lügners trägt schon eine Ameise in den Wald. Dein Gebrüll aber pflanzt sich selber fort und wächst von Stunde zu Stunde, bis es durch ganz Jütland rast. Du wirst hier nicht länger gelitten sein, wenn du wie ein altes Weib geiferst.« Der Wikgraf holte tief Atem, verärgert, daß er sich durch eine solche Nichtigkeit von seiner wohlverdienten Ruhe hatte abhalten lassen, aber zu klug, um sie seinem Gewährsmann anzukreiden. Nicht dessen, sondern seine eigene Aufgabe war es, Wichtiges von Unwichtigem zu unterscheiden. Gelassen wendete er sein Pferd und ritt davon, gefolgt von der rasch ausschreitenden Wache.

Sote sah ihm nach, immer noch hochrot und mit geballten Fäusten und schickte ihm einen langen, leisen Fluch hinterher. Danach blickte er um sich, Zustimmung heischend. Manche wandten sich ab und gingen davon. Andere klopften ihm auf die Schulter.

Thorbjörn, den der Ausgang nicht befriedigt hatte, blieb stehen und mit ihm Folke. »Was war denn geschehen?« wollte er wissen und bekam eine Antwort, die ausführlicher war, als er sie sonst von Högnis Leuten bekam.

»Der Mann ist ein Dieb«, erklärte Sote geradeheraus und

sah dem Alten nach, der verstohlen zwischen den Häusern verschwand. »Er steckt seine Nase in alles, vor allem, wenn es ihn nichts angeht. Ich habe ihn gerade auf meinem Schiff erwischt, wie er in der Ladung herumkramte.« Mit dem Daumen wies er ins Achterschiff.

»Neugierig ist er, der alte Geir«, bestätigte einer der Männer. »Ich habe aber noch nie gehört, daß er stiehlt.«

»In den Wäldern sagt man von ihm, daß er ein Priester, ein Gode, sei«, meldete eine Frauenstimme, und die Männer drehten sich zu der Sprecherin um.

»Ach, Gode«, sagte Sote wegwerfend, verärgert auch über die Aufmerksamkeit, die die Frau bekam, obwohl sie nur eine einfache Handwerkerfrau war, »ein Dieb ist er! Er ist nur nie erwischt worden. Paßt nur auf eure Sachen auf! Ihr werdet schon sehen!«

Folke, der hinter seinem Vaterbruder stand, mischte sich nicht ein, aber er beobachtete alles. Er hatte sogar gesehen, daß der junge Sklave, der auf dem Achterschiff stand, bei Sotes Anklage den Kopf geschüttelt hatte. Er wunderte sich auch, daß der rote Schwede nervös schien und seine gerechte Sache so schlecht vertrat. Er nickte zustimmend, als Thorbjörn fragte: »Was ist dir denn gestohlen worden?«

»Das geht niemanden etwas an«, antwortete Sote hastig. »Mein Herr hat es nicht gerne, wenn jeder weiß, womit er handelt.«

Die Männer in der Runde brachen in Gelächter aus. Auch diejenigen, die auf der Seite des Schiffers gestanden hatten, mußten im nachhinein die Entscheidung des Wikgrafen billigen. Sotes Mundwerk schien besser zu arbeiten als sein Verstand.

Der Handwerker, dem das Ohr fehlte, griff sich mit töpferlehmigen Händen in die Haare, daß sie sich nach oben

stellten wie ein gesträubtes Gefieder, und rief höhnisch: »Er gackert wie ein Huhn, das ein Ei verloren hat und nicht weiß wo. Tak, tak, tak. Und nun weiß er nicht einmal mehr, ob es überhaupt ein Ei war!« Er brüllte vor Lachen und sprang umher wie Federvieh, das dem Schlachtmesser davonläuft. Die Männer stimmten dröhnend ein, aber Sote erbleichte unter seinen roten Haaren. Bevor es zu Tätlichkeiten kam, trat Thorbjörn mit ausgestreckten Armen zwischen Sote und den Einohrigen. »Nun hört auf, Männer«, befahl er mit ernster Miene. »Ihr wißt, der Wikgraf nimmt Streitereien nicht auf die leichte Schulter. Könnte sein, ihr werdet ausgewiesen, bevor die Sonne ganz untergegangen ist.« Während der Handwerker grinsend unter Thorbjörns Arm wegtauchte und zwischen den Zuschauern verschwand, drängte Sote mit schräggestelltem Oberkörper gegen Thorbjörns Arm. Die Zuschauer wurden still und rückten auseinander. Gespannt beobachteten sie den stummen Kraftakt, der soeben begonnen hatte. »Sote, ich warne dich«, keuchte Thorbjörn und wich zurück, als sein Handrücken einknickte und er den Arm anwinkeln mußte.
Aber der Seemann hatte es nur darauf abgesehen, seine Stärke zu demonstrieren. Unter bösem Knurren schob er den Bootsbauer allein mit der Kraft seiner gespannten Bauchmuskeln ein Stück rückwärts, dann ließ er ganz plötzlich von ihm ab, drehte sich um und stieg auf sein Schiff, wo er unter dem Halbdeck verschwand.
Ein enttäuschtes Seufzen ging durch die Zuschauer. Sie waren zwar auf ihre Kosten gekommen, aber es hätte noch besser werden können. Sie fingen an, sich zu zerstreuen. Während die ersten bereits davonschlenderten, bemerkte Folke, daß der Wikgraf nicht viel weiter gekommen war als schon bei Beginn der Auseinandersetzung zwischen sei-

nem Onkel und dem Schiffer. Auf seinem Pferd war er weithin sichtbar, und neben ihm stand Ivar, den er vor einer Weile noch hier unter den Zuschauern gesehen hatte. Der Kaufmann würde sich über seinen Verlust beklagen, vielleicht auch zu erklären haben, warum er dieses Mal den Zoll, die Marktabgabe und den Silberpfennig nicht zahlen konnte.

»Dein Verlust tut mir leid«, sagte der Wikgraf zu Ivar, und es gelang ihm, einigermaßen bekümmert auszusehen, »obwohl du natürlich besser getan hättest, dich einem Kaufmannskonvoi anzuschließen. Warum fährst du allein?«

»Nicht ein Seeräuber, sondern das Unwetter hat mein Schiff versenkt«, entgegnete Ivar mit verkniffenem Gesicht, ohne die berechtigte Frage zu beantworten.

»Thor wußte wohl, warum er dich treffen wollte. Ich könnte mir denken, daß er das Kreuz bei einem Mann aus dem Norden nicht gerne sieht. Vielleicht war es tollkühn von dir, ihn auf seinem eigenen Gebiet herauszufordern.«

Unwillkürlich griff Ivar an seinen Hals. Die geliehene Sommertunika verdeckte das Kreuz an der Kette kaum, ganz im Gegensatz zu seinem gewohnten hochgeschlossenen Seidenhemd. Er trug das Kreuz sonst erst, wenn er auf christlichem Gebiet angekommen war, nur dieses eine Mal hatte er es zufällig schon vorher angelegt. Sein Groll gegen den Steuermann und gegen den Gott, dem er untreu geworden war, wuchs.

Der Wikgraf sah die Verärgerung in Ivars Augen. Zu weit wollte er mit seinen Sticheleien nicht gehen. Es war nicht klug, einen Kaufmann gegen sich aufzubringen, auch wenn dieser mit der städtischen Kaufmannschaft nichts zu tun hatte und deren Zorn auch gar nicht ihm persönlich, sondern dem König galt. »Ich werde für dich eintreten«, sagte er versöhnlich, »wenn sie darüber beraten, ob sie dir und deinen Männern eine Entschädigung auszahlen sollen.« Ivar nickte düster und war augenscheinlich selbst durch diese Aussicht nicht aufzuheitern. »Welche Neuigkeiten gibt es in Birka?« fragte der Wikgraf.

Ivar seufzte tief und schien endlich seine Sorgen vorübergehend zu vergessen. Er straffte sich und klopfte dem Braunen des Wikgrafen den Hals. »Ich bin kaum einmal am Hof des Königs, wie du vielleicht nicht weißt. Meine Geschäfte führen mich weit herum. Aber als ich mein Schiff im Hafen von Birka belud, hörte ich das Gerücht umgehen, daß Knuba seinen Sitz in Zukunft hier in Haithabu nehmen will.« Während er sich mit Genugtuung am Schrecken des Wikgrafen weidete, fuhr er sanft fort: »Vielleicht nur einen Teil des Jahres, aber im wichtigsten.«

»Im Sommer also«, murmelte der Wikgraf und blickte die Hafengasse hinunter, wo immer noch die Männer standen, die den Aufruhr entfacht hatten. Ohne sie zu beachten, überdachte er in aller Eile die Konsequenzen, die sich für ihn daraus ergeben konnten, aber er beruhigte sich sofort wieder. Selbst wenn Knuba hier residierte, würde er seinen obersten Verwalter, der die Truppen befehligte, Steuern und Zoll eintrieb, nicht entlassen. Es war kaum anzunehmen, daß er vorhatte, diese ihm lästigen Dinge gegen die Jagd und kleine Plünderungsfahrten einzutauschen.

Während Folke noch beobachtete und überlegte, wurde seine Aufmerksamkeit von einem Mädchen abgelenkt, das die Straße entlangkam, anmutig trotz eines irdenen Kruges auf dem Kopf. Er mußte schwer sein, dennoch brachte sie es fertig, den Kopf zu wenden und mit einem leichten

Nicken für die Grüße zu danken, die ihr entgegengerufen wurden. Folke hatte sie noch nie in der Stadt gesehen, aber sie schien dort bekannt zu sein, und er war von der ersten Sekunde an von ihr gefesselt.

»Thorbjörn«, sagte er mit heiserer Stimme zum Vaterbruder, der von eigenen Gedanken erfüllt noch immer neben ihm stand, »wer ist das Mädchen?«

»Welches?« fragte Thorbjörn und drehte sich um. »Ach, das ist Hallgärd.«

Folke stieß seinen Onkel in ungewohnter Unruhe mit dem Ellenbogen in die Seite, um ihn zum Weiterreden aufzufordern. »Wo ist sie her?«

Thorbjörn sah seinen Brudersohn an. »Das kann ich dir alles erzählen«, sagte er unwillig, »aber wozu willst du das wissen? Unsere Sippe hat mit ihrer Familie keinen Umgang, und in meinem Hof wirst du sie nie treffen.«

»Warum nicht?«

Thorbjörn brummelte etwas Unverständliches. Folke schwieg, um die Neugier seines Onkels nicht anzufachen. Er begnügte sich damit, dem Mädchen wohlgefällig nachzublicken, das in die Gasse einbog, in der sich noch immer der Kaufmann im Gespräch mit dem Wikgrafen befand. Ärger kroch in ihm hoch, als er sah, wie Ivar sich zu Hallgärd umwandte und ihr aufmerksam entgegenblickte. Als sie sich neben den Männern befand, verbeugte sich der Kaufmann und sprach mit ihr. Folke hätte normalerweise laut über die alberne Geste gelacht, aber jetzt war ihm nicht zum Lachen zumute. Das Mädchen zögerte; dann nahm Ivar ihr den Krug vom Kopf und trug ihn zum nächsten Hoftor.

»Hast du das gesehen?« fauchte Folke und hätte gar nicht erklären können, warum er sich so aufregte. Aber sein Onkel war zum Glück weitergegangen und hörte ihn gar nicht. Der junge Mann errötete und folgte Thorbjörn, ohne zu wissen, warum ein Schwall widersprüchlicher Gefühle ihn in den letzten Minuten durchgeschüttelt hatte.

Während die Handwerker noch auf dem Heimweg waren, saß Ubbe Einohr längst in einer Schenke in der Nähe des Hafens. Er und Halvdan hatten sich in eine düstere Ecke des Hauses zurückgezogen, um ungestört miteinander schwatzen zu können. Die Bank, auf der sie saßen, war hart, kein Fell polsterte sie; obwohl das dünngewordene Reet über den Latten das Tageslicht durchscheinen ließ, waberte der Rauch vom Herd durch den Raum, als ob er keinen Abzug fände. Aber die Männer, die hierherkamen, waren ohnehin keinen Luxus gewohnt; sie wollten meistens nur ungestört ihr Bier trinken, dann verschwanden sie wieder.

Halvdan hatte großspurig nach Met verlangt, und Ubbe beglückwünschte sich innerlich zu seiner neuen Bekanntschaft: ein Trinkkumpan nach seinem Herzen. Er rückte an den Ruderer heran, um ihm Bemerkungen über die Gäste ins Ohr zu flüstern, die er mit seinen braunen, flinken Augen für einen Augenblick musterte. »Der da zum Beispiel«, sagte Ubbe leise und wies unauffällig mit dem Kinn auf einen unscheinbaren Neuankömmling, »ist oben in der Burg in der Münzwerkstatt beschäftigt. Manchmal gelingt es ihm, eine herauszuschmuggeln.« Er machte mit Daumen und Zeigefinger die Geste des Geldzählens, um gleich darauf auf den Schenkwirt zu deuten. »Die landet dann hier oder in der Silberschmiede von . . .« Er beugte sich noch näher zum Ruderer hinüber, damit diesem nur ja nichts entging.

Halvdan, dem der starke Met bereits zu Kopfe stieg, krau-

ste verwirrt die Stirn. »Wird er denn dabei nicht erwischt?«
»Ach was«, antwortete Ubbe leichthin, »solche Münzen werden täglich aus der Stadt geschleust. Da kennt man Wege... Verstehst du?« Er sah seinen Zechkumpan schlau an, und der nickte und grinste.
Mit einem Mal lachte Halvdan laut auf, während Ubbe ihn neugierig anblickte. »Wenn mein kluger Kaufmannsgenosse nur solche Wege gekannt hätte! Bei jeder Fahrt schimpft er über den hohen Münzfuß, aber es kommt ihm gar nicht in den Sinn, ihn zu umgehen. Ein normaler Mensch, der sein Silber beisammenhalten möchte, könnte fast auf die Idee kommen, er dränge sich gar zum Berappen. Stets steht er bei eurem Wikgrafen im Hof, noch bevor der überhaupt weiß, daß wir hier sind.«
»Na, na, unterschätz den mal nicht. Der weiß alles.«
»Fällt mir gar nicht ein«, sagte Halvdan verdrießlich, »so einen unterschätze ich nicht und überschätze ich auch nicht. Er ist mir egal. Aber so ein ganz kleines bißchen Silber zu verheimlichen könnte schließlich nicht schaden. Immerhin ist es nicht nur Ivars Verlust, sondern auch meiner.«
»Dann muß er ja ein besonders ehrlicher Mensch sein«, stellte Ubbe mit leichter Verblüffung fest. Halvdan griff zu seinem Becher. Er erwiderte nichts, aber er verzog die Lippen. Ubbe rückte noch ein wenig näher. »Du kannst ihn nicht leiden«, flüsterte er. »Gib's zu.«
»Ich bin auf ihn eingeschworen«, knurrte Halvdan und wurde immer wütender. Met machte ihn anfänglich immer durstig und wütend. Er nahm einen großen Schluck und hielt dann den leeren Becher in die Höhe. »Wirt, hast du keine Trinkhörner?« schrie er. »Dieser Napf taugt vielleicht für Kinder, aber kaum für erwachsene Krieger!«

Der Wirt tauchte in der Tür zu dem kleinen Nebenraum auf. Während er in die halbdunkle Ecke spähte, wischte er sich die schmierigen Hände an seiner Lederschürze ab. Ubbe übersah er bewußt, der war kein zahlungskräftiger Kunde, aber der andere, der schwedische Rudersmann, sah aus, als ob er notfalls bei seinem Herrn Kredit hätte.
»Bring's mal raus«, befahl er über seine Schulter hinweg dem Schankknecht. »Voll!«
Ein schwarzhaariger, dürrer Mann schlängelte sich am Wirt vorbei, während der sich immer noch nachdenklich die Pranken trockenrieb.
Der Sklave reichte dem Gast das Horn mit gesenktem Kopf, und seine strähnigen Haare fielen nach vorn. Er war genauso verlottert wie die ganze Schenke, und niemand konnte von ihm etwas Besseres erwarten. Halvdan sah ihn mit blutunterlaufenen Augen an. Er riß das Horn an sich und kippte dem unglücklichen Menschen das braune, klebrige Getränk über den Kopf, zänkischer und wütender denn je.
»Bring ein neues!« schrie er. »Glaubst du, ich dulde den Dreck eines verruchten Sklaven in meinem Met?« Dann riß er sein Messer aus dem Gürtel und stach einige Male in das graue unförmige Gewand des Mannes hinein.
Der Wirt sah gleichmütig über das verschüttete Getränk, das sich mit tropfendem Blut mischte und langsam in den Lehmboden sickerte, und kümmerte sich überhaupt nicht um den wegschleichenden Schankknecht. So etwas kam öfter vor. Bezahlen würde die Zeche ohnehin der Gast, ob er den Met nun trank oder vergoß, und auch den Knecht würde er ihm schlimmstenfalls zu ersetzen haben. Wortlos holte er das Horn und füllte es aufs neue. Befriedigt sah er zu, wie Halvdan den ersten tiefen Schluck nahm und es dann an Ubbe weitergab.

Der Ruderer schmeckte dem Schluck mit den Lippen hinterher. »Endlich«, sagte er. »Jetzt merkt man doch erst, daß man kein Wasser im Mund hat.«
Ubbe schwenkte das Horn sorglos in der Luft und trank ihm dann zu. »Um auf euer Silber zurückzukommen«, meinte er nach einem vorsichtigen Seitenblick auf seinen Kameraden, »so könnte es sein, daß der Wikgraf sich mächtig ärgert – jetzt.«
»Könnte«, stimmte Halvdan zu und seufzte. »Sogar sehr, und mit Recht. Wenn ich daran denke, was jetzt alles da unten liegt! Die Felle und die Eisenbarren. Und all das andere . . .«
»Gold auch?« fragte Ubbe mit leuchtenden Augen.
Halvdan nickte vorsichtig. Nun, wo er seinen Zorn losgeworden war, fing er an, sich dumpf und verschwommen im Kopf zu fühlen. Nicht unangenehm, aber man mußte dann aufpassen, daß man nicht unversehens von der Bank fiel. Er grinste und faßte mit beiden Händen nach den Kanten der Sitzbank.
Ubbe näherte seinen Mund dem Ohr des Ruderers und hauchte seine Frage hinein: »Wieviel?«
Die Frage war nicht so leicht beantwortet. Halvdan wurde bei der Erinnerung schier trübsinnig. Besonders plagte ihn der Gedanke an ein kleines flaches Paket, das sehr schwer war, dessen Inhalt er aber nie hatte in Erfahrung bringen können.
Während er noch darüber nachdachte, flackerte das Feuer auf dem Boden auf, wie immer, wenn die Tür aufging, um einen weiteren Gast hereinzulassen. Der Ruderer blickte nicht auf. Hier war ein stetes Kommen und Gehen. »Ich weiß es nicht«, gab er zu und merkte auch nicht, wie die Bank erbebte, als jemand sich neben ihn setzte. »Aber zwei Pfund können es wohl sein. In Hacksilber und in

Münzen. Liegt jetzt alles im Heck, unter dem Steuermann.« Er sah auf und bemerkte endlich den Neuankömmling. Halvdan lachte laut, als er ihn sah, dann stieß er ihn schwerfällig mit dem Ellenbogen an. »Was sag ich! Unter dem Steuermann.« Und als sei es ein guter Witz, beugte er sich vor und tat so, als ob er unter Kaare nach etwas suche.

Kaare, der schnell begriffen hatte, worum es ging, packte den Ruderer an den Haaren, bevor der sein Gleichgewicht verlor, und zog ihn wieder hoch. »Du schwatzt zuviel«, sagte er scharf. »Halt dein Maul!«

Ubbe stützte seinen Ellenbogen aufs Knie, fixierte den Ruderer aus blinzelnden Augen und machte dann mit der Hand eine wegwerfende Bewegung, die reichlich kantig ausfiel. »Mach dir nichts draus«, stotterte er.

Der Steuermann beruhigte sich wieder, als er bemerkte, daß der Handwerker genauso betrunken war wie sein Rudersmann. Morgen würden sie beide nichts mehr wissen. Vorsorglich aber machte er dem Wirt ein Zeichen, daß er für sich einen Becher mit Met, für die beiden anderen noch ein gefülltes Horn haben wollte. Dann drückte er Halvdan das Horn zwischen die Hände und paßte auf, daß nicht zuviel durch den Bart rann. Halvdan sank bald auf der breiten Bank nach hinten; Kaare legte Halvdans Beine hoch und rollte ihn an die Wand. Hier würde er seinen Rausch ausschlafen können, ohne weiteren Schaden anzurichten.

Den Handwerker beobachtete Kaare aus dem Augenwinkel, sprach ihn aber nicht an. Mit diesem Mann wollte er nichts zu schaffen haben. Sein Ohr bewies, daß jemand an ihm eine Buße eingefordert und bekommen hatte. Das Horn aber hielt er ihm immer wieder hin, und Ubbe sprach dem Met fleißig zu.

Endlich erhob sich Ubbe und schwankte zur Tür hinaus. Der Steuermann lächelte grimmig und ließ sich noch einen Becher geben. Dann streckte er die Beine von sich und trank in aller Ruhe. Es schien ihm unwahrscheinlich, daß Halvdan viel ausgeplaudert hatte. Schließlich waren sie eine verschworene Kaufmannschaft. Trotzdem nahm er sich vor, Ivar einen Wink zu geben.
Nach einer Weile versank Kaare in seinen eigenen Sorgen. Es war nicht nur der Verlust von Geld und Ware, der ihn schmerzte, vielmehr der Verlust an Vertrauen Ivar gegenüber. Der Kaufmann, der sonst in allem den Ton angegeben hatte, außer was das Schiff betraf, wußte seit dem Unglück nicht mehr, was er wollte. Nach einigem Hin und Her sollten die Männer jetzt in Haithabu bleiben, obwohl ihre Verpflegung und Unterbringung eine Menge kostete. Einen kleineren Teil würde auch er als Kompagnon zahlen müssen. Und wozu das alles? Ein Schiff, das einmal untergegangen war, bekam niemand mehr frei. Er seufzte, und unaufgefordert brachte der Wirt noch einen dritten Becher, den er dankbar annahm.

Ivar aber, den er am nächsten Morgen in Thorbjörns Haus aufsuchte, blieb zurückhaltend und kühl. Er hörte sich an, was sein Steuermann zu sagen hatte, und entgegnete nichts. Kaare ging beleidigt davon. Es wurde vielleicht Zeit für ihn, sich nach einer anderen Kaufmannsgenossenschaft umzusehen.
Ivar, der seine Ungeduld mit Mühe gezügelt hatte, eilte ins Haus zurück. Er vergewisserte sich, daß die Hausfrau und Aasa im Nebenraum mit hausfraulichen Dingen beschäftigt waren, und ließ sich erleichtert vor seiner Schlafbank nieder, die er mit Folke teilte. Er schlug die Felldecken zurück und suchte hinter und unter dem Strohsack. Als er

Schritte hörte, drehte er sich langsam um. Hinter ihm stand Frau Hild mit verschränkten Armen und betrachtete ihn verdrossen.

»Ein Gast bei mir im Haus hat es nicht nötig, nach der Güte des Strohs zu sehen«, sagte sie spitz. »Es ist frisch.«

»Oh, Frau Hild, ich suche mein Messer«, entschuldigte sich Ivar und sprang auf. Er ergriff überschwenglich ihre Hände und drückte sie innig. »Ich hege doch keinen Zweifel an der Güte des Strohsacks!«

»Nicht?« fragte Hild noch ein wenig mißtrauisch, aber doch schon besänftigt. »Wir drehen die Säcke jeden Tag. Ein Messer haben wir nicht gefunden. Wie sieht es denn aus?«

Ivar war um die Beschreibung eines Messers, das er nicht besaß, keineswegs verlegen. Er schilderte es wortreich und küßte dann gegen seinen Vorsatz die Hand der Hausfrau. Im Hintergrund stand Aasa und sah alles.

5 Odins Tag

Zwei Tage später wurde Folke von Thorbjörn auf die Burg geschickt, um dem Wikgrafen zu melden, daß sein Schiff repariert sei und sich wieder an der üblichen Anlegestelle befinde.

Wie meistens hatte er ein flottes Tempo und ein Lied auf den Lippen. Er hatte allen Grund dazu: die Sonne schien warm, ein später Kuckuck rief im Wald, er war von der Morgenmahlzeit gut gesättigt, und eine Unterbrechung der Arbeit war ihm auch nicht unwillkommen. Vielen Leuten schien es heute wie ihm zu gehen, jedenfalls lachten ihn die Mägde schelmisch an, die mit Körben irgendwohin unterwegs waren, die Sklaven hoben die Köpfe und waren weniger grau als sonst, und die kleinen Kinder, die sich mit Matsch aus dem Bach bewarfen, zielten auch auf ihn. Da er ihre Treffsicherheit kannte, rettete er sich mit scherzhaften Drohungen und mit Riesenschritten.

Noch lächelnd, erblickte er in Sichtweite des Tors das Mädchen, das ihm seit zwei Tagen immer wieder durch den Sinn ging. Sie mußte die ganze Zeit auf der Hauptstraße, die vom Südtor im Wall zum Nordtor führte, vor ihm hergegangen sein. Er bedauerte, daß er sie nicht schon längst gesehen hatte. Wo mochte sie hinwollen? Vom Nordtor, auch Burgtor genannt, führte die Straße unterhalb des Burgberges nach Schleswig.

Folke sputete sich und überholte sie wie zufällig, kurz bevor sie beim Torwächter ankam. Er grüßte höflich, und sie dankte ihm freundlich, um gleich darauf wieder tiefernst zu werden. Überrascht ließ Folke seinen Blick auf ihr ruhen, während sie dem Torwächter ihr Anliegen erklärte. Der Wächter nickte bedächtig und dachte gründlich nach, und Folke sah, wie sich die Unruhe im Gesicht des Mädchens ihren Füßen mitteilte. Sie wippte auf den flachen Ledersohlen, als wäre sie am liebsten sofort losgestürmt, und sie sah den Krieger, von dem alles abhing, fast ängstlich an. Folkes Mitgefühl flog ihr sofort zu.

Ihr Gesicht, das er von der Seite betrachtete, war klar geschnitten: die gerade Nase und das feste Kinn sprachen dafür, daß sie wußte, was sie wollte. Ihre Wangen begannen sich vor Ungeduld oder vielleicht auch vor Zorn zu röten.

»Ich muß zum Wikgrafen«, beteuerte sie, als der Soldat immer noch hartnäckig schwieg; wahrscheinlich weniger, weil er sie nicht durchlassen wollte, als weil er ihre Eile nicht begriff.

Der Soldat richtete seinen Blick unschlüssig auf den Bootsbauer, der ihm wohlbekannt war. »Kannst du für sie sprechen? Kennst du sie?«

»Nein«, sagte Folke mit ehrlichem Bedauern. »Aber ich will zum Wikgrafen, und wenn sie ebenfalls dahin will, kann ich sie mitnehmen. Ich begleite sie auch zurück, wenn es das ist, was dir Kummer macht.«

»Mir macht nichts Kummer«, sagte der Torwächter. »Aber meine Befehle lauten, unbekannte Personen nicht in die Stadt zu lassen. Ich kenne sie nachher nicht besser als jetzt, und ich will mir keine Rüge einhandeln.«

»Das verstehe ich gut«, sagte Folke diplomatisch. »Aber wenn ich sie mitnehme, ist sie nicht deine Sorge, sondern meine, und ich sage für sie gut. Bist du nun zufrieden?«

Der Wächter war ohne weiteres mit dieser Lösung einverstanden, das Mädchen aber nicht. Sie blitzte Folke mit funkelnden Augen an, sagte jedoch nichts, sondern ging an seiner Seite, bis sie außerhalb der Hörweite des Wächters waren.

»Seit wann brauche ich denn einen Fürsprecher?« fragte sie zornig und trat einen Schritt zur Seite.
Folke blieb ebenfalls stehen. »Du wolltest doch durch«, sagte er friedfertig, »und das hast du nun erreicht. Bleibe bei mir bis zum Waldrand, dann brauchst du meine Begleitung nicht mehr.«
»Ich benötige sie überhaupt nicht«, fauchte sie, aber dann besann sie sich und lächelte ein wenig. »Entschuldige«, sagte sie reuig, »es ist ja ganz verkehrt von mir, dich für den Befehl des Wikgrafen verantwortlich zu machen. Er ist wohl unruhig wegen der Slawen, und du hast es ja nur gut gemeint.«
Folke brummte zustimmend. Ihre Entschuldigung machte ihn verlegener als ihre angriffslustige Stimmung. Während er darüber nachdachte, wie sie über die Situation an der Grenze Bescheid wissen konnte, begann er stumm den Anstieg auf dem steilen Anfangsstück des Burgpfades. Das Mädchen kletterte hinter ihm her.
Als der Weg weiter oben weniger steil und auch breiter wurde, hatte sie wohl das Gefühl, ihm eine Erklärung schuldig zu sein. Sie schlüpfte neben Folke, und dann fing sie ohne weiters an, ihm von ihrem Kummer zu erzählen.
»Du kennst mich nicht«, sagte sie, »und ich dich auch nicht. Aber da du in der Stadt zu Hause zu sein scheinst, hast du sicher von dem Streit am Hafen erzählen hören, bei dem ein Seeman fast den alten Geir erschlagen hätte.«
Folke sah sie an. »Ist das dein Ernst?« fragte er belustigt. »Du warst doch selber dort, du mußt doch wissen, daß es ganz anders war.«
Hallgärd bekam große, erschrockene Augen. »Ich war wohl in der Nähe«, erwiderte sie, »aber nicht unten am Hafen. Ich habe selber nichts mitbekommen. Man hat mir das so erzählt.«

»Wer hat dir das denn erzählt?«
»Geir«, bekannte Hallgärd. Dann verstummte sie und biß sich auf die Lippen.
»Geir selber«, wiederholte Folke erstaunt. »Dann muß er ein Lügner sein. Nicht nur ein Dieb.«
Hallgärd blieb stehen. »Er ist kein Dieb«, widersprach sie im Brustton der Überzeugung. Dann legte sie entsetzt die Fingerspitzen über die Lippen, als ihr klar wurde, was sie soeben gehört hatte. Folke konnte ihre Gedanken fast vor seinen Augen entstehen sehen. Wenn er lügt, stiehlt er vielleicht auch, hatte sie gedacht, und dazu schien sie allen Grund zu haben. Sie hatte sich anscheinend zu Geirs Fürsprecher ernannt, ohne die Umstände im einzelnen zu kennen.
»Willst du mir nicht einfach erzählen, was passiert ist?« fragte er freundlich, um sie nicht wieder zu verärgern.
Hallgärd nickte. »Meine Eltern betreiben die Schenke am Weg nach Eckernförde«, erklärte sie. »Meistens sind es Händler, die bei uns einkehren, kleinere und größere. Wir haben, was wir brauchen, aber der Verdienst ist nicht so groß, daß wir Angst haben müßten, von Räubern ausgeplündert zu werden. Jeder im Wald weiß, daß wir ehrlich sind. Deswegen kommen in stillen Stunden auch solche Männer zu uns, die ...« Sie zögerte und suchte nach den richtigen Worten. »... die anderswo nicht gerne gesehen sind und Angst haben, sich in größeren Ansiedlungen zu zeigen.«
»Friedlose«, übersetzte Folke.
Hallgärd widersprach sofort. »Wenn du das denkst, dann verstehst du mich falsch. Nein, wir verstecken keine Friedlosen. Es sind Männer dabei, die von ihrer Sippe ausgestoßen wurden, manchmal auch wandernde christliche Mönche. Ja, viele Christen«, sagte sie entschlossen

und sah den jungen Mann forschend an. »Franken, Sachsen und Nordleute. Nimmst du mir das übel?«
Folke hatte über den neuen Glauben bisher wenig nachgedacht, weil er dazu keine Veranlassung gefunden hatte. Niemand aus seiner Sippe war Christ. »Nein«, sagte er erstaunt. »Warum?«
»Weil die Alten das bereits für eine Abkehr von den alten Sitten und von Recht und Ordnung halten.«
Folke lachte laut auf. »Aber ich bin nicht alt.«
»So meinte ich es doch auch nicht«, verwahrte Hallgärd sich gegen das Mißverständnis und lachte mit.
Während sie immer noch bergauf stiegen, fiel Folke ein, daß sie den Ausgangspunkt ihres Gespräches aus den Augen verloren hatten. »Aber der alte Geir ist kein Christ«, sagte er und war sich ganz sicher. Und doch stimmte irgend etwas nicht, er kam nur nicht darauf, was es war.
Hallgärd kicherte ausgelassen und bedeckte ihren Mund mit beiden Händen. Als sie sich endlich wieder gefaßt hatte, sagte sie: »Nein, natürlich nicht. Aber ich sagte dir ja, wir nehmen alle auf.«
Mit plötzlicher Klarheit wußte Folke, was ihn befremdet hatte, und er sagte es dem Mädchen auf den Kopf zu. »Du selber bist Christin.«
»Ja«, sagte sie scheu und stieg emsig bergauf, als würde der Weg heute nicht mehr enden.
»Ich finde es nicht schlimm«, sagte Folke entschlossen zu ihrem Rücken und war froh, als sich das Mädchen umdrehte und ihn dankbar ansah.
»Das freut mich. Und nun will ich dir erzählen, weshalb ich zum Wikgrafen gehen muß. Aber es ist eine längere Geschichte. Am besten setzen wir uns, wenn du es nicht zu eilig hast.«
Nein, so eilig hatte Folke es nicht. Er fand sogar Zeit

genug, für sie beide ein kleines durchsonntes Fleckchen mitten im Wald aufzuspüren, und nachdem er genug Zweige von einem Haselstrauch abgerissen hatte, um sie beide gegen das taunasse Gras zu schützen, setzten sie sich.
»Geir, der Alte«, fing Hallgärd ohne weitere Umstände an, »saß an unserem Feuer, als ich vor zwei Tagen aus Haithabu nach Hause kam. Er hatte Angst, und er zitterte so, daß er den Löffel kaum halten konnte. Meine Mutter hatte ihm Brei gegeben, damit er sich aufwärmen konnte.«
»Sagte er denn, vor wem er sich fürchtete?«
Hallgärd richtete ihren klaren Blick auf den jungen Mann neben sich. »Nein, aber er meinte natürlich Sote. Wen denn sonst?«
Folke brummte zustimmend, zog die Beine an und legte den Kopf auf die Knie. Hallgärds Gesicht verschwamm zu einem hellen Flecken vor dem grünen Laub, und er hörte ihre Stimme wie aus weiter Ferne. Ein ganz unbekanntes Glücksgefühl überkam ihn.
»Und jetzt ist er weg«, fuhr Hallgärd fort, die davon nichts ahnte. »Ich meinte, der Wikgraf müßte das wissen. Er war so gerecht ...« Sie verstummte.
Folke wußte nicht, was er sagen sollte. Daß Hallgärd sich so für den Alten einsetzte, ehrte sie, aber ihre Sorge stand doch auf tönernen Füßen! Der Wikgraf hatte keine Veranlassung, sich um jemanden zu bemühen, der niemandem etwas schuldete und der frei war zu gehen, wohin er wollte.
»Er ist einfach weggegangen. Vielleicht kommt er ja wieder«, versuchte er, sie zu trösten.
Hallgärd schüttelte entschieden den Kopf. »Er kam morgens und abends. Seit vorgestern abend war er nicht mehr da. Mir hätte er es gesagt, wenn er für immer weggeht. Ich fürchte, daß Sote ihn totgeschlagen hat.«
»Das wolltest du dem Wikgrafen sagen?« fragte Folke in

höchstem Grade erstaunt und vergaß seine zärtliche Seligkeit. »Tu es nicht!« rief er warnend aus. »Ein Mann, der im Namen des Königs die Ordnung aufrechthalten soll, wird nicht erlauben können, daß jemand einen anderen ohne Grund beschuldigt. Sotes Anklage hat er noch durchgehen lassen, aber deine? Du hast doch keine Beweise, nicht einmal den Schimmer eines Verdachts.«

»Aber Geir fürchtete sich vor ihm«, wandte das Mädchen aufgebracht ein. »Wenn Sote ihn noch nicht erschlagen hat, so wird er es doch bald tun. Soll ich warten, bis Sote Geir gefunden hat? Besser wäre es, wenn der Wikgraf einen von beiden findet, ganz gleich, welchen, und ihn festhält.«

»Du hast eine sonderbare Meinung«, sagte Folke fasziniert. »Wenn Sote einen Rechtshandel mit Geir hat, müssen sie ihn austragen. Das ist so üblich.«

»Siehst du denn nicht ein, daß der alte Geir dem Schiffer schutzlos ausgeliefert ist? Und wenn er nicht gestohlen hat, warum soll er dann sterben? Wißt ihr Männer denn nie etwas anderes als Kampf?« Hallgärd sprang ungeduldig auf und strich sich die Falten aus dem Kleid.

Folke faßte sie am Arm und zwang sie, ihn anzuhören. »Hallgärd«, sagte er ernst, »ich gehe Kämpfen auch aus dem Wege. Ich bemühe mich außerdem, dich zu verstehen, aber es gelingt mir nur schwer. Der Wikgraf wird dich auch nicht verstehen.«

»Und er wird sich auch nicht bemühen, wolltest du wohl sagen«, fuhr das Mädchen ihn an und riß sich los. »Doch, das wird er. Er hat den Ruf, streng, aber gerecht zu sein. Ich gehe.«

Folke sagte nichts mehr dazu. Aber er begleitete sie bis zu den Wachsoldaten an der äußeren Mauer, und sie duldete es, obwohl sie in höchstem Grade aufgebracht war.

Im Hof der Burg, der aus einem kleinen Platz zwischen palisadenumzäunten Erdwällen bestand, herrschten ungewöhnlich viel Lärm und Unruhe. Durch ein Tor wurden wenigstens zwanzig Pferde hereingebracht, die viel zu munter waren, um an einem Stallhalfter zu trotten. Sie stiegen oder schlugen nach hinten aus, wenn ein anderer Hengst unversehens zu nahe kam, und die Männer, die jeweils drei von ihnen führten, hatten alle Hände voll zu tun. Folke und Hallgärd mußten zusehen, daß sie ungeschoren durchkamen.
»Was ist los?« fragte Folke einen von den jungen Burschen, die bereits in Helm und Lederwams, aber sonst waffenlos waren. Innerlich feixend, stellte er fest, daß es stimmte: Menschen nehmen bei längerem Zusammensein mit anderen Lebewesen deren Gewohnheiten an.
Der Krieger hatte ein schmales Gesicht, das dem seines Pferdes ähnelte, und quer zwischen den langen gelben Schneidezähnen trug er einen Grashalm. Er spuckte ihn aus und antwortete bereitwillig: »Es sind wieder Wagrier diesseits des Sperrwerks gesichtet worden, die verfluchten Plünderer. Wir werden sie uns holen!«
»Bleibt keiner hier?« fragte Folke überrascht.
Der Krieger, nicht älter als Folke, aber viel kleiner, sah ihn von unten an und lachte herablassend. »Keine Angst, Mann. Ihr seid schon nicht ohne Schutz. Der Hauptmann bleibt da.«
»So?« sagte Folke spöttisch. »Dann werden wir den wohl verstecken müssen, notfalls.« Ohne sich weiter um den Krieger zu kümmern, der mit offenem Mund hinter ihm hersah, brachte er Hallgärd dorthin, wo sich seiner Meinung nach der Wikgraf aufhalten mußte. Durch eine schmale Tür war ein ständiges Kommen und Gehen; rennende Männer in voller Bewaffnung weckten den Ein-

druck von fieberhafter Betriebsamkeit, obwohl sie wahrscheinlich einfach nur darauf brannten, von ihrem langweiligen Garnisonsdienst fortzukommen. »Hallgärd«, sagte Folke bekümmert, »nun muß ich dich wohl allein gehen lassen.«

»Das will ich meinen«, antwortete Hallgärd ein wenig belustigt. »Ich danke dir für deine Begleitung.«

Ohne weiteres verschwand sie zwischen den Männern, während Folke in den Hof zurückkehrte und sich umsah. Er war erst das zweite Mal hier oben.

Der innere, von Kasernen umstandene Hof war klein; durch einen Durchbruch im Wall blickte Folke auf einen weiten Platz, der nach Osten hin abfiel. An mehreren Steintrögen waren dort die Pferde getränkt worden; nackte hartgetrampelte Erde umgab sie, und ein Sotschwengel mit einem Eimer deutete auf eine Quelle. Im Hof sammelten sich unterdessen die Männer, warfen Decken auf die Pferderücken, trensten die Hengste auf und rückten Steigbügel zurecht. Viel Zeit würde Hallgärd wohl nicht eingeräumt werden.

Folke zog sich an eine Hausmauer zurück, die sich kaum vom Wall unterschied, weil die Hauswände in gleicher Art wie die Palisade mit Erde angeschüttet worden waren. Gleichwohl wurde das Dach mit kräftigen, schräg in die Erde gerammten Hauspfosten gestützt, und an dieses rauhe Holz lehnte sich Folke mit ineinander verschränkten Armen und sah dem Treiben gemächlich zu. Nie hatte er sich zum Kriegshandwerk hingezogen gefühlt, und auch wenn er sich mit Kameraden in Weitsprung und Weitwurf maß, konnte er ohne Neid den Besseren beglückwünschen. Über die prahlerischen Sprüche, in denen sich die Soldaten im Hof zu übertrumpfen suchten, mußte er lachen.

Die Reiter saßen auf; bewaffnet waren sie alle, wenn auch

unterschiedlich. Die Truppe führte fünf Bogenschützen mit sich, die den schweren Kriegsbogen über den Oberkörper trugen, einen gefüllten Köcher auf dem Rücken. Sie waren die schnelle, bewegliche Vorhut, geeignet für Blitzangriffe aus dem Hinterhalt. Ihre langen dünnen Pfeile bewiesen besser als alles andere, daß sie nicht vorhatten, auf die Jagd zu gehen, sondern schlimmstenfalls sogar gegen sächsische Panzer gerüstet waren. Von den übrigen Soldaten zu Pferde waren wenige mit dem Sax, dem kurzen Schwert bewaffnet, die meisten nur mit der Axt, wie sie ein jeder Mann besaß, und dem Buckelschild. In einer Ecke des Hofes sammelten sich die Fußsoldaten, auch sie mit Schild und Axt.

Plötzlich verstummten die Schmähreden und das Klirren der Waffen. Folke blickte ebenso wie die Soldaten zur Türöffnung, aus der soeben der Wikgraf trat. Ein Pferd wurde vor ihn geführt, dieses Mal nicht der schwere Braune, sondern ein leichteres, schwarzes Pferd mit Ramsnase und wildem Blick. Eindeutig wollte die Truppe sehr beweglich sein, wahrscheinlich um Verwirrung unter dem Feind auszulösen, sollte dieser sich als zahlenmäßig überlegen erweisen.

Wie eine Stahlfeder schnellte der Wikgraf trotz des Gewichtes seiner Waffen auf den Rücken seines Pferdes. Der schwarze Hengst trat mit hochgeworfenem Kopf zurück. Kaum hatte er sich langsam an der Trense abgekaut, gab der Wikgraf das Zeichen zum Abmarsch. Folke sah ihm bewundernd nach. An der Spitze seiner Truppe sah der Wikgraf fürstlich aus wie ein schwedischer Jarl. Er überragte sie alle, und als einziger trug er einen Metallhelm und ein langes Schwert am Gehänge, eine Waffe mit silbern glänzendem Rundknauf; vielleicht hatte der König selbst es ihm verliehen. Wenn er dem König das schnellste Schiff

baute – was würde wohl dafür der Lohn sein? Mit offenen Augen träumte Folke den Soldaten hinterher.
Diszipliniert verließen sie den Hof, hinter dem Wikgrafen die Reiter und die Packpferde, dann das Fußvolk. Heute waren sie wirklich eine Truppe, man konnte es sogar hören; als der Wikgraf vor Jahren seinen Dienst hier angetreten hatte, waren sie eine unausgebildete Horde gewesen.
Folke löste sich von seiner Rückenlehne und ging zum Wachhauptmann hinüber, der mit einigen mürrischen Soldaten mitten im Hof zurückgeblieben war. Bei ihm stand Hallgärd. Als sie Folke erblickte, huschte ein Lächeln über ihr Gesicht, und die Freude, mit der sie ihn erwartete, ließ Folkes Herz klopfen. Sie verabschiedeten sich und folgten den Kriegern, die am Fuß des Burgberges den Weg nach Westen einschlagen würden, während sie selber in die entgegengesetzte Richtung zu gehen hatten.
»Hast du etwas erreicht?« Folke war sonst gewiß nicht neugierig, aber diese Sache hatte er auch ein wenig zu der seinen gemacht und konnte den Mund nicht halten.
Hallgärd schüttelte den Kopf und seufzte entmutigt. »Er sagte dasselbe wie du. Immerhin hat er mich nicht irgendwelcher Hirngespinste beschuldigt und hat mich auch nicht hinausgeworfen. Er versprach, sowohl Sote als auch Geir im Auge zu behalten.«
»Sobald er wieder da ist«, ergänzte Folke.
»Ja«, sagte Hallgärd kleinlaut.
Schweigsamer gingen sie zurück, als sie zur Burg hochgestiegen waren. Wenig später betraten sie die Stadt und trennten sich mit flüchtigem Gruß.
Folke trabte versonnen durch die Straßen zur Werkstatt; als er von Thorbjörn gefragt wurde, ob er alles richtig ausgerichtet und ob der Wikgraf die ordnungsgemäße Aus-

führung der Reparatur alsbald begutachten werde, wußte er nur zu sagen, daß der Wikgraf die Stadt auf unbekannte Zeit verlassen und der Wachhauptmann sich um das Wichtigste zu kümmern habe, worunter ein Boot jedoch nicht falle.

Am selben Abend fand in der Werkstatt des Silberschmiedes Skule ein verschwiegenes Treffen statt, das durch den plötzlichen Abmarsch des Wikgrafen und seiner Männer ausgelöst worden war. Gelegen war die Werkstatt in einem stillen Winkel von Haithabu, direkt unterhalb des Stadtwalls, aber darum doch nicht weniger besucht als die anderen Silberschmieden des Viertels, sondern zu gewissen Stunden sogar häufiger.

Einer der Gründe lag darin, daß das Haus vom Hafen mit einem Karren erreichbar war, denn die gutbefestigte Nord-Süd-Straße führte nah am Haus vorbei, und von ihr zweigte der Bohlenweg zu den Anlegestellen ab. Der andere und wichtigere Grund lag in der Art der Geschäfte, die der Schmied tätigte: bei Tage das helle Ping-Ping seines zierlichen Hammers, mit dem er Gewandnadeln trieb oder Perldrähte klopfte; bei Nacht aber das lautlose Schaukeln seiner Feinwaage, auf der er eingeschmuggeltes Hacksilber gegen städtisch geprägte Münzen abwog und gegen einen saftigen Gefahrenzuschlag eintauschte.

Auch andere Geschäfte machte Skule, der seine angeborene Einäugigkeit – weswegen er als Kind beinahe ertränkt worden wäre – durch eine rastlose Tüchtigkeit wettzumachen versuchte. Niemand außer ihm selber durchschaute seine vielfältigen Interessen.

In der engen Werkstatt saß auf der Wandbank Sote, der Kapitän. Selbst in dem düsteren, durch zwei Öllämpchen kaum erhellten Raum, behielt er seine Kapuze auf, eine

Gewohnheit, die ihm nachts mehrmals das Leben bei seinen Unternehmungen gerettet hatte. Vor ihm wog der Silberschmied mit schiefgelegtem Kopf kleine Barren und Stücksilber ab, und Sote ließ die flinken Hände aus gutem Grund nicht aus den Augen.

Endlich war der Schmied fertig, klappte seine kleine Waage zusammen und verwahrte sie sorgfältig in einer Hülle aus Leder. »Warum kannst du nicht mehr auf einmal bringen?« fragte er mit nörgelnder Stimme. »Hier ein Häufchen, da ein Häufchen, das hält auf und ist gefährlich.« Dann sah er auf, und seine Mundwinkel verzogen sich kaum sichtbar. »Aber ich weiß schon. Deine Lieferanten...«

Sote zuckte gleichgültig mit den Schultern. Er würde dem Silberschmied gewiß nicht auf die Nase binden, woher er seine Ware bekam.

»Wir haben beide unsere Geheimnisse«, stimmte der Schmied dem Schiffer zu, wickelte die Münzen in ein Leinentuch und übergab es ihm als zugeschnürtes Säckchen. »Warte«, sagte er, »ich werde nachsehen, ob die Luft rein ist.« Leise schob der Meister die Tür auf und schnüffelte mit seiner gewaltigen Nase in die Nachtschwärze hinaus. Er mochte manche Fehler haben, aber Leichtsinn gehörte gewiß nicht dazu. Das war auch der Grund, weshalb er vom Wikgrafen noch nie dingfest gemacht worden war.

Obwohl vor Mitternacht, war es schon stockdunkel. Es ging auf die Tagundnachtgleiche zu, man konnte es nicht übersehen. Von rechts wehte ein kleiner Hauch eines Pferdehaufens herüber. Der Silberschmied blähte die Nüstern: kalter Duft, das Pferd war bestimmt seit zwei Stunden im Stall, wie es sich gehörte. Vom Hafen zog ein Schwall Tanggeruch die Anhöhe entlang, alles gute, vertraute Gerüche. Hastig winkte er seinen Besucher von der Bank, schob ihn in die Straße hinaus und schloß umgehend die Tür.

Sote tappte im eingetrockneten Matsch neben den Holzbohlen in die untere Stadt. Er fühlte sich nur am Wasser sicher; das Viertel der Silber- und Bronzeschmiede konnte er nicht leiden, und am wenigsten mochte er die bewaldete Anhöhe mit der Burg. Sobald er einige Häuser zwischen sich und den Skulehof gelegt hatte, gab er seine Vorsicht auf und schlug eine schnellere Gangart ein.

Unhörbar für Sote blieben die nackten Füße, die von des Silberschmiedes Haus an lautlos mit ihm mithielten, immer im sicheren Abstand einer Querstraße. Der junge Sklave Ketil verfolgte den Schiffer nicht das erste Mal, und er kannte ihn gut genug, um zu wissen, daß er jetzt zu seinem Boot strebte, wahrscheinlich um darin zu schlafen. Er konnte sich auch denken, warum: Es würde keiner Hausfrau gefallen, daß ihr Gast einen Teil der Nacht auswärts war.

Flüchtig fuhr es ihm durch den Kopf, daß er dasselbe Glück benötigte. Bisher war er noch nicht erwischt worden, aber wenn jemand entdeckte, daß er das Schloß, das ihn nachts an einen Pfahl im Verschlag fesselte, mit seinem Dietrich nach Belieben öffnen und schließen konnte, dann war er ein toter Mann.

Jetzt duckte er sich hastig. Beinahe wäre ihm ein Fehler unterlaufen. Noch nie hatte Sote sich nachts mit jemanden auf der Straße getroffen, und doch kam da nun ein Mann auf ihn zu. Ebenso heimlich und still wie alles, was nächtlich vor sich ging, aber unverkennbar mit Absicht, und Sote schien ihn zu erwarten. Die dunkle Gestalt, die Ketil nicht erkennen konnte, die ihm aber seltsam bekannt vorkam, übergab dem Schiffer wortlos einen Sack, der einen länglichen Gegenstand enthielt. Dann verschwand sie wie vom Erdboden verschluckt, und der Schiffer eilte weiter, durch das Gewicht des Pakets kaum belastet.

Ketil drückte sich an eine Palisade. Er kaute auf seiner Unterlippe. Nach einigem Überlegen gab er die Verfolgung auf. Sie war zu gefährlich, er wußte ja nicht, ob der zweite Mann sich nicht noch in der Nähe aufhielt.

Im tiefschwarzen Schatten der Grundstückszäune schlich er parallel zur Wasserfront weiter und sicherte jedesmal lange, bevor er über einen der vielen Querwege huschte. Schließlich langte er am Haus des Kaufmanns Högni an, das mitten in der Unterstadt lag, in bevorzugter Lage also und mit einem weiten Hofraum. Högni hatte es verstanden, die sein Grundstück einengenden Häuser aufzukaufen, abzureißen und neu aufzubauen; und all das, obwohl der Grund und Boden von altersher dem König gehörte.

Der Hofhund erkannte Ketil und hatte seine Nase am Türspalt, noch bevor der Sklave die Tür aufgeschoben hatte. Den Kopf eng an Ketils Knie gedrückt, begleitete er ihn bis zum Verschlag und wimmerte leise, als Ketil darin verschwand.

6 Thors Tag

Das Leben im Hause des Bootsbauers Thorbjörn hatte durch die Anwesenheit von Aasa und Kaufmann Ivar kaum eine Veränderung erfahren. Aasa sehnte sich nach Hause, fürchtete sich jedoch vor der neuen Reise, und so war sie also noch da, um sich vom ausgestandenen Schrekken zu erholen. Auch hoffte sie, daß ihr Ehemann Husbjörn käme, um sie zu holen.

In der Zwischenzeit machte sie sich in unauffälliger Weise nützlich, wo sie konnte. Bei Tage stand sie für Stunden am Webstuhl, und Hild war für die Entlastung durch eine geschickte Verwandte dankbar, wenn sie auch sonst über Aasas Anwesenheit nicht besonders glücklich war. Aasa spürte es und ging ihrer Schwägerin aus dem Wege. Gleich am ersten Tag nach ihrer Ankunft hatte sie allerdings Hild den komplizierten Haarknoten gezeigt, der in diesem Sommer in Birka unter den Kaufmannsfrauen Mode geworden war – ein wenig aus Dankbarkeit, weil Hild ihr ein Kleid geliehen hatte, das nicht einmal sehr abgetragen war. Die angebotenen Fibeln, mit denen die Träger am Schulterteil angesteckt wurden, hatte sie höflich abgelehnt: sie waren aus Holz geschnitzt, eher für eine Sklavin gedacht als für eine Herrin. Aber so war Hild; mit winzigen Stichen verwies sie die anderen auf den Platz, auf den sie ihrer Meinung nach hingehörten, und machte dabei auch vor der Verwandtschaft nicht halt.

Aasa ließ sich auf der Türschwelle von der Sonne durchwärmen und dachte an die letzten Tage zurück. Immer noch fror sie, wenn sie plötzlich an die lähmende Kälte des Blitzes und das eiskalte Wasser erinnert wurde, in dem sie hilflos gesessen hatte. Ungläubig pflegte sie zuzuhören, wenn Ivar und ihr Sohn ihr versicherten, daß die Schlei selten so warm gewesen sei wie in diesen Wochen. Sie ließ sich auf die abgetretene Holzbohle niedersinken und schlug die Hände vor das Gesicht, um die Tränen zu verbergen, die ihr über die Wangen liefen. Nach einigen Minuten wischte sie sich ärgerlich ab und stand entschlossen auf. Es hatte keinen Sinn, an die verlorengegangenen Kleider und den neuen Silberschmuck aus dem Baltenland zu denken.

Aasa ging in den kleinen Küchengarten zwischen dem Haus und dem angrenzenden Bach. Ihre besondere Liebe hatten seit jeher die Kräuter, deren Heilkraft sie sich bediente, wenn verletzte Krieger zu ihr gebracht wurden oder Mütter in den Wehen lagen. Leider hielt Hild weniger davon als sie; und so befanden sich nur Lauch und Beifuß darin, die sie mit um so mehr Sorgfalt von Gras und Unkräutern säuberte. Bekümmert betrachtete sie die Pflanzen, die auf dem nassem Boden nicht recht gedeihen wollten. Sellerie und Löffelkraut wären besser geeignet gewesen.

Während sie jätete, fiel ihr ein, daß es noch mehr Dinge gab als Heilkräuter, mit denen Hild nicht umgehen konnte. Wie wütend war Ivar aus dem Haus gestürmt, nachdem die Schwägerin ihm heulend ein kleines verknittertes Bündel gezeigt hatte, das in ihrer Hand Platz hatte. Niemand hatte gewußt, was es war, bis Hild unter Schluckauf bekannt hatte, daß das Ding einmal die Seidentunika von Ivar gewesen war. Aasa hätte ihr sagen können, wie man Seide wusch, aber Hild war nicht die Frau, die zugab, daß sie etwas nicht wußte.

Ivar war meistens außer Hause, aber wo er sich aufhielt, sagte er nicht, und niemand wäre so unhöflich gewesen, ihn auszuforschen. Thorbjörn und Folke waren sich einig, daß er wohl darüber nachdachte, wie er ein wenig von seiner Ladung retten konnte, und sich deshalb in der Nähe seines Schiffes befand. Aber eilig war es ihm mit Taten wohl noch nicht, denn seine Männer hatte er nicht zu Hilfe gerufen. Die lungerten in der Stadt herum, meistens am Hafen oder in den Kneipen, und machten sich allmählich bei den Hausfrauen unbeliebt, weil ihre Männer länger ausblieben und trunkener heimkamen als sonst und ihre Mägde nach fremdem Mannsvolk die Köpfe verdrehten.

Am Donnerstag vormittag dachte Folke längst nicht mehr an den Alten und die Sorge, die er dem Mädchen Hallgärd bereitet hatte, wohl aber ausdauernd an das Mädchen selbst. An seinem Mast war er ein gutes Stück weitergekommen, stellenweise war er so glatt und schier wie ein Säuglingshintern und fast so hell. Thorbjörn hatte ihn mit knappen Worten gelobt, und Folke, der ihn schon gut einzuschätzen wußte, hatte vor Freude gelächelt. Der Oheim benötigte seine Hilfe am Bootsrumpf nur gelegentlich: jedesmal wenn eine Planke angesetzt werden sollte. Drei Planken waren bereits gebogen und festgenietet, die vierte saß mit Hilfe von Zwingen an ihrem Platz. So pendelte Folke zwischen Ziehmesser und Zwinge, zwischen Mast und Schiffsrumpf hin und her.
Sie arbeiteten fleißig über Stunden. Als die Sonne den höchsten Punkt am Himmel überschritten hatte, ohne daß die Sklavin wie üblich mit einem Krug Bier erschienen war, wurde Thorbjörn ärgerlich. »Das kommt davon«, sagte er und nahm die hinderliche Niete aus dem Mund, »wenn die Hausfrau die Peitsche ständig an der Wand hängen läßt. Die Magd muß zu spüren bekommen, wer Herr und wer Diener ist. Aber seitdem dieser neue Glaube

bei uns mehr und mehr Einfluß gewinnt, ist die Ordnung dahin.« Mit kräftigen Schlägen trieb er die Niete durch das Holz, als verbleute er die Magd selber. Der Geselle, der im Bootsrumpf hockte und die Eisenscheibe auf die Niete auffädelte, sagte nichts, denn einen solchen Aufwand war seiner Meinung nach keine Frau wert.
Thorbjörn schimpfte öfter über das Christentum, und dafür war ihm jeder Anlaß recht. Und obendrein war er derjenige auf dem Hof, der Bestrafungen, soweit er konnte, vermied. Hild war da sehr viel energischer.
Folke grinste, was dem Oheim nicht entging. »Zur Strafe mußt du das Bier holen«, knurrte Thorbjörn, und Folke machte sich auf den Weg. Recht geschah ihm, er hatte es herausgefordert. Aber gerechterweise mußte er zugeben, daß der Onkel ihn auch ohnedies geschickt hätte, weil er der Jüngste und Schnellste war.
Bereits am Hafen merkte er, daß etwas Ungewöhnliches passiert sein mußte. Eine Schlägerei, dachte er sofort, denn die lag in den letzten Tagen in der Luft. Aber das konnte es nicht sein, denn völlige Stille hing über den Menschen, die sich an der Halle gesammelt hatten. Neugierig trat Folke näher und spähte über die Schultern hinweg in den Raum.
Dort befand sich der Wachhauptmann Benno in Begleitung von zwei Soldaten und hörte mit ernstem Gesicht einen Mann an, der ihm aufgeregt berichtete. Der Mann atmete heftig, als sei er längere Zeit gerannt, und dennoch hatte er seine Arbeitsaxt mit sich geschleppt.
»Er hing dort«, keuchte der Mann. »Als wäre er noch lebendig, sah er auf mich herunter, obwohl ich mir doch nichtsahnend nur meinen Baum schlagen wollte. Seine Fußspitzen stießen mir gerade ins Gesicht, als ob er mich auffordern wollte mitzugehen.«

»Aber er war tot?« fragte der Hauptmann.
Der Berichterstatter schüttelte sich und nickte. »So tot, wie einer nur sein kann.«
»Wer ist er? Kennst du ihn?«
Nein, der Mann kannte ihn nicht. »Aber er gehört zu der Bootsmannschaft des Kaufmanns Ivar«, fiel ihm dann ein.
Der Hauptmann stützte sich gedankenvoll auf seinen Speer. »Was auch immer den Ruderer dazu gebracht haben mag, sich an einem Baum aufzuhängen, herunter muß er. Wir werden ihn holen. Du wirst uns führen.«
Der Mann trat einen Schritt zurück und schüttelte den Kopf.
»Was fällt dir ein?« fauchte Benno, ganz aus der Fassung gebracht. Es war schon schlimm, daß solche Dinge geschahen, wenn der Wikgraf abwesend war, aber noch viel schlimmer war, daß ihm nun noch die Hilfe verweigert wurde.
»Warum?« rief eine Stimme. »Frag ihn, warum?«
Es mußte einen Grund geben, das lag auf der Hand. Im Wald um Haithabu waren täglich Männer im Holz, wie anscheinend auch dieser. Der Wald war weder geheimnisvoll noch gefährlich; Elfen und Disen hatten ihn schon lange den Haithabuern überlassen.
»Der Platz war so fremd«, stammelte der Holzfäller. »Als wäre da schon Freya mit ihren Frauen zugegen.«
Folke überlief es kalt, wie manchen von den Zuhörern. Aber wie konnte der Holzfäller wissen, daß die Totengöttin bereits da war? Der Wachhauptmann schien es nicht zu glauben, und das war auch gut so, denn er konnte sich schließlich nicht auf einen Streit mit einer Göttin um einen Toten einlassen. Aber er war ja auch Sachse, fiel Folke ein.
Während der zitternde Gewährsmann von einem der Krie-

ger bewacht wurde, holte der andere den Totengräber. Benno nutzte die Zeit, um die Suchmannschaft zusammenzustellen. Fünf Männer meldeten sich freiwillig, dazu auch Ivar, weil es um einen seiner Ruderer ging, wie er sagte, und Folke.

Folke, der die vermißte Magd mit dem Bierkrug unter den Neugierigen entdeckt hatte, schickte sie nachdrücklich los, nicht ohne ihr eine Botschaft an Thorbjörn mitzugeben. Er war sicher, in Thorbjörns Sinn zu handeln, wenn er Ivar begleitete; denn wenn einem Gast seines Hauses ein Schaden an Besitztum oder Gefolgschaft geschehen war, so war es Thorbjörns Pflicht, sich darum zu kümmern. Er, Folke, würde gewissermaßen als Vertreter seines Oheims dafür sorgen, daß Ivar Recht zuteil wurde.

Nachdem der Totengräber herbeigeeilt war, über der Schulter einen Spaten, an dem ein Strick hing, marschierten sie los, geführt von dem Holzfäller, der sich mit seinem Schicksal abgefunden zu haben schien.

Unweit der Stadt, jedoch in einem sehr dichten und darum seltener begangenen Teil des Waldes, begann der Holzfäller sich genau umzusehen, peilte nach Merkmalen, die sich Folkes Wahrnehmung entzogen, und dann standen sie plötzlich dort.

Folke wußte sofort, warum der Mann Angst gehabt hatte. Der winzige freie Platz, auf den er sie geführt hatte, war keine natürliche Lichtung. Er war erst vor kurzem von Büschen und Gestrüpp befreit worden, und das abgehackte Buschwerk umgab wie ein umfriedender Wall einen einzelnen Baum. An diesem hing der Mann; als sich das Gesicht des baumelnden Leichnams den Männern langsam zuwandte, rief Ivar entgeistert aus: »Halvdan!«

Zögernd und zu entsetzt, um sofort tätig zu werden, sammelten sich die Männer am Baum und blickten nach oben.

Der Strick am Hals des Toten war zweifach über einen Ast geschlungen, dann am Stamm heruntergeführt und viele Male um einen benachbarten Baumstumpf gewickelt worden. Kein Zweifel, das Tau hatte sich nicht mehr bewegen lassen, nachdem es einmal fest war. Einer, der so hing, mußte ersticken.

Die Männer schwiegen und blickten einander scheu an. Keiner sprach aus, was alle wußten. Nur der Holzfäller, der zwei Stunden Zeit gehabt hatte, sich an den Gedanken zu gewöhnen, und der am Rand des Holzeinschlags stehengeblieben war, rief es aus: »Mich bringt keiner auf einen Opferplatz! Ich haue ab.« Äste und Unterholz knackten, als er in Richtung auf den Stadtwall davonrannte, und keiner hielt ihn auf.

»Ich schlage vor«, sagte Ivar ruhig, indem er neben den erstarrten Wachhauptmann trat, »daß wir meinen Mann nun herunternehmen. Dies ist kein guter Ort, um lange zu bleiben.« Er sagte das, obwohl die Sonne in die kleine Lichtung hineinschien und die Spielmücken summten.

Benno aber fuhr zusammen. »Ja, sicher.« Er schüttelte die Furcht ab, die auch ihn gelähmt hatte. Nach seinen Anweisungen wurde der Strick gelockert und die Leiche herabgelassen. Währenddessen hackte der Totengräber im Unterholz herum und baute aus armdicken Ästen eine brauchbare Tragbahre, auf welche sie Halvdan legten und festschnürten. Wie ein Krieger auf dem Totenbett ruhte er auf dem Astwerk, allerdings fehlten zu seinem ruhmreichen Übergang nach Walhall seine Waffen. Folke, der sich anbot, sie zu suchen, konnte sie weder neben dem Baum noch auf der Lichtung finden. Als er mit leeren Händen, aber voll von Gedanken zurückkehrte, hoben zwei Mann die Bahre an.

Dabei fiel ein Arm des Toten herab, und aus dem Ärmel

löste sich baumelnd ein kleiner bronzener Thorshammer an einer Kette. Die Männer machten sich gegenseitig darauf aufmerksam, und Ivar bekam einen verwunderten Gesichtsausdruck. Er bückte sich, um das Amulett in Augenschein zu nehmen. »Das hier«, sagte er leise und drehte sich zum Wachhauptmann um, »das gehört Halvdan nicht.«

»Was meinst du damit?« fragte Benno, verwirrt wie immer, wenn auf seinem geradlinigen Weg unerwartete Hindernisse auftauchten.

»Ich sage, daß Halvdan noch nie einen Thorshammer getragen hat, weder am Hals noch am Arm. Er glaubte an Thor, wie wir alle, sicher, aber ein Amulett brauchte er nicht, um sich daran zu erinnern. Jemand hat es ihm umgehängt, das meine ich damit.« Ivar, der sonst so ausgeglichene Mann, war auffallend blaß, und an seinen Schläfen pulste das Blut. »Verstehst du denn nicht, was das bedeutet?« fragte er Benno aufgebracht, ohne ein Zeichen von Verständnis zu erhalten.

»Benno«, sagte Folke, ungeduldig, weil dessen Kopf so langsam arbeitete, und überrascht, weil Ivar sein Christentum leugnete. »Benno, wenn Halvdan solch ein Ding nicht benutzt, jetzt aber trägt, muß jemand es an ihm befestigt haben. Versteh das doch!«

Endlich leuchtete das Verständnis über das stets ein wenig stumpfe Gesicht des Wachhauptmanns. »Der Gott hat ihn selbst gekennzeichnet«, erkannte er. »Er ist Thor geweiht.«

Nachdem Benno es ausgesprochen hatte, machten die Männer bedenkliche Gesichter. Unwillkürlich sahen sie zu den Baumwipfeln hoch, ob sie sich schon bogen. Womöglich kam der Donnergott, um sein Opfer zu holen. Die Ehrfurcht bei diesen Männern des Volkes war groß, die

Ehrfurcht vor einem heiligen Ereignis, das sie nicht verstanden und auf dessen Verständnis sie auch keinen Anspruch hatten. Die Götter machten, was sie wollten, und keiner durfte mit ihnen rechten. Die beiden Träger nahmen die Bahre auf und hasteten davon, Folke und Ivar als letzte.

Der Leichnam war auf der Bahre nicht einfach zu befördern: er war so steif, daß sein Nacken selbst durch das Rütteln nicht in die natürliche Lage zurückfand und das Kinn auf die Brust gepreßt blieb. Selbst den Strick hatte man dem Toten nicht vom Hals nehmen können.

Bis sie am Waldrand angekommen waren, hatte sich die Verschnürung der Bahre gelockert; zugleich waren die Männer so erschöpft, daß sie die Trage erst einmal absetzen mußten. Während der Totengräber die Knoten erneuerte, stritten die Handwerker darüber, ob der Tote vielleicht hätte am Baum bleiben müssen, hin und her ging die Rede, und man konnte sich nicht einig werden. Endlich aber entschied der Älteste unter ihnen, ein Seildreher, daß das Dickicht noch niemals ein heiliger Hain gewesen sei. Nur dort hätte Halvdan bleiben müssen, bis er zu Staub zerfallen wäre; deshalb sei es ihre Pflicht, Halvdan wie jeden anderen zu bestatten.

Auf den Wällen beiderseits des Südtors standen schon die kleinen Jungen und hielten nach ihnen Ausschau. Während einige von ihnen vorwegliefen, um die Städter zu alarmieren, folgten die anderen laut flüsternd. Halvdan wurde in die Versammlungshalle gebracht und unterhalb des Königssessels auf einer würdigeren Bank als einem Knüppelgestell aufgebahrt.

Da Aasa nun schon in der Stadt war, wurde nach ihr geschickt, damit sie sich um den Toten kümmerte. Sie und einige Frauen standen schon bereit; stumm und gefaßt würden sie den Leichnam entkleiden, waschen und ihm ein sauberes Wams und Gamaschenhosen anziehen, wie es sich für einen Krieger gehörte, selbst wenn er nicht im Kampf gefallen war und nur Hel ihn aufnehmen würde. Klagen würde in Haithabu niemand um den Ruderer, aber man erwartete, daß Ivar für seinen verdienten Mann einen Stein aufstellen lassen würde. Der alte Steinmetz, der als einer der wenigen in der Stadt Runen beherrschte, hatte sich bereits auf den Weg zur Halle gemacht.

Nachdem Benno so die letzte Reise des Kriegers Halvdan aufs beste geordnet hatte, zog er sich mit seinen Soldaten auf die Burg zurück. Auch die Männer der Stadt verschwanden respektvoll. Was nun zu tun war, war Frauensache und ihren Blicken entzogen. Mit ihnen ging auch Folke.

Meister Thorbjörn stützte sich auf sein Beil und hörte gelassen Folkes Bericht von der Opferung des Ruderers Halvdan an. Ihn, der die grausigen Umstände nicht mit eigenen Augen gesehen hatte, drückten sie auch nicht nieder wie seinen Brudersohn. »Aha«, sagte er und fügte hinzu: »Wer mag ihn geopfert haben? In der Stadt ist niemand kundig.«

Folke, der sich auf einen Baumstumpf gesetzt hatte, antwortete nicht. Durstig trank er die übriggebliebenen Schlucke Warmbier und wischte sich dann zufrieden die klebrigen Spuren von den Wangen. In der warmen Nachmittagssonne erholte er sich rasch, und wie es die Art der Jugend ist, schüttelte er die unangenehmen Erinnerungen flugs ab. Mit Schwung nahm er die unterbrochene Arbeit an seinem Mast wieder auf, während Thorbjörn seltsam nachdenklich blieb.

Kaare war immer noch innerlich aufgewühlt und bleich, als er sich nachmittags aufmachte, um Ivar zu suchen. Er hatte in der Halle gestanden, als die Männer Halvdan gebracht hatten, und von dort aus das Gespräch zwischen Ivar und dem Totengräber beobachtet. Wie er vermutete, hatten die beiden Einzelheiten besprochen, die ihn als Steuermann nichts angingen, und so war er höflich im Hintergrund geblieben. Aber nun mußte er endlich mit Ivar reden. Es hatte nichts Gutes bewirkt, ihm aus dem Wege zu gehen.

Wie er es sich gedacht hatte, war Ivar am Wrack, aber dieses Mal nicht am Ufer, sondern im Wasser. Kaare, der unbekümmert wie ein Braunbär durch den Wald und den Abhang hinuntergestapft war, mußte feststellen, daß Ivar ihn nicht bemerkt hatte. Nun, er würde ihn auch nicht stören. Kaare warf sich neben der Tunika des Kaufmanns ins Gras. Die Erde rings umher war rissig, keine Spur mehr vom Wasser, das das Gelände sumpfig gemacht hatte.

Ivar, der bis zur Brust im Wasser stand, tastete mit den Füßen nach dem Grund und schob sich vorsichtig vor in Richtung auf den im Wasser schwojenden Mast. Als das Wasser ihm bis zum Kinn ging, kehrte er um und versuchte es an einer anderen Stelle. Kein Zweifel, Ivar suchte nach einem Zugang zum Wrack.

»Ich würde es weiter links probieren. Die Landzunge dort geht auch unter Wasser weiter«, rief Kaare, der aus der Wellenbewegung sofort seine Schlüsse gezogen hatte.

Ivar fuhr herum, hob den Arm, und jetzt erst sah Kaare, daß er selbst im Wasser seine Vorsicht nicht außer acht ließ. »Spürst du mir schon nach?« fragte Ivar mit leichtem Hohn und ließ die Wurfaxt sinken, die er ohne Frage geschleudert hätte, wäre ihm nicht noch rechtzeitig aufgegangen, wer dort am Ufer saß.

»Sprichst du von Nachspüren, wenn ich mich nach meinem Teil der Ladung umsehe?« fragte Kaare zurück. Er hatte sich nicht von der Stelle gerührt.
Ivar watete schweigend an Land und setzte sich neben seinen Schiffsführer. Kaare lächelte verhalten. »Du bringst Mückenschwärme mit«, sagte er. Während Ivar ihn aus schmalen Augen abwartend ansah, fuhr er fort: »Ich und meine Männer würden lieber die Mückenschwärme des Svea-Reiches hören. In unseren Ohren klingt ihre Melodie besser, und sie stechen schmerzhafter. Warum müssen die Männer in dieser Stadt bleiben, in der das Leben kraftlos wie eine verwässerte Suppe ist?«
»Sie müssen nicht«, antwortete Ivar regunglos.
Über Kaares Gesicht huschte ein Ausdruck der Verachtung. »Welcher Wikinger würde sich bezahlen lassen und dann den Vertrag brechen?«
»Welcher Wikinger würde sich überhaupt kaufen lassen?« fragte Ivar, und jetzt ließ sich der Hohn nicht mehr überhören und auch nicht übergehen, und Kaare brauste auf. »Wie kannst du die Männer erst kaufen und dann dafür verhöhnen? Du bist wirklich, was man von dir sagt: ein Franke! Ich habe dich verteidigt, wenn es hieß: ›der Franke‹! Erklärt habe ich ihnen, daß mit den Wölfen heulen muß, wer mit ihnen jagen will. Daß du unter deinem fränkischen Wams aber auch ein fränkisches Herz verbirgst, begreife ich erst jetzt.«
Ivar griff sich mit beiden Händen in den dichten Haarschopf und schüttelte den Kopf, als sei ihm unbegreiflich, was jetzt geschah. »Ach, Kaare«, sagte er. »Auf welche Abwege ist unsere Freundschaft nun geraten? Es tut mir leid, daß du es so auffassen mußtest. Ich bin in Wahrheit zutiefst beunruhigt darüber, daß unsere Männer sich so leicht durch ein paar Münzen haben verlocken lassen. Vor

wenigen Jahren noch hätte ich mich auf den Eid berufen – ach was, ich hätte sie nicht zu erinnern brauchen! Und wer weiß, was Halvdan bewogen hat, in diesen heiligen Hain mitzugehen? Diese Sorge nagt ganz übermächtig an mir, sie läßt mich fast unseren Verlust vergessen.«

Kaare schwieg. Er schämte sich, daß er für einen Moment ernstlich an Ivar gezweifelt hatte. »Dieser Ort ist für unsere Männer nicht gut«, sagte er düster. »Für mich auch nicht. Ich weiß nicht, was es ist. Aber eins ist sicher: Hier gehen nicht nur Schiffe verloren, sondern auch Vertrauen und Gefolgschaften.«

»Kampfgeist aber nicht«, warf Ivar ein, der seinen Steuermann nicht gar so ernst zu nehmen schien, und klopfte mit der Hand auf die Axt. »Wir werden uns verteidigen. Und das ist auch das, wofür ich die Männer brauche, Kaare. Sie können nicht nach Hause. Es wäre, nach allem, was der Schiffbauer sagt, vielleicht möglich, das Schiff an Land zu holen. Jeder Tag, an dem es nicht geregnet hat, bringt uns dem ›Kühnen Adler‹ ein Stück näher. Aber glaubst du, das ginge ohne Kampf ab? Überleg doch nur ...«

An Kaare nagten die Bedenken wie die Maus an einem Sack Gerste. Doch er schwieg, um ihr wiedererstarkendes Verhältnis nicht aufs neue zu trüben.

»Ich kann das Schiff sogar sehen«, fuhr Ivar beschwörend fort. »Ein Ruderboot, genau darüber gehalten, und du erkennst alle Einzelheiten, als wärst du an Bord!«

»Wäre es dann nicht besser«, fragte Kaare, »du stelltest einen Mann als Wache auf? Ideen, die du hast, können auch andere haben.«

»Ach, was das betrifft, so bin ich ja den ganzen Tag hier«, meinte Ivar lässig und stand auf. »Sorge du nur dafür, daß die Männer bereit sind, wenn es soweit ist; für das Schiff will ich sorgen.«

Kaare sah dem Kaufmann nicht nach, als der wieder ins Wasser zurückging. Er drehte sich um und stieg den Abhang hinauf; dieses Mal war er weder erschrocken noch durchnäßt, und doch ungleich viel sorgenvoller als an dem Tag, an dem das Unglück begonnen hatte. Haithabu war wahrhaftig kein Ort für Männer, deren Gedanken gerade wie ein abgeschossener Pfeil flogen und die durch die Arglist und Tücke der Städter täglich überrumpelt wurden. Er spürte, wie sein Mißtrauen gegen Ivar gegen seinen Willen erneut wuchs.

An diesem Spätnachmittag allerdings mußte er sich wenigstens um die Ruderer keine Sorgen machen. Bereits an der Stadtpforte, durch die ihn der Torwächter ohne Frage hineinließ, merkte er, daß die Stadt ungewöhnlich ruhig war. Das Thorsopfer hatte das sonst so unbekümmerte Haithabu verdüstert, das wirkte sich selbst auf die Kinder und das Vieh aus. Bis auf einige Sklaven, die von einer Hofpforte in die andere huschten, war niemand unterwegs, und in den Höfen war es still.

Erste Woche im Erntemonat

7 Waschtag bis Tyrs Tag

Folke machte sich Gedanken um seine Mutter. Sie war schweigsam und wich allen Gesprächen aus. Er ahnte, daß sie großes Heimweh haben mußte. Er war unendlich erleichtert, als sein Vater Husbjörn unangekündigt mit einem Knecht und zwei Packpferden eintraf.

Folke hörte die Pferde vor dem Zaun wiehern, und das Geräusch von trappelnden Hufen, die nicht von der Stelle kamen, machte ihn darauf aufmerksam, daß etwas Ungewöhnliches an der Pforte vor sich ging. »Los, rein mit euch!« rief Husbjörn und scheuchte lachend die drei Mägde vor sich her, die mit Wäschebergen in zwei Bottichen vom Waschsteg zurückkehrten. Mit hochroten Gesichtern keuchten sie endlich durch die Pforte, und ihnen folgte der Besitzer des Bärenhofes von Missunde.

Folke stürmte auf ihn zu und umarmte ihn, mußte seinen Platz jedoch gleich an Aasa abtreten, die Husbjörn umfaßte und wild durch den Hof schwenkte. Danach küßte er seine Frau und seinen Sohn, unbekümmert um die Hausbewohner, die sich mittlerweile im Hof gesammelt hatten. Hild sah mit verkniffenen Lippen und steifem Rücken zu: das würdelose Treiben ihrer Verwandtschaft schickte sich nicht.

Husbjörn begrüßte anschließend die übrige Familie, wie es sich gehörte, und legte Bogen und Helm ab. Dann ging er sich am Brunnen waschen, wo Folke, der wußte, wie sehr sein Vater auf Reinlichkeit hielt, bereits einen großen Bottich und Seife bereitgestellt hatte. Als Husbjörn endlich in seiner guten langen Hose und einem frischen Hemd aus feingewebter Wolle ins Haus trat, war auch Hild zufrieden. Es erfüllte sie mit heimlichem Stolz, daß es ihr gelungen war, der Familie zu Ehren des unerwarteten Gastes eine besonders reichhaltige Mahlzeit vorzusetzen, und nun hatte ihr Schwager sie auch verdient.

Später am Abend, als sie alle satt und zufrieden im Wohnraum saßen, verstand Folke, daß Heimweh nach dem Bärenhof und nach Husbjörn nicht die Ursache für die Nachdenklichkeit seiner Mutter war.

Bei langsam niederbrennendem Feuer – die Knechte und Mägde schliefen bereits, der Kaufmann war noch nicht im Haus –, ließ Aasa plötzlich die Spindel in den Schoß sinken und legte den dicken Wollbausch daneben. »Thorbjörn, Husbjörn«, sagte sie leise und richtete, ohne aufzusehen, Wolle und Spindel akkurat nebeneinander aus, »ich kann es nicht mehr für mich behalten. Ihr denkt alle, daß Halvdan Thor geopfert wurde.«

»Ja«, bestätigte Thorbjörn für sich und seine Frau.

Aasa forschte ängstlich in den Gesichtern, die ihr zugewandt waren und im anheimelnden Schein des Feuers rötlich schimmerten. Vier Verwandte, die zu ihrer engsten Sippe zählten – nur ihnen konnte sie genügend vertrauen, um zu sagen, was zu sagen war. »Ich wünschte, es wäre so, aber es stimmt nicht.«

Selbst Hild, die sonst rastlos bis zur Verbissenheit für ihre Familie arbeitete, ließ ihre Hände ruhen, und als das Rascheln ihres Kleides aufgehört hatte, war nur noch das Knistern der Funken zu vernehmen. Folke bemerkte zum erstenmal die tiefen, verhärmten Gesichtszüge seiner Mutter. Sie mußte sich seit dem Opfertag mit ihren schweren Gedanken herumgeschlagen haben.

Aasa griff sich unwillkürlich an den Hals, den der weite Ausschnitt ihres einfachen Arbeitskleides freigab. »Bei einem Gehenkten baumelt der Hals. Seine Wirbel werden unter der Haut voneinander getrennt wie bei einem ge-

köpften Hahn. Bei Halvdan war das nicht so; er war steif wie jeder andere Tote auch.« Aasa sah ihren Schwager bittend an. »Nicht wahr, Thorbjörn, du kannst bezeugen, daß ich genug Tote für ihr weiteres Leben fertiggemacht und ausgestattet habe, um das beurteilen zu können.«
Thorbjörn nickte mit düsterer Miene. »Ja, das kann ich. Wenige Krieger aus Haithabu kamen nach Walhall, die du nicht geschmückt hättest; und deine Augen haben die Frauen kritischer begutachtet als die Freyas, wenn sie sie beim Eintreten in ihr Reich willkommen heißt.«
Aasa schien nun beruhigt. Sie nickte und sagte gefaßt: »An Halvdans Kehle sind die blauen Spuren, die einen Meuchelmörder verraten. Er wurde nicht gehängt, sondern erwürgt.«
Thorbjörn schien wenig überrascht. Trotzdem blieben ihm, der sonst gerne und lange redete, die Worte im Halse stecken. Er stöhnte laut auf und bedeckte sein Gesicht mit den breiten, harten Händen. Er überließ es seiner Frau, gegen die unbarmherzige Wirklichkeit zu protestieren, und wußte dabei doch, wie zuverlässig Aasas Beobachtungsgabe war.
»Aber es war doch Thors Tag, der Donnerstag«, sagte Hild entsetzt. »Der Priester hatte sogar einen kleinen Hain geschlagen, damit alles seine Ordnung hatte. Du mußt dich irren!«
Der Hausherr nahm jäh seine Hände vom Gesicht und sah auf. »Wenn Aasa recht hat«, sagte er, »dann ist das alles mit Vorsatz gemacht worden. Ein Mann hat geplant, hat gewartet und dann am Donnerstag gehandelt.«
»Aber Thorbjörn«, rief Hild fast schrill vor Aufregung. Das Wams, an dem sie ein Loch geflickt hatte, war ihr vom Schoß gerutscht und lag mit einem Zipfel in der Asche des Herdfeuers. »Du glaubst das doch nicht, nicht wahr? So

etwas kann bei uns nicht passieren! In der Stadt gibt es schon seit vielen Jahren keinen Raub, keinen Diebstahl und nur dreimal einen Totschlag.«

»Hild«, antwortete Thorbjörn, »bei uns mag es all das nicht geben, aber anderes, von dem du nichts weißt, und das ist auch nicht schöner.«

Bei diesem Verweis wurde Hild dunkelrot vor Ärger. Thorbjörn pflegte ihr sonst im Haus kaum zu widersprechen, denn hier war sie die uneingeschränkte Herrin; er mußte schon sehr durcheinander sein, um so gegen die häuslichen Regeln zu verstoßen. Sie preßte die Lippen zusammen und hob schweigend das Kleidungsstück auf.

»Ihr solltet«, sagte Husbjörn ruhig, »darüber nicht streiten. Solche Dinge kommen vor. Wenn Aasa der Meinung ist, daß ein Unrecht geschah, bin ich sicher, daß sie recht hat. Sie pflegt sich nicht zu irren.«

Aasa warf einen liebevollen Blick zu ihrem Mann hinüber, und Hild beugte sich noch tiefer über ihre Näharbeit. Am Gespräch beteiligte sie sich nun nicht mehr. Ihr war dieser Fremde ohnehin nicht so wichtig.

Folke, der sich mit der achtungsvollen Scheu der Jugend zurückgehalten hatte, konnte nun nicht länger schweigen. »Meint ihr wirklich, daß jemand Halvdan erwürgt und dann aufgehängt hat, um ein Opfer vorzutäuschen?« platzte er heraus. »Warum denn? Konnte er ihn nicht einfach totschlagen?«

»Wohl nicht«, antwortete Thorbjörn und gab seinen Händen wieder Arbeit, jedoch ohne mit den Gedanken dabei zu sein. »Vielleicht hatte der Mörder keinen Streit mit ihm auszutragen. Vielleicht gab es gar keinen Streit.«

Von einem Rohling, der ein Löffel hatte werden sollen, fiel Span um Span, bis der Stiel ohne Laffe in seiner Hand lag. Den warf er verdrossen ins Feuer.

»Und trotzdem wollte er, daß Halvdan starb. Wie seltsam«, sagte Folke, aber seine Augen funkelten vor Erregung.

Nur Aasa ahnte, daß ihr Sohn just in diesem Moment Feuer gefangen hatte. Sie setzte großes Vertrauen in die Kraft seiner Gedanken, und nicht ohne Grund hatte sie einen Zeitpunkt gewählt, zu dem auch Folke anwesend war. Ohne es zu wissen, lächelte sie Folke zärtlich an, und er fing ihren Blick auf und war froh, daß seine Mutter nun weniger verzagt schien.

»Ich werde mit dem Wikgrafen reden«, sagte Thorbjörn mit einem schweren Seufzer. Ihn drückte die Verantwortung, die er auf sich nahm, und gerne hätte er sie abgegeben. »Es liegt bei ihm, was er mit deiner Erkenntnis anfängt, Aasa. Wir haben weder eine Veranlassung noch das Recht, uns um die Sache zu kümmern. Ich denke, Ivar wird ihm sagen können, wer die nächsten Verwandten sind und wer die Buße beim Täter einfordern muß. Aber alles dieses ist nicht unsere Sache.«

»Nein«, sagte Aasa und war froh, daß Thorbjörn so klug entschieden hatte. Nun würde sie endlich wieder ruhig schlafen können. Sie lächelte ihren Mann erleichtert an, der sich alles nachdenklich angehört hatte.

Noch bevor Thorbjörn am nächsten Tag Gelegenheit hatte, mit dem Wikgrafen zu sprechen, verbreitete sich in der Stadt das Gerücht, der alte Geir habe den Ruderer geopfert, um Thor gnädig zu stimmen. Der Gott hatte das Getreide auf dem Halm verdorren und die Schafe dursten lassen, und da Geir es mit den Bauern draußen im Land hielt, die ihn bereitwillig durchfütterten, hatte er ihnen helfen wollen.

Woher das Gerücht kam, wußte keiner. Aber es leuchtete ein. Geir, der Alte, der Sonderling, hatte über sich selber

nie gesprochen, und niemand wußte, wo er zu Hause war. Nun sah man wenigstens bestätigt, daß er Thor als Opferpriester diente.
Thorbjörn – der dieses Mal nicht seinen Brudersohn schikken konnte, denn es handelte sich schließlich nicht um einen Botengang, sondern um eine Angelegenheit, die erfahrene und besonnene Männer forderte –, kümmerte das Gerücht nicht, das schnell auch in der Bootswerft anlangte. Mit einem Blick auf die Sonne stellte er fest, daß es auf die Mittagszeit zuging. Rasch schloß er seine Arbeit ab und ging nach Hause, um sich ein wenig frisch zu machen und sein harzbeflecktes Arbeitswams gegen ein präsentables auszuwechseln.
Während er am Brunnen das kühle Wasser aus dem Eimer in den Bottich umfüllte, eilte Hild mit starrem Gesicht über den Hof, die Hühner vor sich herscheuchend. Sie rasselte leise mit dem Schlüsselbund, während sie ihm den neuesten Erkenntnisstand der städtischen Gerüchteküche berichtete, und Thorbjörn wußte genau, daß sie ihm nun seine Bemerkung vom Vorabend heimzahlte. »Es ist nicht recht«, sagte sie schließlich mit Nachdruck, »daß du zuläßt, daß eine Verwandte uns beim Wikgrafen durch üble Nachrede in Mißkredit bringt. Es ist ganz klar, daß dieser Geir das Opfer gebracht hat, und warum auch nicht? Es ist nur recht und billig, wenn er sich den Leuten gegenüber erkenntlich zeigt. In seinem Alter kann er sonst ja nichts arbeiten.« Ohne Thorbjörns Antwort abzuwarten, schritt Hild davon, und die Genugtuung, die sie empfand, strahlte nach allen Seiten aus.
So trat sie Aasa entgegen, die eben in der Haustür erschien, an der Hand Thorbjörns jüngstes Kind. Trotz ihres einfachen dunkelgrünen Kleides gelang es Hild, hoheitsvoll zu wirken, und endlich einmal hatte sie das Gefühl,

ihrer Schwägerin ebenbürtig zu sein, obwohl diese selbst jetzt bei der Hausarbeit einen leuchtendblauen Trägerrock mit silbernen Dosenfibeln trug, die Husbjörn vom Bärenhof mitgebracht hatte.
Aasa sah ihrer Schwägerin entgegen und wußte Bescheid. Sie brauchte erst gar nicht mit Thorbjörn zu reden, um zu wissen, daß er nun sein Arbeitsgewand wieder überstreifen und zur Werft zurückkehren würde.
Sie seufzte leise und bückte sich, um dem Kind, einem Sprößling Thorbjörns mit einer Magd, einen Klaps hinten draufzugeben. Aasa und Odd schwatzten jetzt öfter miteinander, und Aasa versuchte, den etwas schwächlichen Jungen mit Frauenmanteltee zu stärken. Sie kümmerte sich ein wenig um ihn, ohne Hintergedanken, einfach weil sie alle Kinder liebte, selbst wenn sie nur die illegitimen des Hausherrn waren und zu den Sklaven zählten. Aasa sah im Gesicht von Odd nicht die Züge der unfreien Mutter, sondern die freien von Thorbjörn; und wahrscheinlich würde Odd genauso gutherzig und freundlich werden wie sein Vater und möglicherweise zuweilen ebenso schwach. Hild aber rauschte mit abgewandtem Kopf an Aasa vorbei. Es war bitter, im eigenen Haus so brüskiert zu werden. Aasa blickte ihren Schwager an und hob die Schultern. Er erwiderte die Geste. Was sollte er denn machen, wenn die Frauen sich nicht verstanden? Um einer häuslichen Diskussion aus dem Wege zu gehen, verließ er eilig den Hof.

Unterdessen hatte Folke Besuch bekommen. In heller Aufregung war Hallgärd auf das Werftgelände gestürzt und wollte ihn sprechen, sofort, obwohl er versuchte, sie auf den Abend zu vertrösten. Es konnte wohl kaum so wichtig sein, daß sie nicht noch warten konnte.
»Doch, es ist wichtig!«

Folke, teils etwas verlegen, teils aber auch neugierig, führte Hallgärd unter den spöttischen Blicken des Gesellen ans Ufer, wo er einen großen flachen Stein für sie säuberte, auf den sie sich setzte. In aller Eile haspelte sie alles herunter, was sie auf dem Herzen hatte, und Folke verstand ihre Aufregung.

Er legte seine Hand auf das Knie des Mädchens. »Nun noch einmal, Hallgärd«, sagte er beruhigend, obwohl seine eigenen Nerven aufs höchste angespannt waren. »Erzähl mir der Reihe nach, was geschehen ist. Ich möchte mir selber gerne ein Bild machen.«

»Also«, sagte Hallgärd und schöpfte tief Atem, aber sie war bereits halbwegs getröstet. Folke war einer der wenigen Menschen, die nicht über das hinweggingen, was einem anderen Angst machte, und sie war sicher, daß er entweder ihre Sorgen zerstreuen oder ihr helfen würde, ihnen auf den Grund zu gehen. »Der alte Geir ist immer noch nicht aufgetaucht. Die Leute sagen zwar, er hätte das Thorsopfer dargebracht, aber gesehen hat ihn niemand. Ich kann es auch nicht glauben.«

»Warum denn nicht?« fragte Folke, der es ebenfalls nicht glaubte, aber mit Sicherheit andere Gründe dafür als das Mädchen hatte. Dabei wußte er eines genau: Wäre das Opfer wirklich eines gewesen, kam auch für ihn als Priester nur Geir in Frage. Schnell blickte er zu der Stelle hin, an der er die Bedrohung so stark empfunden hatte. Aber da stand kein Geir.

Hallgärd biß sich auf die Unterlippe. Am liebsten hätte sie nicht geantwortet, aber schließlich war sie es, die Folkes Hilfe erbat. »Er war so schwach«, flüsterte sie. »Er wollte nicht, daß jemand es erfuhr. Ich aber habe gesehen, wie ihm die Axt aus der Hand fiel, nachdem er wenige Stücke Holz fürs Feuer gespalten hatte. Ich schlug den Rest für

ihn, damit die Mutter nichts merkte. Er tat es aus Dankbarkeit für sein Essen.«
»Ja«, sagte Folke zögernd. Diesem Argument konnte keiner sich verschließen. Es war auch nicht anzunehmen, daß Geir nun plötzlich wieder so erstarkt war, daß er einen kräftigen Kerl wie Halvdan zum Tode befördern konnte, ganz gleich, ob durch Erwürgen oder Erhängen. »Und dann bist du also nochmals zum Wikgrafen gegangen?«
Hallgärd nickte. »Ich glaube immer noch, daß Geir tot ist. Und ich will nicht, daß jemand Geirs Ruf befleckt, während er sich nicht wehren kann.«
Folke, der die ganze Zeit im Gras vor dem Mädchen gekniet hatte, nahm ihre Hände in seine und drückte sie brüderlich. »Du bist Christin. Soviel ich von eurem Glauben weiß, bringt ihr eurem Gott Wein als Opfer. Wir aber tun das nicht: Wein ist uns nicht so wichtig. Wir bieten das Kostbarste, was es gibt: ein Menschenleben, und damit legen wir Ehre ein und unser Gott auch. Geirs Ruf wäre dadurch nicht befleckt, im Gegenteil.«
Die Augen von Hallgärd funkelten zornig. »Für wie unwissend hältst du mich eigentlich?« fragte sie. »Auch nach eurem Glauben kann niemand einen anderen totschlagen und die Leiche frech als Opfergabe ausgeben. Und das umgelegte Buschwerk macht aus der Lichtung keinen heiligen Hain. Ich glaube sogar, Thor würde ein Opfer ablehnen, das ihm auf diese Weise untergeschoben wird.«
Folke mußte ihr im stillen recht geben. Ihre Betrachtungsweise war so vernünftig, daß er sich schämte, nicht selbst darauf gekommen zu sein. »Was sagte der Wikgraf dazu?«
An diesem Punkt war Hallgärd, wie auch schon bei ihrem ersten hastigen Bericht, den Tränen nahe. »Dasselbe wie ich: Geir kann nicht einfach ein Opfer darbringen. Nun läßt er ihn suchen.«

»Hast du ihm denn nicht erzählt, wie schwach der Alte ist?«
»Doch«, schluchzte Hallgärd, »aber das glaubt er nicht. Er denkt, ich will Geir aus der ganzen Angelegenheit herauslügen. Vielleicht sogar, daß Geir selber mich geschickt hat...«
Folke runzelte die Stirn. »Sein Verstand müßte ihm sagen, daß das nicht sein kann. Schließlich warst du schon bei ihm wegen Geir, bevor Halvdan starb.«
»Woher weißt du das?«
Folke öffnete den Mund und schloß ihn wieder. Es mußte so sein. Der Tote konnte nicht mehrere Tage gehangen haben, bevor man ihn entdeckt hatte. Aber beweisen? Beweisen konnte er es nicht. Er schüttelte ernüchtert den Kopf.
Während Hallgärd mit gesenktem Kopf auf dem Stein saß, leuchteten ihre Haare in der nachmittäglichen Sonne goldgelb, und Folkes Herz flog ihr zu. »Was soll ich tun?« fragte er leise. Ein tatkräftiges Mädchen wie Hallgärd kam nicht zu ihm, um sich bei ihm auszuweinen.
Sie blickte auf, legte ihre Hände vertrauensvoll in seine kräftigen, nach Harz duftenden und bat: »Bitte gehe mit, wenn sie Geir suchen. Er braucht einen Fürsprecher, ob lebendig oder tot.«
»Er gehört doch nicht zu deiner Sippe«, widersprach Folke überrascht.
Hallgärd hörte sofort heraus, daß sein Einwand keine Ablehnung war. Ein kleines Lächeln der Dankbarkeit flog über ihr Gesicht. »Ich bin es ihm schuldig.«
Damit begnügte sich Folke, obwohl er ahnte, daß dies nicht die ganze Antwort sein konnte. Er stand auf. Hinter ihm knarrten die Schritte seines Vaterbruders, der zurückgekehrt war.

Nachdem Folke Hallgärd auf den Weg gebracht hatte, trat er zu Thorbjörn, neugierig, wie dessen Gang zum Wikgrafen ausgegangen war. Aber der Onkel blieb einsilbig. Das einzige, was er sich entlocken ließ, war: »Die Dinge haben sich verändert. Ich war nicht beim Wikgrafen.«

Obwohl Folke darauf brannte zu erfahren, was geschehen war, fand er erst am nächsten Morgen die Gelegenheit, seine Mutter im Hof unter vier Augen zu fragen.
»Ach«, sagte Aasa bekümmert, während sie den Hühnern ein paar Körner Gerste hinwarf, »für Hild ist alles anders geworden, seitdem die Leute einen greifbaren Verdacht haben. Sie glaubt, was alle anderen und anscheinend auch der Wikgraf glauben.« Ihre Augen folgten einem zerrupften Hühnchen mit der ihr eigenen Fürsorge für alle kranken und bedürftigen Menschen und Tiere ihres Umkreises. Es kam zu spät, um noch ein Korn aufzupicken, aber ein Insekt fand es glücklich. Als eine fette Henne dem Hühnchen energisch in die Halsfedern hackte, um sich in den Besitz der Assel zu bringen, klatschte Aasa in die Hände. Beide flatterten davon, die magere hinter der wohlgenährten her. »So ist es auch bei uns Menschen«, stellte Aasa fest, »alle laufen in eine Richtung, Hühner sogar ohne Kopf, wenn man sie nach dem Schlachten losläßt. Wer weiß, vielleicht laufen auch die meisten Menschen ohne Kopf herum, nur sieht man es nicht.«
»Mutter!« sagte Folke erschrocken.
Aasa drehte sich um und betrachtete ihren großen Sohn zärtlich. »In fünfzehn Jahren wirst du mir glauben«, sagte sie weich. »Jetzt ist es noch zu früh, jetzt bist du jung.«
»Was soll ich tun?« fragte Folke zum zweiten Mal innerhalb weniger Stunden.
Aasa hob den Futterbehälter auf, den sie auf der Erde

abgestellt hatte, und wandte sich dem Wohnhaus zu. »Nichts«, sagte sie knapp. »Dein Onkel hat entschieden, daß die Sippe sich nicht einmischen wird.«

»Einmischen nicht«, wiederholte Folke nach kurzem Überlegen. »Gut. Aber unsere Verpflichtungen den Gästen gegenüber werden davon nicht berührt. Das gilt im besonderen gegenüber Ivar, dem du Dank schuldest. Ich werde also weiterhin seine Sache zur meinen machen, solange er im Hause unseres Verwandten wohnt. Ich bitte dich, Mutter, dies Thorbjörn als deinen ausdrücklichen Willen mitzuteilen. Auch Vater kann nichts dagegen haben.«

Aasa starrte ihren Sohn überrascht an. Mochte er sie, aus der die Lebenserfahrung einer älteren Frau sprach, auch nicht ganz verstanden haben, so handelte er doch aus eigenem Antrieb ganz in ihrem Sinn. »Das werde ich tun«, versprach sie ernst. Sie sah ihm nach, als er zur Pforte strebte, mit festen, verläßlichen Schritten, ganz wie Husbjörn, sein Vater. In den letzten Tagen schien er ein reifer Mann geworden zu sein. Es wurde Zeit, ihn in Husbjörns und ihre Pläne einzuweihen.

Bevor Folke die Pforte hinter sich schloß, gab Aasa sich einen Ruck und rief ihren Sohn zurück. Gehorsam kam er, wenn auch ein wenig ungeduldig, wie es sein soll, wenn ein älterer Mensch einen jungen zu lange aufhält. Aasa nahm ihn bei der Hand, die er ihr verwundert ließ. »Du weißt«, begann sie heiter, »daß dein Vater und ich lange nach einer Sippe Ausschau gehalten haben, die zu unserer paßt. Ich bin nun mit Husbjörns Einverständnis mit einer angesehenen Sippe in Birka einig geworden, die ein junges Mädchen in deinem Alter zu verheiraten hat. Wir haben über den Brautpreis gesprochen und sind sehr zufrieden. Tordis, die Schlanke, aus der Sippe von Holmfast in Näsby wird deine Frau werden.« Aasa, die für Minuten alle Sorgen vergessen hatte, strahlte ihren Sohn an. »Was sagst du nun?«

Folke sagte gar nichts. Ihm lag nichts an diesem Mädchen, aber er hatte auch nichts gegen sie. Er zuckte die Schultern.

»Kurz nach dem Frühlingsfest soll die Hochzeit sein«, lockte Aasa. »So freu dich doch, Folke.«

»Na ja«, rang Folke sich ab und wollte wieder fort, und seine Mutter hielt ihn nicht fest. Allmählich gewann sie die Überzeugung, daß Folke Beweggründe hatte, die sie nicht kannte. Aber sie wollte nicht in ihn dringen. Er kannte seine Pflicht und würde danach handeln. Nur hatte sie geglaubt, er würde es mit Freude tun, und das war ein Irrtum gewesen. Mit einer Geste der Geduld entließ sie ihn, und er verschwand schnell wie ein jagender Fuchs.

Die Suchmannschaft des Wikgrafen wurde noch am selben Tag zusammengestellt. Unter der Leitung des Wachhauptmanns Benno zogen vier Krieger und vier Männer aus der Stadt los, um in den Wäldern nach dem Mann zu suchen, der ohne öffentlichen Auftrag Thor ein Opfer dargebracht hatte.

Bei den Leuten aus Haithabu befanden sich der neugierige Ubbe, der immer dabei war, wenn es etwas Aufregendes gab; außerdem konnte ihm ein gewisses Recht zur Teilnahme nicht abgesprochen werden, denn er bezeichnete sich als Freund von Halvdan. Ob sie denn Blutsbrüder seien, wurde er vom Wikgrafen gefragt. Nein, das denn doch nicht, war die vorsichtige Antwort, worauf der Wikgraf grimmig lächelte. Ein verwöhnter städtischer Handwerker hielt also nichts mehr von der Blutrache. Trotzdem war Ubbes Angebot willkommen.

Ivar war selbstverständlich gefragt worden, und ebenso selbstverständlich hatte er zugestimmt. Er hatte auch nichts dagegen gehabt, daß Folke sich ihm anschloß.
Der vierte Mann aus Haithabu war ein Kammacher, der so viele Kämme produzierte, daß er sich zwischendurch auch einmal Zeit lassen konnte, um jagen oder fischen zu gehen. Dieses Mal war sein Wild ein zweibeiniges, und er konnte es kaum erwarten, endlich aufzubrechen.
Unter Anteilnahme der Bevölkerung marschierten sie am Nachmittag von ihrem Treffpunkt am südlichen Tor los. Folke bemerkte Hallgärd unter den Zuschauern, nicht aber seine Mutter, die er auch nicht erwartet hatte. Die Kinder begleiteten sie bis hinter den Südfriedhof, wo der Wald begann; dann war die Mannschaft endlich unter sich.
Ihre Suche begannen sie an der Lichtung, die Ursache für das ganze Unternehmen war. Unter dem Lärm knackender Äste und den lauten Rufen der Männer, die sich zu einer Kette formiert hatten, kamen weder Ehrfurcht noch Angst auf. Folke stellte überrascht fest, daß er den Baum, an dem Halvdan gehangen hatte, ohne Beklemmungen betrachten konnte. Ivar, der für kurze Zeit neben ihm stand, kniff ein Auge zu und wußte augenscheinlich, was dem jungen Mann durch den Kopf ging.
Das Selker Noor im Osten und der Südwall sollten zunächst ihre Suche begrenzen. Der Alte konnte nur innerhalb einer bestimmten Entfernung zur Stadt leben: man würde ihn finden, selbst wenn es tagelang dauerte.
Der Hauptmann selbst, umsichtig wie immer, legte die Reihenfolge der Männer fest. In einer auseinandergezogenen Kette würden sie das Suchgebiet durchkämmen, Folke hatte zur einen Seite Ivar, zur anderen Ubbe. Zum ersten Mal lernte er die Berechtigung von dessen zweitem Spitznamen kennen: Er schwatzte ununterbrochen, aber Folke

hörte bald nicht mehr zu. Ivar dagegen war still, aber wenn Folke zu ihm hinblickte, hob er die Hand ein wenig oder ließ durch sonst eine freundliche Geste merken, daß ihm Folkes ferne Gesellschaft recht war und er auf ihn achtete. Stundenlang stapften sie durch das Waldgebiet, hartnäkkig und ohne Pause. Der Wachhauptmann gönnte ihnen keine Ruhe; unablässig trieb er sie vorwärts. Die Unterhaltung von Mann zu Mann hörte ganz auf, bald knackten nur noch die Hölzer unter ihren Füßen.

Ein wenig wurde ihre Suche durch die ungewöhnliche Trockenheit erleichtert: die hohen Bäume, aber besonders das Buschwerk in Mannshöhe waren bereits lichter, als sie nach der Jahreszeit hätten sein sollen.

Wie eine Kette von Treibern scheuchten sie Rehe und Schwarzwild auf, aber die Beute, auf die sie aus waren, hatte keine Spuren hinterlassen. Der Wald war so menschenleer, wie er vor Urzeiten gewesen sein mochte, und die Empfindsamen unter den Männern begannen sich zu fragen, ob sie einem Trugschluß aufgesessen waren.

Abends, auf dem Weg vom Stadttor zu Thorbjörns Haus, machte Ivar erstmals seit Stunden wieder eine Bemerkung: »Ich glaube«, sagte er, »Geir ist nicht dort. Ich fühle es. Der hat sich davongemacht.«

»Meinst du?« Folke gab sich Mühe, den Gefühlen, die ihn im Wald bewegt hatten, nachzuspüren. Aber da war nichts gewesen außer Freude an der Sonne, an den Eichelhähern und den Eichhörnchen. Er war keiner von denen, die verstorbene Geister um sich herum ahnten oder Disen oder Elfen. Und nur ganz selten wußte er um die Anwesenheit der Götter, aber ihnen ging er lieber aus dem Wege. Verstohlen warf er einen Blick auf seinen Begleiter. Der zwinkerte nicht mehr und lächelte auch nicht. Er hatte es ernst gemeint. Manchmal war er Folke sehr fremd.

Thorbjörn kehrte an diesem Abend mürrisch und spät nach Hause. Aasa hatte ihm zwar dargelegt, daß sie die Sache des Kaufmanns zu ihrer eigenen gemacht habe, dabei jedoch in keiner Weise beachtet, in welchem Ausmaß Folke vorübergehend auf der Werft ausfiel. Thorbjörn mußte Folkes Arbeit wohl oder übel teilweise selbst übernehmen. Husbjörn, der in der Stadt viele Geschäfte zu erledigen hatte, konnte ihm auch nicht helfen.
Ivar und Folke waren müde vom Waldmarsch und krochen früh unter ihre Decken; Folke schlief tief und traumlos.

Am zweiten Tag der Suche überflog Bennos Blick die Männer, um festzustellen, ob alle da waren, – dann machten sie sich wieder auf den Weg. Benno stapfte vorweg, sein Rücken war steif vor Anspannung. Mit einem schnellen Erfolg rechnete er nun wohl nicht mehr. Ivar hob fragend die Augenbrauen, und Folke zuckte als Antwort mit den Schultern.
Ihre Suchordnung löste sich bald auf. Ivar und Folke blieben dicht beieinander, und in ihrer Nähe stapften zwei der Krieger: sie schwatzten laut und unbekümmert, ohne daß Benno es verbot. Folke, der seine anfängliche Scheu Ivar gegenüber verloren hatte, war jetzt ganz eifrig, ihn über alles Mögliche auszufragen. Als Hausgast hatte Ivar sonst kaum eine andere Verpflichtung, als den Wissensdurst seiner Wirtsleute zu stillen, und deswegen durfte Folke sich dies erlauben, ohne unverschämt zu sein.
Lächelnd hörte der Kaufmann die klugen Fragen an. Bald bekam er Spaß an der Anteilnahme des jungen Mannes an allem, was in der Welt geschah, und ging mehr aus sich heraus als sonst. »Die Völker südlich von der Grenze«, sagte er und rieb sich seinen Kinnbart, der so gepflegt war wie bei seiner Ankunft, »die wilden Slawenvölker, haben

kaum eine andere Lebensart als wir. Nichts, was man von ihnen lernen könnte, sogar ihre Götter sind ähnlich.«
Das hatte Folke zwar noch nicht gehört, aber ihre übrigen Sitten kannte er. Er nickte und bog diensteifrig einen Ast zur Seite, während sie eine Gruppe von Birken durchkämmten.
»Aber die Sachsen haben schon etwas mehr Lebensart«, fuhr Ivar fort. »Die haben von den Franken gelernt.«
»Das sind wohl die, mit denen du Handel treibst?« fragte Folke, um zu zeigen, daß er dem Gespräch folgte.
Ivar brummte, und Folke sah sich nach ihm um. Ohne Zweifel schwelgte Ivar in angenehmen Erinnerungen. Die sonst so schmalen Lippen von Ivar waren entspannt, und seine Augen waren auf etwas gerichtet, das für Folke unsichtbar blieb. »Was ist an uns verkehrt?« fragte Folke mit einem Anflug von Trotz.
»Wir gelten als ungebildet, als Wüstlinge, wir sind Klosterzerstörer, Bücherverbrenner...«
»... und Eroberer«, fiel Folke ein, und konnte einen Anflug von Stolz nicht verbergen.
»Eroberer, ja«, gab Ivar zu. »Wenn die Eroberung erfolgreich war, sind die Menschen tot, ihre Besitztümer zerstreut, ihr Wissen verloren. Wenn die Eroberer wenigstens in den Büchern lesen würden, die sie den Mönchen wegnehmen! Aber das tun sie nicht. Sie verschleppen das Gold, zerhacken und verschleudern es. Den Rest verbrennen sie. Glaub mir: Die Völker, die es trifft, leiden sehr unter unserer Art! Sie können uns nicht verstehen und fürchten sich. Manchmal fürchte ich mich auch.«
»Leben die, von denen du sprichst, nicht wie wir?« fragte Folke schüchtern.
Ivar schrak auf. »Wie wir? Nein, nein, da ist ein himmelhoher Unterschied. Die meisten Franken leben in Städ-

ten, sie führen wenig Kriege, weil sie sich um die Verwaltung und Vermehrung ihres Wohlstands kümmern müssen. Sie handeln unentwegt, und was sie sich erhandelt haben, dient dazu, ihnen das Leben zu erleichtern und zu verschönern. Da leben selbst unsere Könige wie dürftige Sklaven gegen die Pracht, die in den fränkischen Städten herrscht. Und sie sind nicht die einzigen: je weiter man wegkommt, desto herrlicher wird es. In Miklagard und im fernen Osten, so hört man, vervielfacht sich aller Reichtum noch. Wir führen ein armseliges Leben, Folke Bärensohn. Aber es wird sich ändern!« Ivars Stimme war unvermittelt zuversichtlich geworden.

»Wie denn?« Folke brauchte kaum mehr zu fragen, denn der Kaufmann schien auf einmal wie von einem Glühen durchdrungen, das sich mitteilen mußte. Er sah weder auf seinen Weg, noch achtete er auf die tiefhängenden Äste; seine Arme griffen weit aus, als wollten sie die glückverheißende Zukunft auf der Stelle heranholen.

»Das Wikingerreich muß sich mit dem Frankenreich verbünden. Alle ihre Errungenschaften werden in unser Land fließen, und wir werden die mächtigsten Völker werden, denen sich alle anderen fügen werden.«

Noch nie hatte Folke über solche Dinge nachgedacht. Für ihn gab es den König, der weit weg auf seinem Hof saß und zuweilen mit schnellen Schiffen Heerfahrten unternahm. Erst in letzter Zeit, seitdem Knuba versuchte, die selbstherrlichen städtischen Kaufleute mit Hilfe der königlichen Münze in Schach zu halten, hatte Folke verstanden, daß sich dieser König aus der Ferne auch um Haithabu kümmerte. Und nun traf er plötzlich auf einen Kaufmann, der viel weiter gespannte Ziele zu haben schien als der König selbst. Bewundernd sah er Ivar an, und dieser verzog den Mund zu einem flüchtigen Lächeln. Folke strahlte zurück

und konnte nicht verstehen, daß Ivar trotz allem so ernst blieb. Dann dachte er daran, daß er selber den Umgang mit seinen lauten prahlerischen Kameraden nicht gerade suchte; und Ivar schien seinem ganzen Volk gern aus dem Weg zu gehen. Sie hatten wohl ähnliche Gründe. Beglückt wollte Folke dem Kaufmann seine Entdeckung mitteilen, aber die Gelegenheit ergab sich nicht mehr.
»Bis dahin wird wohl noch einige Zeit vergehen«, sagte Ivar und legte väterlich seine Hand auf Folkes Schulter. Dann drückte er sie leicht und schob ihn von sich fort. »Der Wachhauptmann findet sonst Anlaß zur Klage über die Ernsthaftigkeit unserer Suche.«
Folke ging widerspruchslos. Er hatte nun vieles zu bedenken, und das konnte er auch gut alleine tun.

In der Nacht, die dem zweiten Tag ihrer Suche folgte, wachte Folke auf. Während er sich schlaftrunken die Augen rieb, ging ihm allmählich auf, daß ihm, der so lange allein auf der Bank geschlafen hatte, nun die Wärme des Bettgenossen fehlte. Ivar war nicht da, und das Lager war so kalt, daß er schon eine gehörige Weile fort sein mußte, jedenfalls länger, als einer braucht, um im Hof seine Notdurft zu verrichten.
Leise tappte Folke nach draußen, aber dort war alles still. Nur der Hofhund, der vor der Tür lag, klopfte mit dem Schwanz auf die Erde, ohne sich im übrigen zu rühren. Rasch holte Folke sein Wams und stand in wenigen Sekunden an der Pforte, die er vorsichtig in ihren ausgetrockneten Angeln anhob, damit sie nicht knarrte. Ohne zu überlegen, wandte er sich zum Hafen. Entscheidendes passierte stets am Hafen, obwohl er sich wirklich nicht denken konnte, was Ivar um diese Nachtzeit dort zu suchen haben sollte.

Während er Augen und Ohren aufsperrte, wehte ihn plötzlich ein gezischtes Flüstern an von der Sorte, die leise gemeint, aber in einer stillen Nacht weiter getragen wird als halblaute Worte. Er tauchte sofort in die tiefdunklen Palisadenschatten hinab und kroch vorwärts, bis er zwei Gestalten erkannte, die sich an einem Ruderboot zu schaffen machten. Im aufschimmernden Mondlicht erkannte er den jungen Sklaven von Högni, der sich auf die Ruderbank setzte: gleich darauf tauchte er die Ruder unhörbar ins Wasser und trieb das Boot kraftvoll von der Spundwand fort. Die andere Gestalt kauerte, mit dem Rücken zu Folke, im Heck.

Nachdenklich richtete Folke sich auf und wartete, dicht an die rauhen Palisadenplanken gepreßt, bis er nichts mehr sah und hörte. Was hatte der Sklave vor? Die Ruderdollen mußte er vorher sogar mit Lappen umwickelt haben, denn sie hatten nicht das leiseste Knarren von sich gegeben. Also hatte er das Unternehmen sorgfältig geplant. Wie eine Flucht hatte es trotzdem nicht ausgesehen.

Folke begann die Straßen systematisch zu durchsuchen. Aber in der ganzen Stadt war sonst nichts Außergewöhnliches los. Als er nach Hause zurückkehrte, war Ivar noch immer nicht da.

8 Thors Tag

Am Donnerstag wurde der alte Geir gefunden, jedoch nicht von der Suchmannschaft, sondern von Fischern; und als sie ihn brachten, war er tot.
Die beiden Fischer, die im Morgengrauen hinausgekreuzt waren, kamen, keine Stunde später, vor dem Wind zurück und legten an Högnis Steg an: das eine war so ungewöhnlich wie das andere. Als sie das Segel herunternahmen, wurden sie schon von ersten Neugierigen erwartet.
Die Fischer packten wortlos jeder an einem Ende eines länglichen Bündels im Schiffsboden an und wuchteten es so vorsichtig wie möglich und mit allem Respekt auf den Steg. Das Bündel schien nicht schwer zu sein, aber so schlaff, daß es ihnen beinahe entglitt. »Hier ist er«, sagte der Ältere, »der, den alle gesucht haben.«
Während die Menschen schweigend den mit einer Decke umhüllten Körper betrachteten, aus der die Nässe floß, wendeten die Fischer ihr Boot und legten wieder ab. Das bunte Rahsegel war längst hinter der Hafenpalisade verschwunden, als eiliges Hufeklappern endlich verkündete, daß ein Bote zum Wikgrafen auf die Burg unterwegs war.
Bis der Wikgraf eintraf, wagte niemand, den Leichnam anzurühren: ihm selber blieb es vorbehalten, die Decke vom Gesicht des alten Geir zurückzuschlagen.
Die Nächststehenden schnappten erschrocken nach Luft, als das Gesicht des Opferpriesters freigelegt war. Die Furchen im ausgemergelten Gesicht des Toten waren noch tiefer geworden, es sah aus wie das eines schrecklichen alten Waldtrolls. In seinen weit aufgerissenen Augen stand soviel Angst, daß jeder sah, wie der Mann um sein Leben gekämpft haben mußte, bevor er ertrank.

Der Wikgraf seufzte tief und deckte das Tuch erneut über das Gesicht. Schweigend wartete er, bis seine Soldaten mit einer ausgehängten Pforte ankamen, auf die Geir gelegt und zur Stadthalle getragen wurde. Zugleich mit dem Leichenzug langte Aasa dort an.

»Es ist dir anscheinend beschieden, dich hauptsächlich um tote Männer zu kümmern, während du in der Stadt bist«, sagte der Wikgraf bedauernd, während er zu Aasa trat und sie fürsorglich am Arm ergriff und in die Halle begleitete. »Dir und mir wünschte ich statt dessen neugeborene Knaben; aber der Mensch kann sich selten aussuchen, womit er sich befassen muß.« Danach dämpfte er seine Stimme, so daß nur Aasa ihn verstehen konnte. »Dieser Mann«, sagte er nachdenklich, »kam mir immer ein wenig sonderbar vor. Ich würde gerne wissen, ob er etwas bei sich trägt, das auf seine Herkunft deutet oder sogar auf seine Sippe. Solltest du etwas finden, so bitte ich dich, mir Bescheid zu sagen.«

Aasa ließ ihre Augen über den Leichnam schweifen, der auf dem unpassenden Gestell ruhte und, so kam es ihr vor, selbst stumm darauf drängte, daß man das Geheimnis lüfte, das ihn zu umgeben schien. »Ich werde mein Möglichstes tun«, versprach sie.

Der Wikgraf nickte dankbar und verließ leise die Halle, gefolgt von flüsternden Männern und Frauen.

Als Folke am Frühnachmittag von der abgebrochenen Suche nach Geir ins Haus zurückkehrte, bekam er weder eine Mahlzeit noch Ruhe. Am Tor erwartete ihn der kleine Odd, der wohl schon lange dort gestanden hatte und sich unbemerkt von den Erwachsenen an seine Seite schlich. Als Folke belustigt auf den Jungen hinuntersah, winkte Odd ihn zutraulich mit seinem schmutzigen Zeige-

finger zu sich herunter. Unhörbar für andere flüsterte er in Folkes Ohr: »Du sollst sofort zu Frau Aasa in die Königshalle kommen. Und niemandem sagen!«
Verwundert über den seltsamen Boten und die noch seltsamere Botschaft, entfernte Folke sich unauffällig von Ivar und dem aufgeregt schwatzenden Hausgesinde und eilte zu seiner Mutter.
Aasa befand sich allein in der großen Halle; auf einem niedrigen dreibeinigen Hocker wachte sie mit gefalteten Händen über den Totenschlaf eines Mannes, den sie, getreu dem Befehl des Wikgrafen, in diesem Moment besser kannte, als irgend jemand anders in der Stadt.
Auf leisen Sohlen trat Folke zu seiner Mutter, auch er war beeindruckt von der andächtigen Stille, die die Halle füllte, nachdem man die sonst offenen Seiten mit tragbaren Schilfwänden verschlossen hatte. Aasa erhob sich, als ihr Sohn neben ihr stand. Während Folke fassungslos bemerkte, daß es sich um das beste Linnenstück aus Thorbjörns Haus handelte, zog Aasa mit beiden Händen das große Tuch fort, das sie über den Toten gebreitet hatte. Auf dessen Brust lag der verbeulte Helm, den der Tote anscheinend nie abgesetzt hatte, denn ein schmaler, haarloser Streifen markierte seine Umrisse auf der Kopfhaut.
»Der Wikgraf bat mich, nach besonderen Erkennungszeichen an diesem Mann Ausschau zu halten«, sagte Aasa mit Ehrfurcht in der Stimme. »Ich hätte es sonst gewiß nicht getan. Und nun sieh dir diesen Helm an.«
Folke beugte sich vor, als seine Mutter ihm den Helm entgegenhielt, und trotz der flackernden und rußenden Pechfackeln konnte er deutlich eine Inschrift im Innenrand des Helmes erkennen. »Kannst du es deuten, Mutter?«
Aasa schüttelte wehmütig den Kopf. »Auch ich hatte

einmal Augen, die so scharf waren wie die des Adlers, aber nun sind sie müde geworden. Ich müßte mich damit erst beschäftigen, bei Mittagslicht und in Ruhe. Ich glaube jedoch nicht, daß mir dies zusteht. Ich habe nach dir geschickt, damit du den Helm auf die Burg bringst.«

»Wer ist er denn nur?«

»Das weiß ich nicht«, antwortete Aasa. »Aber ein solcher Helm ist eines Königs oder Jarls würdig.«

Beeindruckt wickelte der junge Bootsbauer den Helm vorsichtig in ein weiches Tuch, das seine Mutter ihm reichte. Während er die Halle leise verließ, deckte seine Mutter den Leichnam erneut zu und setzte sich wieder hin.

So schnell war Folke noch nie zur Burg gelangt. Oben flog sein Atem, und vor seinen Augen flimmerten Sterne. Aber er hielt sich nicht auf, um zu verschnaufen, sondern schlüpfte unbeachtet und ungehindert in den großen Raum hinein, in dem der Wikgraf seine Besprechungen abzuhalten pflegte, und drängte sich durch die versammelten Krieger hindurch.

»Wie groß mag der Trupp gewesen sein?« fragte der Wikgraf einen seiner Leute, den eine Wolke von Pferdegeruch umgab und der selbst dampfte wie ein Pferd, – bevor sein Blick auf den Bootsbauer fiel. Er streckte die Hand aus; und wortlos, immer noch unfähig zu sprechen, übergab Folke ihm den Helm, den er vorsichtig auswickelte.

»Dreißig, vierzig Sachsen mögen es gewesen sein«, antwortete der Krieger, dem sein eigener Bericht zu Recht viel wichtiger erschien.

Der Wikgraf aber war abgelenkt. Er entdeckte die Inschrift, ohne daß Folke sie ihm zeigen mußte. »Sagte Frau Aasa, was es bedeutet?«

»Meine Mutter möchte gerne, daß du zu ihr kommst«, erwiderte Folke und stellte erstaunt fest, daß der Wikgraf

dem Helm genauso viel Bedeutung zuzumessen schien wie seine Mutter.
Ohne weiteres entließ der Wikgraf seine Leute und erteilte einige Befehle. Mit Folke auf den Fersen drängte er sich durch die Krieger hindurch und eilte in den Hof. Hinter dem Braunen des Wikgrafen wurde ein Pferd vorgeführt, dessen Zügel der Bursche Folke in die Hand drückte.
Der Wikgraf nahm den Berg so schnell es ging; erst auf den Bohlenstraßen der Stadt mäßigten sie ihr Tempo. Anscheinend hatte es sich herumgesprochen, daß mit Geir etwas Besonderes war: wie eine dichte Traube standen die Haithabuer vor der Halle. Folke war nicht erstaunt, in ihrer Mitte auch Hallgärd zu sehen, die ihm winkte und sich zu ihm durchzudrängen versuchte. Und trotzdem erfaßte ihn Eifersucht, denn neben Hallgärd stand der große junge Sklave von Högni, und wenn er nicht irrte, hatten die beiden sogar miteinander gesprochen.
Er zögerte ein wenig, aber er mußte wohl oder übel dem Wikgrafen folgen, und so blieb Hallgärd draußen zurück und für wenige Augenblicke auch Folkes Gedanken.
Aasa saß da, wie Folke sie verlassen hatte, aber sie schien sich und den Alten in ihre Gedanken eingesponnen zu haben wie eine uralte Hornisse in ihr Nest. Auch der Wikgraf sah es: seine Schritte wurden behutsam und leise, und erst nachdem er eine Weile neben Aasa gestanden hatte, bemerkte sie ihn.
»Nicht alle Tage haben wir hier einen Jarl zu bestatten«, sagte Aasa, »und es gibt hier einiges mehr zu tun, als nur den Körper ins Grab zu legen.«
Der Wikgraf nickte, ohne Überraschung zu zeigen.
»Vor allem muß sein Mörder gesucht werden«, befand Aasa leise und löste damit ein blechernes Scheppern aus; es war der Helm, der zu Boden fiel.

»Das ist eine gewaltige Anklage, die du aussprichst«, sagte der Wikgraf nach kurzem Zögern und glaubte Frau Aasa doch aufs Wort.
Diese hatte nicht die geringsten Zweifel. Sie hielt eine Öllampe an den Hals des alten Geir, und als ihre Finger sachte über die schrumpelige Haut strichen, zeigte es sich, daß sie an dieser Stelle eingefallen und bläulich war. »Der Mörder hat ihm Sprache und Luft in einem genommen«, sagte sie leise. »Zermalmt hat er alles, und den alten Mann dann ins Wasser geworfen, damit er als Ertrunkener aufgefischt wird.«
»Ist kein Irrtum möglich?«
»Nein«, sagte Aasa entschieden. »Sieh her.« Während der Wikgraf und Folke ihre Köpfe über den Leichnam beugten, öffnete Aasa behutsam die schlaffen Lippen, hinter denen nur wenige Zähne sichtbar wurden. »Der Mund war innen so trocken wie bei jedem von uns. Wäre er ertrunken, hätte sich Wasser darin befinden müssen, vielleicht auch Algen oder Reste einer Qualle.«
»Du bist eine kluge Frau, Aasa«, sagte der Wikgraf, ohne ihren Befund im geringsten in Zweifel zu ziehen. »Soviel Aufmerksamkeit wäre dem alten Geir wohl ohne dich kaum zuteil geworden.« Er bückte sich und hob den Helm auf, der immer noch auf dem Boden lag.
»Und ohne dich«, gab Aasa artig das Kompliment zurück, und der Wikgraf, der sie gut verstanden hatte, verzog den Mund ein wenig.
»Es gibt noch jemanden«, wandte Folke ein, »der es geahnt hat.« Unter den erstaunten Augen des Wikgrafen machte er einige rasche Schritte zur Tür und ergriff Hallgärd am Arm, der es gelungen war, sich bis dorthin durchzuschlängeln. So führte er das Mädchen vor den Wikgrafen.

»Hallgärd hatte schon vor mehreren Tagen um den Alten Angst«, sagte er, bevor er sie losließ und mit einem Nicken aufforderte, für sich selber zu sprechen.
»Kannst du uns noch etwas zum Tod von Geir sagen?« fragte der Wikgraf ein wenig streng, obwohl er keinen Grund hatte, ausgerechnet Hallgärd seine Befehlsgewalt fühlen zu lassen.
Hallgärd deutete einen Knicks an, bevor sie antwortete. »Geir konnte trotz seines Alters schwimmen wie ein Fisch. Letzte Nacht war Neumond. Ich war spät noch draußen, um die Hühner gegen den Fuchs einzusperren. In den Wipfeln regte sich kein Lüftchen. Wie hätte er da ertrinken können?«
Die blonden Augenbrauen des Wikgrafen zogen sich nachdenklich zusammen. »Wie gut kennst du ihn?« fragte er.
Hallgärd schüttelte schnell den Kopf, ein wenig zu schnell, fand Folke und wunderte sich. »Fast gar nicht«, beteuerte das Mädchen. »Er hat bei uns einige Male gegessen.«
Der Wikgraf ließ seinen Blick auf Hallgärd ruhen, und sie errötete langsam, aber sie hielt aus. Doch der Wikgraf sagte nichts mehr, sondern neigte sein Ohr nochmals Aasa zu.
»Es gibt noch etwas, das du wissen mußt«, sagte Aasa mit fester Stimme. »Geir muß schon länger als seit heute früh tot sein. Ich denke, er wurde gestern oder davor getötet.«
Der Burgherr schwieg lange, bis er sich zu einer Aussage durchrang, die von großem Gewicht war. »Ich hörte schon viel Gutes über dich sagen, aber nun sehe ich selber, daß du in Verbindung mit der Totengöttin stehst. Laß es mich wissen, wenn du von ihr etwas Neues erfährst.« Damit wandte er sich ab und verließ die Halle.
Aasa mit ihrem praktischen Verstand bat sowohl das Mädchen als auch ihren Sohn, über dies alles zu schweigen. Es

würde nicht gut sein, die Menschen in der Stadt mit solchem Wissen zu belasten.

Mochte der Wikgraf auch noch soviel Respekt vor Freyas Walten in der Unterwelt haben und dem Wissen, das sie Frau Aasa ohne Zweifel zukommen lassen würde, so blieb andererseits doch genug für ihn selber zu tun, bis der greise Geir gerächt war.

Als er draußen in der Sonne stand, inmitten der Haithabuer, fragte er laut: »Wer weiß, wo die Fischer den Alten gefunden haben?«

Es stellte sich heraus, daß niemand es wußte, aber einer hatte sie absegeln sehen, und der andere kannte die Stelle, an der sie für gewöhnlich ihre Netze auslegten, und so dauerte es nur eine knappe Stunde, bis die Fischer und der Bote in der Hafeneinfahrt erschienen.

Bis dahin war der Wikgraf zwischen der Halle und den Stegen umhergegangen, hatte geplaudert und sich umgesehen, wie viele andere Müßiggänger auch, die die Ereignisse zum Anlaß genommen hatten, die Arbeit des Tages früh zu beschließen. Folke saß auf einem Poller, als die Fischer anlegten, und der Wikgraf trat dicht neben ihn, um mit den Leuten zu reden, die in ihrem Boot sitzen blieben.

»Fahrt mich an die Stelle, wo ihr den toten Geir gefunden habt«, befahl er, und die Fischer nickten. Der eine von ihnen warf das Tau schon los, eine Hand am Steg, bis der Wikgraf hinuntergeklettert war.

»Willst du mit?« fragte der Wikgraf zu Folke, als wäre es ihm gerade eingefallen. Folke besann sich nicht lange und sprang.

Während sie sich ihre Plätze suchten und die Füße zwischen die Ballaststeine steckten, ruderten die Fischer mit

energischen Schlägen direkt zur Hafeneinfahrt. Der Wind war etwas stärker geworden und wehte nun auflandig, direkt zwischen den beiden Toren hindurch.
»Njörd regt sich«, sagte der eine Fischer hoffnungsvoll, und Folke merkte, daß nicht nur die Bauern, sondern auch die Fischer froh wären, wenn die lange Hitzeperiode endlich vorüber wäre.
Hinter der Hafeneinfahrt zog der Fischer die Rah hoch, und das Boot glitt langsam der untergehenden Sonne entgegen. Wenige schweigsame Minuten nur segelten sie hart am Wind, dann steuerte der Fischer schon das Ufer an. Als ein heller Glockenklang aus nächster Nähe zu ihnen herübergeweht wurde, wußte Folke, wo sie waren: fast genau unterhalb des christlichen Heiligtums.
Zwei Mönche hatten vor langer Zeit die kleine hölzerne Kirche hier außerhalb der Stadt bauen dürfen, wo sie nicht weiter störte und niemandem ständig in die Augen fiel. Seit Menschengedenken hausten in einer Hütte neben dem Heiligtum zwei christliche Sachsen; wenn einer von ihnen starb, sandte der Bischof von Bremen einen neuen. In der Stadt kümmerten sich die Leute wenig um die Mönche; nur über die Glocke ärgerten sie sich, weil sie Angst hatten, daß ihr Bimmeln die Erdgeister vertriebe. Aber zu Recht sagten dann andere, daß sich die Erdgeister längst gewöhnt hätten.
Der Anleger der Kirche befand sich in einer sanften Einbuchtung des Ufers, und darauf nahm der Fischer Kurs.
»Hier war es«, sagte er und zeigte auf das dürftig mit Rundknüppeln gesicherte Uferstück neben dem Steg. »Er dümpelte da vor sich hin. Mit dem Gesicht im Wasser.«
»Und trotzdem habt ihr ihn nicht den Männern da oben überlassen?« fragte der Wikgraf und deutete mit dem Kinn nach oben in den Wald.

Der stillere von den Fischern öffnete plötzlich den Mund und spuckte ins Wasser. »Denen?« fragte er höhnisch. »Was haben die mit unsereinem zu tun?«
Und der andere fügte böse hinzu: »Sollten wir zulassen, daß sie einen Thorspriester in ihre Hölle schicken?«
Der Wikgraf stieg stillschweigend aus dem Boot auf den Steg, gefolgt von Folke, und stapfte ans Ufer, wo er sich umsah. Viel gab es nicht zu sehen: ein Einbaum, der auf Land gezogen war, und ein Netz, das über einem Busch trocknete. Ein Trampelpfad führte nach oben und verschwand im Buschwerk. Nichts Besonderes: eine Anlegestelle, wie es viele davon entlang der Schlei gab.
Folke sprang von den Bohlen in den Sand. An dieser Stelle hatte die Schlei es gut mit den Menschen und ihren Schiffen gemeint und ein wenig Sand angespült, so daß kleine Boote gut auflaufen konnten. Naß war der Sand; vielfach wuchsen Schilfhalme in ihm, und die hellgrünen stumpfen Sproßenden wollten noch nicht zur Kenntnis nehmen, daß der Herbst vor der Tür stand.
Zwischen niedergetretenen Gräsern blinkte ein kleiner Gegenstand, als die Sonne ihre letzten Strahlen auf ihn warf. Folke hob ihn verwundert auf. Er wischte sorgfältig feuchten Sand aus den eingestanzten Löchern und Rillen und betrachtete dann das kleine Amulett auf seiner flachen Hand genau. Es war ein Abbild des Hammers Mjölnir von Thor. Viele Menschen trugen jetzt dieses Schutzzeichen, vor allem seitdem die Christen sich mit dem Kreuz ihres Gottes schmückten. Die ganz Vorsichtigen ließen in den Hammerstiel sogar noch ein Kreuz einstanzen, für den Fall, daß der Christengott doch stärker war als Thor, der Hammerwerfer.
»Sieh mal, was ich gefunden habe«, sagte Folke und brachte dem Wikgrafen das Fundstück. Während der ihn

um- und umdrehte, fuhr er fort: »Thor wird sich nicht so leicht mit jemandem versöhnen können, der sein Wahrzeichen so unachtsam verloren hat.«
»Ich weiß nicht, ob Thor noch Zeit genug bleibt, sich um solche Nebensächlichkeiten zu kümmern«, murmelte der Wikgraf gedankenvoll.
»Immerhin hatte er Zeit, dafür zu sorgen, daß sein Opfer damit geschmückt war«, entgegnete Folke, und erst danach fiel ihm wieder ein, daß dieses erste Opfer ja gar keines gewesen war.
»Ein wenig zu viele Amulette, um noch zufällig zu sein, findest du nicht?« fragte der Wikgraf. »Dieses hier scheint im übrigen das Ebenbild des anderen zu sein.« Uninteressiert drückte er dem Bootsbauer das Ding in die Hand, und Folke betrachtete es nochmals genauer. Ihm ging der Sinn für die Details der Stanzung ab, aber der Wikgraf würde schon recht haben.
Inmitten der Büsche raschelte es, und Folke fuhr herum. Erleichtert nahm er die Hand vom Messer, als er einen der Männer erkannte, die zur Kirche gehörten. Dieser kam mit gefalteten Händen näher. Seine Kutte wurde von einem groben Strick zusammengehalten, an dem weder Schwert noch Messer hingen. Nach Art aller Mönche hatte er sein Haar kurzgeschnitten und in der Mitte des Kopfes sauber geschoren. »Ich hörte euch, Brüder in Christo«, sagte er freundlich. »Kann ich euch helfen?«
»Gregorius«, sagte der Wikgraf, »hier an eurer Anlegestelle ist in den letzten zwei Tagen ein Mann gestorben. Wir wissen nicht, was vorgefallen ist, er scheint ertrunken zu sein. Es wäre möglich, daß der Mann irgendwie ins Wasser geriet und nicht mehr herausfand. Er war schon alt. Habt ihr etwas gehört oder bemerkt?«
Folke hörte mit Erstaunen, daß der Wikgraf die wahre

Todesursache für sich behielt. Auch den Fischern gegenüber hatte er stets vom ertrunkenen Geir gesprochen.
Der Mönch führte seine Fingerspitzen demütig an die Lippen. Er bedauerte den Tod eines unbekannten Mannes. »Ich werde ein Gebet für den Mann verrichten. Gott sei seiner armen Seele gnädig. Wir haben nichts bemerkt. In diesem Teil der Welt können wir nur auf unsere eigenen Schafe aufpassen. Im übrigen bemühen wir uns, dem Sausen von Schwert und Hammer zu entgehen.«
»Das ist wohl wahr«, stimmte der Wikgraf zu. »Thors Hammer trifft euch öfter als unsereinen. Er mag euch nicht.«
»Und doch«, stichelte der Mönch, »hat er vor nicht mehr als zwei Wochen ein heidnisches Schiff vernichtet, gleich hier um die Ecke in der nächsten Bucht.«
»Wenn es so nah ist, wie du sagst, dann hat Thor sicher eure Kirche gemeint und nur versehentlich nicht getroffen.«
Gregor senkte plötzlich seine Hände und lächelte den Besucher an. »Das wäre möglich. Die Stärke unseres Gottes ist unendlich, und in seiner Weisheit hat er gewiß den Blitzstrahl von uns abgelenkt.« Er hob das Kinn ein wenig an, als ob er einen Angriff des Wikgrafen abzuwehren hätte, und seine Augen schlossen sich halb.
Der Wikgraf, der zum Mönch am Abhang emporblicken mußte, ließ sich nicht reizen. »Dann hast du sicher auch nichts dagegen, daß ich den kleinen Thorshammer mitnehme, den mein junger Begleiter hier eben fand.«
Folke hielt ihn hoch, und der Mönch wehrte entsetzt ab und bekreuzigte sich hastig. »O nein, o nein, nehmt das entsetzliche Abzeichen eures heidnischen Gottes nur mit euch. Wo lag es denn? Ist es aus Gold?« Den beiden Wikingern blieb es nicht verborgen, daß er trotz der Ablehnung äußerst neugierig war.

Der Bootsbauer wies auf die Stelle, und der Mönch schüttelte den Kopf. »Heute früh noch habe ich unser Boot an Land geholt. Sollte mir dieses auffällige Ding wirklich entgangen sein?« Er fügte hinzu. »Wenn man es umdreht, könnte man es auch für ein Kreuz des Herrn halten. Überlegt also gut, ob ihr es wirklich mitnehmen wollt.«
Der Wikgraf trat den Rückzug an, ohne eine Gemütsbewegung zu zeigen, und war schon unten am Boot, während Folke immer noch verwirrt den kleinen Gegenstand betrachtete.
»Noch eins«, rief Gregor, und ein leiser Triumph schwang in seiner Stimme mit, »dieses Land untersteht seit des seligen Erzbischof Ansgars Zeiten der bremischen Kirche. Es wäre höflicher, wenn ihr mir die Freude machen würdet, euch einzuladen, damit ich euch nicht wieder überraschen muß. Vielleicht beim nächsten Mal...?«
Folke, der übersehen hatte, daß die Fischer bereits beim Ablegen waren, rannte die wenigen Schritte zum Boot und stieg mit einem großen Schritt ins Heck, als der Fischer schon kräftig abstieß.
»Vielleicht«, versprach der Wikgraf, der bereits im Bug saß, und lachte leise. »Würdest du auch einen Gegenbesuch bei mir auf der Burg machen? Oder fürchtest du dich vor unseren Schwertern und Äxten?«
»Das Schwert Gottes ist das einzige, vor dem ich mich fürchte«, tönte Gregors Stimme aus den dunklen Büschen. Sehen konnte Folke ihn nicht mehr. »Gott mit euch!«
»Da hast du's«, knurrte der Fischer an den Rudern. »Sie denken immer, sie hätten uns bereits im Griff. Sachsen und Franken! Üble Völker sind das.«
Das stimmt, dachte Folke. Aber es galt nicht für alle christlichen Männer. Wer sich überhaupt über sie ausließ,

hatte meistens große Hochachtung vor den Mönchen. Nicht jeder war so spitzzüngig wie dieser.
Der Wikgraf schmunzelte und strich sich den Bart. »Ist es nicht vielleicht eher so, daß die Mönche die Fischrechte verteidigen, die zu ihrem Grund gehören?«
»Na ja«, gab der Mann am Ruder trotzig zu, »wir fischen am Rand ihres Gebietes. Trotzdem wundert es uns, daß christliche Fische so große Köpfe und soviel Kraft haben sollen.«
Der Wikgraf begriff schnell. »Sind eure Netze hier schneller als anderswo zerrissen?«
Der Fischer nickte und seufzte. »Aber der Fanggrund ist besonders gut. Deswegen bleiben wir hier.« Er holte die Ruder ein und verstaute sie an der Innenseite des Bootes. Dann löste er die Schlinge, mit der das Segel am Mast festgezurrt war, und heißte es vor. Das schlanke Ruderboot mit den beiden hohen Steven nahm Fahrt auf, und bis in den Hafen war nur das Wasser zu hören, das gurgelnd an den Seiten ablief, denn die Männer blieben jeder auf seine eigene Art schweigsam.
Nachdem die Fischer sie mitten in der Stadt abgesetzt, aber gleich wieder abgelegt hatten, um das Boot in den Fischerhafen zu rudern, blieb der Wikgraf sinnend auf dem Steg stehen. Folke starrte ihn erwartungsvoll an.
»Der Mönch Gregor«, sagte der Wikgraf langsam, »ist ein Schelm. Er hätte das Amulett gern behalten, und sei es auch nur um seines Metallwertes willen. Da er nicht wußte, daß es nur aus Bronze ist, kann er es noch nicht gesehen haben. Auch konnte man sehen, daß er erstaunt war. Ich denke, es wurde tatsächlich erst hingelegt, nachdem er vom Fischen zurück war.«
»Es wurde hingelegt, nicht verloren?« fragte Folke.
»Für uns hingelegt, nicht für ihn«, bestätigte der Wikgraf.

»Wir werden unentwegt an Thor gemahnt. Warum? Heute ist übrigens Donnerstag.«
Folke, dem wie eine kleine Mücke ständig ein Gedanke im Kopf herumgesummt war, den er nicht hatte fassen können, fiel es wie Schuppen von den Augen. Er schlug sich mit der Hand an die Stirn. »Er kann doch gar kein Thorspriester sein«, sagte er aufgeregt. »Er hat Odin verehrt. Er sprach von keinem anderem.«
»Geir? Wirklich?« fragte der Wikgraf und war sich der Tragweite der Behauptung sofort bewußt. Er musterte das Gesicht des jungen Mannes ausgiebig und sorgfältig. Nur zu oft entsteht aus jugendlichem Überschwang das Bedürfnis, in den Gesang anderer mit einzustimmen. Aber Folke war weder überschwenglich noch ein Mitläufer. Aus seinen großen Augen sprachen trotz seiner Entdeckung Nüchternheit und Überlegung. »Ich glaube dir«, sagte der Wikgraf und tat den nächsten Gedankenschritt. »Wenn Geir also kein Thorspriester ist, sollte Thors Hammer uns zweifellos auf etwas bringen, wo wir sonst keinen Zusammenhang gesehen hätten. Auf den Ruderer Halvdan natürlich.« Langsam fuhr er fort: »Wir sollten beide Toten für Opfer des Gottes halten. Wenn aber der eine nicht geopfert wurde, dann der andere sicher auch nicht.« Der Wikgraf sah seinen Begleiter ernst an. »Ein kleiner Hammer nur, und die Begehrlichkeit eines Mönches nach Gold – beide zusammen lassen uns einen Blick in den Abgrund tun. Laß uns zu deiner Mutter gehn.«

9 Thors Nacht und Freyas Morgen

Zügig schritten der ältere und der junge Mann die Straße entlang, die zur Stadthalle führte. Die Hoftore waren alle offen, Karren wurden beladen, Hühner und Schweine gefüttert, die Kinder eingesammelt; Mägde und Knechte kehrten nach Hause zurück. Manch einer sah Folke an der Seite des Wikgrafen und nahm sich vor, sich mit dem jungen Mann künftig gut zu stellen. Einer, der in so jungen Jahren schon für wert befunden wurde, zum Gesprächspartner des obersten Stadtherrn zu werden, würde in späteren Jahren vielleicht sogar mit dem König reden.

Folke merkte von seinem gewachsenen Ansehen nichts. Er glühte, weil der Wikgraf ihn an seinen Gedanken hatte teilhaben lassen, und wohler wäre ihm gewesen, wenn er von seinen Kenntnissen über den Tod des Ruderers hätte berichten dürfen. Aber Thorbjörns Entschluß band ihn.

Aasa saß wie vordem; als die Männer in der Türöffnung erschienen, stand sie auf und trat nach draußen vor das Haus. So nahe bei dem Toten auszuharren machte ihr nichts aus, sie war würdig und gefaßt. Die Hände in den Ärmeln verborgen, lächelte sie die beiden heiter an.

»Deinem Sohn hier«, sagte der Wikgraf, ohne sich aus seiner nachdenklichen Zurückhaltung locken zu lassen, »ist gerade eingefallen, daß Geir Odin anhing. Was sagst du dazu?«

»Wenn er das meint, wird er wohl recht haben. Ich hatte mir auch Gedanken darüber gemacht und mich gewundert«, bekannte sie. »Geir paßte nicht zu Thor. Thorspriester sind wie ihr Gott: grobschlächtig, wild, ohne Hintergedanken. Geir aber ...«, sie zögerte, »nun, ich kenne ihn wirklich nicht genauer, aber nach allem, was ich hörte, war er eher wißbegierig, schlau, verschwiegen und neugierig. Ein Mann des Kopfes, nicht der Fäuste. Eben wie Odin.« Aasa schwieg, aber ihr Ton ließ vermuten, daß der Alte möglicherweise noch mehr Eigenschaften gehabt hatte, die ihn Odin nahebrachten.

Folke schauderte. Hatte auch Geir zwei Raben ausgeschickt, Hugin, den Gedanken, und Mugin, die Erinnerung, um die Geheimnisse Haithabus auszuspähen? Und hatte er sie gehütet, um sie sich im passenden Moment zunutze zu machen?

Der Wikgraf bedachte Frau Aasas Urteil ohne Eile. »Ja«, sagte er, »du magst recht haben.« Dann wurde er noch ernster. Die Tragweite des Mordes an Geir war im Moment noch gar nicht zu übersehen. Welche Verwicklungen mochten sich daraus noch ergeben?

»Der Totengräber läßt dir bestellen«, fuhr Frau Aasa in nüchternem Ton fort, »daß alles bereit ist. Die Kammer ist ausgehoben, und die Bohlen sind gesteckt. Es wird kein großes Grab sein, aber würdig selbst eines Jarls. Das Holz ist gut abgelagerte Eiche, die Kanten sind glatt und die Fugen dicht.«

»Dies geht deinen Schwager eigentlich mehr an als mich. Trotzdem danke ich dir. Dann wird Geir morgen bestattet.« Da es jenseits der Sorgen, die seine eigenen waren und die allein er von seinen Schultern abwerfen konnte, nichts mehr zu sagen gab, verabschiedete sich der Wikgraf und ging, um sein Pferd aus einem benachbarten Stall zu holen. Kurz danach hörten sie ihn davonreiten.

»Der Wikgraf weiß es nun auch selber, daß Halvdan nicht geopfert wurde.«

»Ja, das kann ich mir denken«, sagte Aasa und kehrte in die Halle zurück, in der sie die Nacht über Wache halten würde, während Folke auf seine Schlafbank im Hause

Thorbjörns entlassen war. Weder sie noch den Wikgrafen mußte man auf offensichtliche Dinge aufmerksam machen. Aber ihrem Sohn fehlte noch die Erfahrung, um andere Menschen einschätzen zu können. Bei ihm würde noch einige Jahre das Herz dem Verstand diktieren.

Folke verabschiedete sich von seiner Mutter. Er war nicht müde genug, um zu seiner Schlafbank zurückzukehren. Die Hände im Gürtel, schlenderte er gedankenvoll den Uferweg entlang, der jetzt still dalag. Manchmal wünschte er, in der Stadt geboren zu sein; dann wäre er vielleicht nicht zum Einzelgänger geworden, der als Helfer des Wikgrafen und einer weisen Frau – wenn sie auch seine Mutter war – herumgeschickt wurde. Dann wäre er jetzt mit den anderen draußen vor den Stadtwällen, um Weitwurf mit Speer und Axt zu üben; er war darin genauso tüchtig wie jeder andere.

Er sah sich um. Ganz allein war er nicht: ein struppiger Hund, dessen Rute sich unternehmungslustig über dem Rücken krümmte, war wohl vom Jagdtrieb gepackt und schnürte an ihm vorbei. Zwei Jungen kamen ihm entgegen, beide mit nassen Haaren, lachend und ausgelassen. Der eine ließ ein tropfnasses Tuch am ausgestreckten Arm kreisen. Vorsichtshalber wich Folke aus und wäre beinahe dem anderen in die Seite gelaufen, der sich bereit machte, ihn ins Wasser zu stoßen. Nur knapp entging er dem Bad, das die beiden ihm zugedacht hatten.

Freiwillig waren sie schwimmen gewesen – im Gegensatz zum alten Geir. Seine Mutter hatte gesagt, daß der Alte schon länger tot sein mußte, mindestens seit Mittwoch. Die Mönche aber hatten ihn nicht gesehen. Hinter sich hörte er, wie der eine Junge sich schier ausschüttete vor Lachen, und dann ein gewaltiges Plätschern und Prusten. Folke drehte sich um. Tatsächlich: einer der Jungs platschte im Wasser umher, das ihm bis zum Hals ging, immer noch lachend. So mußte es gewesen sein: derjenige, der Geir erdrosselt hatte, hatte ihn ins Wasser geworfen, aber erst am Donnerstag morgen, obwohl Geir seit Mittwoch tot war. Warum?

Unversehens stand er am nördlichen Ende des Uferweges vor dem Stadtwall. Dessen Fortführung endete als Palisade am Hafentor. Vor feindlichen Durchbruchsversuchen wurde der Wall an seinem empfindlichen wasserseitigen Ende durch benäßte, moosiggrüne Steinbrocken geschützt, die man dort hingewälzt hatte. Folke sprang auf die Mole und ging ein paar Schritte nach draußen. Hier wehte eine kleine Brise, und nichts störte den friedlichen Abend, selbst die albernen Jungen waren verstummt. Am Hafentor war heute abend anscheinend keine Wache aufgezogen.

Ehe Folke sich's versah, hatte er sich entkleidet und sich mit seinem Kleiderbündel über dem Kopf ins Wasser gleiten lassen. Geräuschlos tastete er sich an den Steinen entlang, umrundete sie und watete gleich darauf außerhalb des Stadtgeländes ans Ufer.

Vor ein paar Minuten hatte er gewiß nichts dergleichen geplant, aber nun, wo er den Anfang hinter sich hatte, wußte er genau, was er wollte.

Sich zu orientieren fiel ihm leicht, das lag ihm im Blut. So suchte er sich ohne Schwierigkeiten seinen Weg an der Burg vorbei, vorbei auch an der Kirche der Christen, bis dicht an die zweite Bucht nach der Haithabuer Enge. Der Mönch Gregorius hatte ihn noch heute morgen mit der Nase daraufgestoßen, daß die Kirchbucht und die Bucht mit dem Wrack nahe beieinander lagen.

Wie er erwartet hatte, war leises Plätschern zu hören, und er arbeitete sich vorsichtig bis an das Wasser heran. War es im Wald noch stockdunkel gewesen, so schimmerten über dem Wasser doch die Sterne, etwas matt zwar durch ersten frühherbstlichen Nebel, aber ausreichend, um mit den scharfen Augen eines jungen Mannes das verborgene Treiben zu beobachten. Vorsichtig bog Folke einige Schilfhalme beiseite und spähte hindurch.

In einiger Entfernung vom Ufer war ein Mann im Wasser, ganz allein, wie es schien. Auch ohne sein Gesicht genau zu sehen, erkannte er Ivar mühelos an der Kopfhaltung, die manche als hochmütig bezeichneten. Mit kräftigen Zügen schwamm der Kaufmann ein kurzes Stück, stellte sich dann auf die Füße, um zu verschnaufen, dann verschwand er kopfüber in der Tiefe. Mehrmals wiederholte er das Spiel, um immer wieder an den Ausgangspunkt zurückzukehren. Kein Zweifel, er suchte an das Wrack des »Kühnen Adlers« heranzukommen.

Folke hätte ihm gerne geholfen. Er war selbst ein guter Taucher. Er hätte es allerdings anders angepackt: vom Mast aus mußte man die Sache angehen. Der schwojte immer noch sanft in den kurzen Wellen, die der Wind aufwarf. Dort war die Tauchstrecke die kürzeste. Außerdem sollte ein Ruderboot als Basis über dem Wrack verankert sein. Verwundert betrachtete er Ivars unzählige Versuche. Er mußte erschöpft sein, aber er ließ nicht nach. Und kein einziges Mal hatte er irgend etwas in den Händen, wenn er auftauchte. Entweder lag das Schiff für ihn noch zu tief, oder er suchte nicht nach den Fellbündeln, denen im Gespräch seine Sorge immer gegolten hatte.

Folke fing an zu frieren. Er hatte genug gesehen. Außerdem würde es unverfänglicher wirken, wenn er bei Ivars Heimkehr schlief. Er begann sich zurückzuziehen, trocknete sich am Ufer flüchtig mit dem Wams ab und zog es dann an. Er war froh, in die Kleider zu kommen.

Mit immer noch geschärften Sinnen tappte er leise seinen Weg zurück zur Stadt, zuerst eine Weile bergauf. Die dunkelsten Stunden der Nacht lagen noch vor ihnen, trotzdem war es jetzt dunkler als vorhin, wie ihm schien. Er beschloß, lieber den längeren, aber helleren Weg am Wasser entlang zu nehmen. Ohnehin mußte er über die Palisade zurück.

Am Ufer schrie leise ein Käuzchen. Folke verharrte einen Moment, bis es wieder still war. Durch eine Lücke im Gebüsch zog der Duft des offenen Wassers herein wie der Bratenduft in die Nase eines hungrigen Kriegers. Er mußte sich in unmittelbarer Nähe zum Wasser befinden. Just als er sich wieder in Bewegung setzen wollte, erblickte er weiter oben im Wald ein kleines Licht, das schwankend den Abhang herunter näher kam. Er duckte sich hinter einen Busch, mit dem Messer in der Hand, um sich den Angreifer vom Leibe zu halten. Aber es war weder ein Angreifer noch ein Nachtmahr: hinter dem Öllämpchen kroch allmählich die graue Kutte des Mönchs Gregorius aus der Nachtschwärze. Die Kapuze war über den Kopf gezogen, sie schien nur von den buschigen Augenbrauen an ihrem Platz festgehalten zu werden. Gregor hatte eine Hand vor den flackernden Docht gelegt, um den Luftzug abzuwehren, und behielt die Flamme besorgt im Auge, während er den ausgetretenen Pfad ans Wasser hinunterschritt.

Folke besann sich nicht lange. Diese Nacht war ja außerordentlich kurzweilig. Er schlug einen Haken und war fast ebenso schnell am Strand wie der Mönch.

Der spähte jetzt über das Wasser und erwartete offensichtlich jemanden; vermutlich das Käuzchen, sagte sich Folke und wunderte sich nicht, als ein Boot mit einem einzigen Ruderer an den Steg glitt.

»Nun, Ketil«, sagte der Mönch mit ruhiger Stimme, jedoch nicht besonders gedämpft, und nahm eine Leine entgegen, die er um die Bohlen wickelte, »war deine Vermutung richtig?«

»Ja, Vater«, antwortete dieser, und Folke erkannte an der Stimme, daß seine Ahnung ihn nicht getrogen hatte. Der Spitzbube war der junge Sklave von Högni. Verwundert sah er zu, wie Ketil, der anscheinend nicht vorhatte, aus dem Boot zu steigen, dem Mönch ein längliches Paket aushändigte. Gregor stellte das Lämpchen auf den Holzbohlen ab, wo es ein wenig flackerte und dann verlosch. Im schwächer werdenden Schein gelang es Folke, noch einen Blick auf das in ungefärbten Rupfen eingewickelte Ding zu erhaschen. Der Mönch betastete es mit flatternden Händen, dann seufzte er und sagte mit zitternder Stimme: »Gut, mein Sohn, es ist gut. Der himmlische Vater wird dir vergelten, was du an der Kirche Gutes tust, ich kann es leider nicht. Du weißt, Mutter Kirche benötigt jeden Pfennig zur Bekehrung der armen Heiden.«

»Ich weiß, Vater«, antwortete Ketil, und es hörte sich für Folke in dieser Situation aufreizend kaltblütig an; vielleicht trog ihn aber auch das fremd klingende Dänisch des Sklaven. »Ich passe schon auf mich auf.«

Das stimmt, dachte Folke verärgert, dieser Ketil war reichlich oft unterwegs, und noch niemals hatte ihn einer erwischt. Das aber konnte sich leicht ändern.

Langsam bog er die Schilfhalme auseinander, warf die Arme nach vorn und durchpreschte schwimmend die kurze Entfernung zum Steg. Er hatte bei seinem tollkühnen Beginnen auf die Überraschung gesetzt, und darin behielt er auch recht. Der Sklave Ketil fuhr wie eine gereizte Schlange herum und schlug mit dem Ruderblatt zu, ohne zu zielen. Folke wurde gefällt wie ein Stier, denn

das Ruder traf ihn quer über den Augenbrauen. Das letzte, was er spürte, war ein stechender Schmerz an der Stirn und ein warmes Rinnsal in den Augen.
»O Herr im Himmel!« rief Ketil bestürzt, als er sah, was er angerichtet hatte, und es konnte sowohl eine Bitte um Vergebung als auch ein ungeduldiger Fluch sein.
»Schnell, bevor er untergeht«, mahnte der Mönch ängstlich und kniete auf den Steg nieder, während Ketil ins Wasser sprang, das ihm bis zur hochgereckten Nase ging.
»Ich hab ihn ja schon«, sagte Ketil beruhigend und spuckte prustend Wasser aus. Die eine Hand am Steg, die andere unter den Achseln des Bootsbauers, gelang es ihm, die Last zum Ufer zu schleifen und dort auszustrecken.
»Wenn ihm nur nichts passiert ist!« Gregor, der vom Steg aus geholfen hatte, so gut es ging, kniete hastig neben Folke nieder. »Barmherziger Gott!« flüsterte er, als er ihm das Blut aus dem Gesicht gewischt hatte, »er ist junge Edle, der mit dem Wikgrafen hier war. Was kann er nur von uns wollen? Warum ist er schon wieder hier?«
»Und vor allem: Was machen wir jetzt?« fragte Ketil.
»Du, mein Sohn, mußt fort«, sagte Gregor, stand, so schnell es ihm sein Alter erlaubte, auf und streckte seine Hände aus, um Ketil zu segnen. Dieser beugte widerwillig den Nacken. »Um der Kirche willen mußt du verschwinden. Dieser Krieger hat dich gesehen, er wird dich beschreiben. Es würde auch nichts nützen zu erklären, was du mir übergeben hast: Du bist ein Sklave ohne Besitztum, also hast du es gestohlen. Du wirst wegen Diebstahls getötet, ich wegen Hehlerei.«
Ketil stand da wie vom Bannstrahl getroffen. Eine plötzliche Flucht lief seinen Plänen zuwider. Er sträubte sich, mußte sich jedoch eingestehen, daß Gregorius recht hatte.
»Ach Ketil«, fuhr der Mönch bekümmert fort, »Gewalt

führt nicht zum Himmelreich. Erst waren es die Netze, nun dieser Mann. Bei dir ist der Glaube noch nicht in den Fäusten angekommen ...«

»Stimmt, Pater«, gab Ketil, nicht eben reuig, zu, und ließ sich auch sonst nicht beirren. »Was ist mit dir?« fragte er. Gregor schüttelte den Kopf. »Frage nicht, mein Sohn, geh. Um mich habe keine Sorge. Ich habe ihn nicht tätlich angegriffen, mir wird nichts passieren.« Während Ketil sich zögernd umwandte, ließ er sich erneut nieder, schöpfte eine Handvoll Wasser und wusch den Verletzten damit ab. Folke stöhnte. »So ist es recht, wehre dich nur«, murmelte der Mönch leise und verstärkte seine Bemühungen, als Folke sichtlich zu sich kam. »Du wirst noch einen Tag lang Kopfschmerzen haben, dann wirst du wieder frisch wie eine eben angelandete Auster sein, mein Sohn«, sagte er zufrieden, als Folke wieder bei sich war.

»Wo ist er?« rief Folke und versuchte sich aufzurichten.

»Nicht so hastig«, sagte der Mönch, »das bekommt dir nicht«, und fing ihn auf, als er wieder zurücksackte. »Er ist fort. Das wiederum ist ihm bekömmlicher. Jedem das Seine.«

Nur langsam begriff Folke, was passiert war. Er befand sich in einer äußerst beschämenden Situation, das stand fest. »Warum hat der Kerl mich nicht gleich totgeschlagen?« fauchte er.

»Warum sollte er?« fragte Gregor erstaunt. »Du hattest ihm doch nichts getan.«

»Ich war doch gerade dabei!« sagte Folke, empört, daß der alte Mönch ihn nicht ernst zu nehmen schien.

»Wirklich?« fragte Gregor listig. Er hatte vier und ein halbes Jahrzehnt überlebt, davon gut die Hälfte in heidnischem Gebiet; er war entschlossen, seine Haut auch weiterhin durch wikingische Dörfer zu tragen; mochte sie

auch noch so faltig sein, ihm war sie durchaus lieb. »Du mußt dich irren! Ketil, der junge Mann, glaubte einen Fisch plätschern zu hören, den er für mich erschlagen wollte. Es tat ihm leid, daß er dich getroffen hatte. Warum mußtest du ausgerechnet jetzt hier herumschwimmen?«
Folke sah ihn durchdringend an, soweit dies überhaupt wegen des Blutes in seinen Augenwinkeln ging. Nein, der alte Mönch scherzte nicht. Er versuchte sich umzusehen. Aus seinem Augenrollen und Zwinkern mit den verklebten Wimpern entnahm der Mönch in väterlicher Fürsorge sogleich, was Folke wollte. »Er ist nicht mehr hier«, sagte er ruhig. »Er mußte fliehen, nun, wo du ihn gesehen hast.«
Dem Bootsbauer verwirrten sich die Sinne immer mehr. Langsam setzte er sich auf, unterstützt von Gregor, und dachte nach. Seine Gedanken jedoch gingen im Kreis, und jedesmal wenn die innere Schleuderbewegung ihn bis an das äußerste Ende trug, landete er bei der Erkenntnis, daß Ketil ihn nicht erschlagen hatte, obwohl er selber es in der umgekehrten Lage unzweifelhaft getan hätte. Warum aber hatte Ketil es nicht getan?
»Er ist ein Christ«, antwortete Gregor sanft, und Folke merkte daran, daß er seine Frage laut gestellt haben mußte. Stöhnend ließ er sich in Gregors Armen in einen dämmernden Schlaf gleiten.

Der nächste Morgen ließ eine Sonne aufgehen, die bereits in aller Frühe noch strahlender und wärmer war als in den letzten Wochen. Für die Erwachsenen war die Hitzeperiode nun nicht mehr ungewöhnlich, sondern bereits beängstigend. Die Götter zürnten, und niemand wußte, warum.
Odd aber, der kleine Sklavenjunge, kauerte zufrieden in einer Kuhle, die die Hühner in den Boden gescharrt hat-

ten, und ließ sich den Rücken durchwärmen. Er genoß die Hitze, denn daß wieder kalte Tage kommen würden, hatte er trotz seiner Jugend bereits begriffen. Er spielte mit einem kurzen Stock, der glatt und vom Alter fast weiß war, warf ihn in die Höhe und fing ihn auf, immer wieder.
Die alte Frau Aasa, die sich manchmal zu ihm setzte und von vielerlei und merkwürdigen Dingen erzählte, hatte ihm auch von den Göttern erzählt, die weit über ihm in einem Königshof mit dem Namen Asgard wohnten. Sehen konnte man sie nicht, aber mit ihnen reden oder Worte hinsenden, falls sie keine Zeit hatten, zuzuhören. Es gab wenige Menschen, die Botschaften in Holz oder Stein ritzen konnten, alle anderen konnten es nicht und mußten sich solche besorgen, das wußte Odd auch. Nun, er hatte sich eine Götterbotschaft besorgt und wartete darauf, daß Thor sie annehmen würde. Bisher jedoch warf er sie immer zurück. Noch hatte er keine Zeit. Seine kleinen Finger tasteten über die Folge von Zeichen im Stab, den er aus Folkes Bett stibitzt hatte.

Unterdessen öffneten die Wachleute die Stadttore, denn es war Markttag in Haithabu. Die Bauern, die seit Tagesanbruch am Wall lagerten, murrten schon, aber die Soldaten ließen sich auf Weisung des Wikgrafen nie erweichen, vorzeitig zu öffnen; und so gab es regelmäßig dasselbe frühmorgendliche Geschimpfe und Gedränge, wenn sie endlich in die Stadt durften. Die meisten kamen aus den umgebenden Weilern und brachten Hühner und Gänse, Eier, Honig, Milch, Käse, Nüsse und Korn auf den Markt. Manchmal wechselten auch Kälber und Läufer den Besitzer; meistens aber zogen die Bauern die Jungtiere selber groß und verkauften sie im Winter: die Rinder, wenn das Futter knapp wurde, die Schweine, wenn sie fett waren.

Aasa und Husbjörn machten sich früh fertig. Aasa war zermürbt von ihrer Nachtwache zurückgekehrt und hatte sich dennoch geweigert, sich schlafen zu legen. Statt dessen hatte sie sich bereit erklärt, für Hild einiges zu besorgen, und wer früh da war, bekam die beste Ware. »Du hast ja jetzt deinen Mann«, hatte Hild schnippisch gesagt und den Marktbesuch abgelehnt, und sogar Husbjörn war ihr Ton aufgefallen. Aasa ließ sich nicht aus der Ruhe bringen. Es war ihr sogar lieb so, denn sie mußte mit ihrem Mann unbedingt unter vier Augen reden. Außerdem hatte sie noch ein anderes Anliegen, und das vergaß sie über ihren Sorgen nicht. Es gab da nämlich eine wunderschöne Glasschale, ganz ähnlich einer, die sie in Birka gesehen hatte, aber viel, viel billiger... Den Handel hatte sie schon fast abgeschlossen, aber sie wollte die Schale lieber mit als gegen Husbjörns Einverständnis kaufen.
Rund um die Königshalle waren die Stände bereits aufgebaut und alle freien Flecken dazwischen mit Stroh belegt und von Wanderhändlern besetzt, als sie ankamen. Aasa bahnte sich ihren Weg, grüßte freundlich, wurde ihrerseits gegrüßt und wechselte hin und wieder auch einige Worte mit Bekannten. Husbjörn folgte ihr geduldig. »Lindenhonig brauche ich«, sagte sie laut, um den Marktlärm zu übertönen, »und einen Krug Leinöl.«
»Deine Heringe sind verdorben!« schrie ein Seemann direkt neben Aasa, und sie fuhr erschrocken zurück, weil dieser die Faust gegen die Verkäuferin hob.
»Hüte deine Zunge!« keifte die Fischersfrau zurück. »Gefangen, ausgenommen, eingesalzen – alles an einem Tag!« Gelächter erhob sich von den benachbarten Ständen, denn das war unmöglich. Aber die Fischerin wußte ihren Kunden zu beurteilen. Er war Seemann, und er suchte billigen Proviant für eine weite Reise. »Die sind jünger als

deine Kebse!« lockte sie und hielt dem Mann die Hand hin, der noch zögerte, aber dann grinsend einschlug.
Husbjörn prüfte im Vorübergehen die Trockenheit einer Handvoll Roggen, die er unter dem wachsamen Blick des Bauern aus einem Sack schöpfte und wieder zurückrieseln ließ. »Vielleicht werde ich den künftig auch anbauen«, murmelte er, und der Besitzer wandte sich uninteressiert ab.
»Frische Hopfenspitzen«, rief eine junge Stimme in der Nähe.
Zu Husbjörns Erstaunen wandte sich Aasa sofort dorthin. Er folgte ihr, obwohl er sich nicht denken konnte, wozu sie etwas haben wollte, was man in wenigen Wochen an jedem Waldrand pflücken konnte. Als hätte Aasa gewußt, was ihr Mann dachte, suchte sie sein Ohr und sprach hinein: »Ich muß mir einen Schlaftrunk brauen, um endlich etwas Ruhe zu finden. In dieser Stadt geht Merkwürdiges vor und raubt mir den Schlaf.«
Der Hopfenhändler empfing sie mit breitem Lachen und wühlte sofort die Hopfenfrüchte in seinem Spankorb mit vollen Händen von unten nach oben. »Ganz junge Ernte, Frau«, beteuerte er. »Sieh her, hellgrün, eine Spitze wie die andere. Gibt bestes Bier, haltbar von hier bis Island, von jetzt bis zum Julfest.« Er zupfte sogar die Deckblättchen auseinander, um die Güte seiner Ware zu demonstrieren, aber Aasa schüttelte bedauernd den Kopf.
»Tut mir leid«, sagte sie, »ich will kein Bier brauen, ich brauche nur ein Säckchen voll für eine Medizin.« Sie hielt dem Händler ein kleines Täschchen aus Leinen hin, das dieser enttäuscht füllte, abwog und dafür ein winziges Stück Silber verlangte.
»Aasa«, sagte Husbjörn entschlossen, »es wird Zeit, daß

du mir erzählst, was hier los ist. Auch im Haus meines Bruders spüre ich den Unfrieden.«

Aasa sah ihren Mann liebevoll an. Er war der bestaussehende Mann, den sie kannte, trotz seiner etwas langen Nase und der schon angegrauten Schläfen; er war ein Jahr jünger als sein Bruder Thorbjörn, wirkte aber älter, weil er ernster war. »Nein«, wisperte sie, »in der Stadt selber.«

Husbjörn hob die Augenbrauen. Die reisenden Kaufleute fragte er gewohnheitsmäßig aus, denn sie wußten besser Bescheid über das, was im und außerhalb des Reiches vor sich ging, als mancher Ratgeber des Königs. Daher pflegte er überaus gut informiert zu sein; aber seine Frau sprach offensichtlich von ganz anderen Dingen. »Du wirst es mir erzählen«, sagte er ruhig, und das war wie ein Versprechen, sich der Sache anzunehmen.

Aasa nickte erleichtert. Husbjörn war anders als sein Bruder. »Vorher«, sagte sie, »habe ich noch einen Wunsch.«

Husbjörn merkte schnell, daß der nichts mit dem Wochenmarkt zu tun hatte, denn Aasa hielt sich nicht auf bei den kleinen Wanderhändlern, die neben ihrer Kiepe standen und Kämme, Nähnadeln, Gürtel, Spanschachteln und tausenderlei Arten von hölzernen Fibeln und Gewandnadeln für die einfachen Leute feilboten. Sie bog im Gegenteil in die Gasse der Gelbgießer ein, und Husbjörn, der nun halb und halb erwartete, daß sie ein Bronzeschmuckstück würde kaufen wollen, sah seine Frau immer weiter eilen, an den letzten Häusern vorbei, über eine kleine freie Fläche, bis sie schließlich bei einem der Glasmacher ankamen, dessen Haus am angebauten Glasofen kenntlich war.

»Er hat so schöne Sachen«, sagte Aasa entschuldigend und betrat den Laden, bevor ihr Mann protestieren konnte. Den Glasmacher hatte jedoch auch er aufsuchen wollen, was seine Frau nicht wissen konnte. Husbjörn lächelte hinter ihr her.

Aasa bekam ihre Schale; dann suchten sie zusammen Perlen für die jüngste Tochter aus, die sie für ihre Mitgift bekommen sollte. Der Glasmacher wies sie stolz auf sein neuestes Werk hin, eine mehrfach eingeschnürte Perle. Aasa nickte. Die würde der Mittelpunkt der Kette sein, Blickfang und kostbarstes Stück, daneben mehrere Scheibenperlen und dann die runden mit ihren verschiedenen farbigen Mustern in Schlangen-, Streifen- und Blütenform innerhalb blaugrauer Glasmasse. Aasa war sehr zufrieden. Dann bemerkte sie, daß Husbjörn still in sich hineinschmunzelte, wie immer, wenn er sie überraschen wollte. Als er die Maße für eine große grüne Glasscheibe angab, flog sie ihm um den Hals. »Oh, Husbjörn! Ein neues Haus?«

»Für dich ganz allein«, bestätigte Husbjörn und umfing sie zärtlich, während er darauf wartete, daß der Glasmacher sich die Maße für die Kantenlängen auf einem geraden Stock zurechtschnitt. Bereits als er seine Schulden bezahlte und angab, wohin die Glasscheibe und die fertige Kette geliefert werden sollten, spürte er, daß seine Frau erneut unruhig wurde. Als sie die Tür des Glasmachers hinter sich geschlossen hatten, sagte er: »So, Aasa, nun wirst du mir erzählen, was vorgefallen ist.«

Nur wenige Stunden nach der Schlägerei arbeitete Folke bereits wieder in der Werft, mürrisch und schweigsam, denn seine Stirn schmerzte noch. Die Fragen seines Vaterbruders nach dem roten Wulst über seinen Augen hatte er ausweichend beantwortet und etwas von einem Brett gemurmelt. Thorbjörn lächelte ahnungsvoll und wohlwollend und ließ ihn dann allein.

Noch hatte er nicht entschieden, wie er sich verhalten sollte. Das einfachste wäre gewesen, zu Högni zu gehen und Buße zu fordern. Aber gleichzeitig wäre es das Dümmste, was er nur tun konnte. Er würde die väterliche Sippe zum Gespött der ganzen Stadt machen. Högni und seine Leute würden das Gelächter nur zu gerne mit einem Sklaven bezahlen, der Kaufpreis wäre gering. Er knirschte mit den Zähnen vor Zorn.
Die andere Möglichkeit war, den Sklaven kurzerhand totzuschlagen. Aber er war weg; keinen Augenblick zweifelte er an Gregors Worten. Ketil wußte, daß ihm der Tod drohte: entweder durch Högni oder durch Folke.
Folke zögerte und ließ das Messer am Stamm ruhen. Durfte er zulassen, daß ein Sklave sich edelmütiger verhielt als ein freier Wikinger? Dann schüttelte er den Kopf. Nein, diesen Triumph würde er Ketil nicht gönnen. Er würde ihm wohl das Leben lassen müssen.
Aus dem Augenwinkel bemerkte er, daß Thorbjörn Besuch bekommen hatte und sich in angeregtem Gespräch befand. Er kümmerte sich nicht darum, es ging ihn nichts an.
Nach einer Weile aber kamen die Männer zu Folke herüber. »Egil«, sagte Thorbjörn, »sucht nach seinem Pferd, das er an einen fremden Händler ausgeliehen hat.«
»Es war falb mit weißer Mähne, ein gutes Pferd, erst vier Jahre alt, kräftig und zuverlässig.« Egil der Hufschmied sah Folke sorgenvoll an. »Er wollte es am nächsten Tag zurückbringen, und das ist schon anderthalb Wochen her. Weißt du etwas darüber?«
»Der Mann mit dem Fuchsgesicht!« sagte Folke sofort, ohne den Schmied darauf hinzuweisen, daß er genau gehört hatte, wie dämpfig das gute Pferd war.
Thorbjörn, dem die Arbeit unter den Nägeln brannte, war erleichtert. »Du kannst dich ja dann mit Folke darüber

unterhalten. Ich muß schnell zurück, wir biegen Planken.« Er eilte fort, ans Ufer, wo der Geselle ein Feuer unterhielt, das stark rauchte und zischte, wenn er das nasse Holz hineinschob. Hier verformten sie die Holzplanken mit Wasser und Hitze, bis sie gefügig genug waren, daß sie am Bootsrumpf angeschlagen werden konnten. Eine Arbeit, die keinen Aufschub duldete. Folke und Egil sahen hinter ihm her.

Der Schmied wandte sich Folke wieder zu. »Du kennst ihn?«

»Ja, er wollte nach Schleswig, erzählte er.« Folke folgte nachdenklich einem Riß im Stamm mit der Messerspitze. »Aber an ihm war nichts Gutes. Er versuchte mich übers Ohr zu hauen.«

Der Schmied blies zornig die rotgeäderten Backen auf. »Ja, dann ...« Er wandte sich zum Gehen. Er wußte genug.

»Warte«, sagte Folke hinter ihm her. »Warum nimmst du dir nicht sein Boot? Vielleicht ist der Wert nicht besonders groß, denn der Ruderkopf ist zersplittert. Aber ich würde mir doch die kleine Entschädigung nicht entgehen lassen!«

»Da hast du wieder recht. Gut, wenn man es mit verständigen Leuten zu tun hat«, sagte der Schmied und dachte daran, daß er seine Frau nun ein wenig würde beruhigen können, die ihn vor dem Geschäft gewarnt hatte. »Mein anderes Pferd ist nämlich auch weg, das beste. Ein Schwarzer mit einer Blesse wie ein Hammer. Der wurde allerdings gekauft«, fügte er der Ehrlichkeit halber hinzu. »In barem Silber.« Er verdrehte genüßlich die Augen nach oben, die unter den rötlichen Wimpern in Fettpolster eingebettet waren wie bei einem Schwein. »Ich frage dich, Freund: Wer gibt sonst schon Silber für ein Pferd, als ein Fremder? Nicht alle Fremdlinge sind Schlitzohren.«

Folke mußte lachen. »Wenn du so hinter dem Geld her bist, wirst du ja bald den Handel mit den Bauern verschmähen und nur noch Kaufleute annehmen!«
»Ach nein«, antwortete der Schmied wahrheitsgemäß. »Solange ich Hafer für meine Pferde brauche, muß ich ja wohl mit den Ackersleuten tauschen. Aber den Bestand an Reitpferden muß ich unbedingt aufstocken! Stell dir nur vor: zwei Reitpferde in einer Woche!«
»Wer war es denn, der dein bestes Pferd kaufte?« fragte Folke, mehr aus Höflichkeit als aus Neugierde, denn der Schmied war ein mitteilsamer Mann und machte noch keine Anstalten zu gehen. Sehr zufrieden lehnte er mit den Ellenbogen auf dem Mast und ließ sich den Bauch von der Sonne bescheinen.
»Dieser Ivar, der bei euch wohnt. Muß viel Geld haben. Er feilschte nicht, fühlte nur die Fesseln und zog dann den Beutel.«
Folke war verblüfft. »Der ist doch gar nicht weggeritten, und ein Pferd hat er bei uns auch nicht eingestellt«, wandte er ein.
Der Schmied räkelte sich und zog uninteressiert die Schulter hoch. Dann setzte er seine Kappe auf. »Na, nun muß ich wohl gehen. Meine Mähre geb ich verloren. Das Boot werde ich mir ansehen. Danke.«
»Thorbjörn würde sich über einen Reparaturauftrag freuen«, sagte Folke hinter ihm her.
Der Schmied tippte an seine Stirn und wanderte davon, während Folke ihm nachsah. Dem Falben trauerte der Schmied anscheinend nicht sonderlich nach, dafür war das Geschäft mit Ivar wohl zu gut gewesen. Für wen Ivar das Pferd wohl gekauft hatte?
Er arbeitete unkonzentriert weiter; zu viele Gedanken gingen ihm im Kopf herum. Sie woben und verflochten sich,

hatten keinen Anfang und kein Ende. Folke fühlte seinen Kopf wie einen großen Brocken Felsgestein, in dessen Mitte sich weder Augen, Nase noch Mund befanden, sondern nur ein mäanderförmiges Geflecht von geheimnisvollen Runen, die niemand deuten konnte. Er war froh, als Thorbjörn ihn aufforderte, Feierabend zu machen.

10 Waschtag

Es hatte sich herumgesprochen, daß mit Geir ein besonderer Mann bestattet werden sollte. Da niemand Genaues wußte, wurde geschwatzt: um so mehr, als niemand verstand, warum Geir ausgerechnet auf dem Friedhof der Schweden beigesetzt werden sollte, um den es schon öfter Streit gegeben hatte; bisher hatten die schwedischen Kaufleute es verstanden, ihren Anspruch auf den Friedhof durchzusetzen, obwohl Baugelände knapp war. Geschwatzt wurde auch noch, als sich Frauen und Männer in der frühen Morgensonne des Samstags zum offenen Grab aufmachten, das neben mehreren anderen Hügeln mitten in der Stadt aufgeworfen worden war.
Folke lief leichtfüßig neben Thorbjörn her, der mit festen Schritten im ungeflickten, sauberen Wams einer Aufgabe entgegenging, der er sich verpflichtet fühlte, wenn er sie auch nicht gerade gern erledigte: da der Tote nicht im Umkreis seiner Sippe gestorben war, gab es niemanden aus ihrer Mitte, der die Totenfeierlichkeiten beaufsichtigen konnte, und als der Wikgraf bei ihm angefragt hatte, war er bereit gewesen, die Aufgabe zu übernehmen.
Thorbjörn hatte den Totengräber beauftragt und das Holz gestellt, und die Vorbereitungen waren nach seinen Anweisungen durchgeführt worden. Neugierig blickten die schon anwesenden Haithabuer den beiden Bootsbauern nach, die sich nicht mit nachbarlichem Geschwätz aufhalten mochten. Mit großen Sätzen sprangen sie den lockeren Hügelabhang des Grabes hinauf.
»Ist alles bereit?« fragte Thorbjörn den Totengräber, der neben dem weiten Schacht auf seiner Schaufel lehnte und dem Gewimmel in der Umgebung des Grabes zusah.

Nicht immer bekam die Arbeit des Totengräbers soviel Aufmerksamkeit, heute aber verlief es bereits vor dem offiziellen Beginn nach seinem Geschmack. Er grinste breit, als er den Bootsbauer sah, und nickte.
»Wo sind denn die Beigaben?«
Der Totengräber ließ sich nicht aus der Ruhe bringen. »Werden gleich da sein. Der Bogenmacher läuft irgendwo da unten herum, das Schwert hast du selber, wie ich sehe, und alles andere liegt bereits da. Frau Aasa wird sicher auch bald kommen.«
Das stimmte. Als Thorbjörn in die holzverschalte Kammer hinunterblickte, stand das meiste von dem, was man Geir für sein weiteres Leben mitgeben konnte, bereits neben seinem Kopf aufgereiht. Nur die Waffen fehlten. Der Bootsbauer wickelte das Schwert aus dem Tuch und übergab es dem Totengräber. Ein Mann wie Geir konnte keinesfalls ohne Schwert bestattet werden, zumal er einen kostbaren Helm besaß. Aber nur seine Familie hätte das Geld für ein echtes aufbringen können. So bekam er nur ein Schwert aus Holz, das der Drachenstevenschnitzer aus Thorbjörns eigener Werkstatt in den letzten zwei Tagen täuschend ähnlich gefertigt und bemalt hatte.
Der Totengräber klopfte sich die erdigen Hände ab, nahm ehrfürchtig das Schwert entgegen und wieselte dann die Leiter hinunter. Dort unten legte er dem Toten das Schwert zwischen die Hände. Dann stellte er einen Eimer um, dessen Platz ihm wohl nicht behagte, trampelte eine Erdkrume fest, die die sonst makellose Glätte des Bodens verunzierte und benahm sich überhaupt unbekümmert wie in seinem eigenen Haus. Nun, dachte Thorbjörn, der von oben zusah, häufig genug macht er Kammern, die bei weitem stabiler und wärmer als seine eigene Hütte sind. Kann sein, daß er sich darin wohl fühlt.

Er trat zurück und wandte sich um: Folke geleitete seine Mutter den Abhang des niedrigen Hügels herauf. In den Händen trug sie den Helm, der nun so blank gescheuert war wie wohl seit Jahren nicht. Nur die Dellen hatten ihm die Mägde nicht nehmen können, und durch die Müßiggänger ging ein leises Flüstern, als sie daran erkannten, daß der alte Geir früher ein rechter Kämpfer gewesen sein mußte. Zugleich mit Aasa und ihrem Sohn langte von der anderen Seite der Bogenmacher oben an, der einen kräftigen Bogen mit Pfeilen gefertigt hatte – eine Waffe, über die sich auch Odin nicht beklagen konnte, obwohl Geir, da er nicht als Krieger gestorben war, beim Weltende nicht mitkämpfen würde.

Der Totengräber, der so klein und flink war, wie ein Mann sein mußte, um enge Gräber auszuwerfen, stand bereits wieder oben auf der Leiter und ließ seine Augen schweifen. Als Aasa ihm den Helm überreichte, drehte er ihn ehrfürchtig in den Händen hin und her.

»Nun mach«, forderte Thorbjörn ihn unwirsch auf.

»Man wird doch wohl mal einen Helm bewundern dürfen«, verteidigte er sich patzig. »Verstehe sowieso nicht, wozu der alte Geir diese ganze Pracht braucht. Und da bin ich nicht der einzige.« Thorbjörn indes würdigte ihn keiner Antwort, und er zog sich nach unten zurück, um gleich danach den Bogen zu holen und an die Seite Geirs zu legen.

Folke stand unbeteiligt am Rande des Erdaushubs. Im Grunde interessierte ihn Geirs Begräbnis wenig, dafür um so mehr, was der Alte getrieben hatte. Sotes Schiff hatte er durchsucht, und in der Bucht der Christen war er getötet worden, vielleicht ebenfalls wegen seiner Neugier. Die Christen waren es bestimmt nicht gewesen, davon konnte er selbst ein Liedchen singen. Die Fischer? Nein, die schieden aus. Sie hatten nicht gewußt, wer ihnen die Netze zerstörte. Selbst wenn – diese einfachen Männer hätten jeden einfach erschlagen, den sie erwischt hätten. Ein heimtückischer Mord, noch dazu getarnt als Tod durch Ertrinken, lag ihnen nicht. Unscharf wie hinter der Wand einer Glaslampe standen vor Folkes Auge die merkwürdigen Begebenheiten der letzten Tage und dennoch entging ihm nichts von dem, was sich gleichzeitig am Fuß des Grabhügels tat.

Ivar war nicht dort, obwohl er sich bis zum Auffinden des Alten besorgt gegeben hatte. Kaare aber, der zuverlässige Mann, der immer still im Hintergrund blieb und dennoch alles überwachte, was seine Leute und sein Schiff betraf, stand da, weit hinten.

Der Totengräber begann Erde hinabzuwerfen. In diesem Moment wurde Folke auf den kleinen Odd aufmerksam, der hastig die bereits zertrampelte Erde des Hügels hinaufkletterte und auf seinen bloßen Füßen immer wieder zurückrutschte. Schließlich war er oben angekommen, in der Faust einen weißen, geschälten Stock, den er triumphierend in die Höhe hielt.

»Jetzt aber!« rief er mit leuchtenden Augen und holte aus, um ihn hinunterzuwerfen.

»Was machst du denn?« fragte Aasa, erzürnt, weil jemand die Zeremonie störte, und beugte sich zu Odd hinunter, während Folke ihn am Armgelenk packte.

Odd wand sich wie ein Aal, bis Folke ihn einfach hochhob und in die Luft hielt. Da brach der Junge in Tränen aus und überließ ihm den Stock.

»Bring ihn weg«, knurrte Thorbjörn, den das unwürdige Gebalge seiner Hausgenossen beschämte, und Folke trat notgedrungen einige Schritte beiseite.

»Was wolltest du denn?« fragte er, und Odd, der das

Vertrauen zu Aasa ohne weiteres auf ihren Sohn übertrug, hörte auf zu strampeln und zu schluchzen und wischte sich die Tränen aus dem Gesicht. Folke setzte ihn ab.
»Thor wollte meine Botschaft nicht annehmen«, flüsterte Odd, dem endlich die vielen Augen, die auf ihn gerichtet waren, bewußt wurden. »Aber Geir wird sie bestimmt mitnehmen und auch abliefern. Ich bin so sicher, daß er das tun wird. Bitte laß mich!«
Folke sah sich verwundert Odds Brief an. Auf dem Stock waren Runenzeichen eingeritzt, so scharf konturiert und mit sicherer Messerführung, daß ein Könner am Werk gewesen sein mußte. Aber es waren nur wenige Zeichen, der größte Teil des Holzes war frei geblieben. Kein Zweifel, es schien eine Nachricht zu sein, und sie war nicht zu Ende geschrieben woren. »Wo hast du das her?« fragte er streng. Wieder liefen dem Jungen die Tränen über die Backen. »Ich dachte doch, du könntest dir eine neue Botschaft schneiden. Schlag mich nicht!« bat er und hielt den Arm schützend über seinen Kopf.
Folke dachte gar nicht daran, ihn zu schlagen. Er grübelte über eine Vermutung nach. »Warum ich?«
»Er gehört dir doch«, sagte Odd rasch und wurde zuversichtlicher. Wenn Folke sich daran nicht mehr erinnerte, konnte er den Stock wohl nicht so sehr vermißt haben. Als Folke den Kopf schüttelte, wagte er sogar ein verschmitztes Grinsen. »Doch! Er lag auf deinem Lager.«
»Ach so, ja«, antwortete Folke lahm und war sich endlich sicher. »Dann will ich den Stock wieder an mich nehmen. Ich werde dir eine bessere Botschaft schenken, willst du?«
Odd strahlte. Ein so guter Ausgang eines Diebstahls war ein unbegreiflicher Glücksfall für ihn. Alles hatte mit Aasa begonnen, und nun hatte er auch noch die Aufmerksamkeit von Folke gewonnen, was unendlich besser war.

Folke ließ den Jungen auf der Erde sitzen und stellte sich wieder zu Thorbjörn und seiner Mutter, nachdem er die Botschaft im Ärmel verborgen hatte. Sobald Aasa bereit war, würden sie gehen. Thorbjörns Aufgabe war es, hierzubleiben, bis die Kammer zugeschüttet, die Erde eingestampft und Schicht um Schicht Erde aufgetragen war, bis der Hügel eine gleichmäßige Kuppe hatte, die der nächste Regen nicht herunterschwemmen konnte. Darüber würden einige Stunden vergehen, und in der Zwischenzeit würde der Festschmaus unten in der Stadt bereits seinen Anfang nehmen.
Nur wenige waren zum Totenmahl geladen, aber die Zuschauer machten sich bereits auf den Rückweg. Der Einblick in die offene Halle mit den Tafelnden würde kurzweiliger sein als ein Erdhaufen, und es galt, sich einen guten Platz zu sichern.
Ihnen entgegen kam der Wikgraf zu Pferde, der sich von der ordentlichen Ausführung der Bestattung überzeugen wollte, und neben ihm ging der Steinmetz. Der Steinmetz ging langsam, das Alter hatte ihm die Hüften zerfressen, aber in seinen Armen lag soviel Kraft wie in seiner Jugend – in seinem Handwerk kam es nur darauf an. Niemand konnte besser als er Schlangen meißeln und ihre Köpfe in verschiedene Körper auflösen, die sich endlich in einem einzigen Schwanz wiederfanden, um sich von neuem aufzuspalten und in den aufgerissenen Mäulern zu verschwinden. Ehrerbietig machte man seinen schlenkernden Armen Platz, mit denen er weit ausholte, um die lahmen Beine vorwärtszuschwingen.
Folke half seiner Mutter behutsam nach unten, wo sie am Fuß des Grabhügels stehenblieben, um den Wikgrafen und den Steinmetz zu erwarten.
»Ich glaube, daß Thorbjörn nicht ohne Grund den Hügel

hier bei den Schweden hat aufwerfen lassen«, mutmaßte der Wikgraf mit sicherem Urteil, als er eine Pferdelänge vor seinem Begleiter anhielt. »Hatte er einen Grund?«
Aasa legte ihre Hand auf Folkes Arm, wie um sich Kraft zu holen. »Er hatte einen Grund«, bestätigte sie leise. »Die Inschrift im Helm lautete: ›Sieg-Hjalmar gab diesen Helm seinem Gefolgsmann Geir‹.«
Der Wikgraf schwieg betroffen. Es war schon lange her, trotzdem kannte man die Geschichte, die sich mit diesem Jarlsnamen verband: Olov, der Vater des jetzigen Königs Knuba, war ein schwedischer Kleinkönig gewesen. Er hatte mit zwei anderen Königen um die Vorherrschaft bei den Svearn gekämpft und nach zähem Machtkampf schließlich gewonnen. Der eine seiner Widersacher war Hjalmar gewesen, lange Zeit in vielen Kämpfen siegreich, bis er nach einer fürchterlichen Niederlage, die durch Verrat zustande gekommen war, Hausmacht und Hof verloren hatte. Und Geir war also dessen Gefolgsmann gewesen; kein Wunder, daß er sich bis ans andere Ende des Wikingermachtbereichs verkrochen hatte. Vielleicht war auch sein Leben in Gefahr gewesen, nachdem Hjalmar so jämmerlich umgekommen war. Genaues wußte darüber niemand.
»Ein würdiges Grab«, sagte der Wikgraf unfroh und stocherte nachdenklich mit dem Speerschaft im Boden. Die Entdeckung der wahren Person Geirs war nicht ohne Brisanz. Knuba stand in ererbter Fehde mit einem Jarl, dessen Mann Geir gewesen war. Er selber aber war ein Mann Knubas.
Frau Aasa ahnte die Gedanken des Wikgrafen. »Ein Gefolgsmann muß manchmal nicht nur während seines Lebens für seinen Herrn büßen, sondern auch noch im Tod.« Sie wandte sich ab und sah zu ihrem Schwager hinauf. »Er

weiß es bereits. Ich habe ihm schon gesagt, daß du keinen Stein zu Geirs Ruhm errichten wirst.«

»Ja, du hast recht«, gab der Wikgraf mürrisch zu. »Es tut mir leid.« Rasch zog er seinen Speer an sich, wischte den Schaft ab und nahm die Zügel auf. Ohne ein weiteres Wort ritt er davon.

»Was ist nun?« fragte der Steinmetz irritiert, mit dem Kopf nicht ganz so schnell wie mit der Hammerhand, und sah ihm nach. An Frau Aasa blieb es, ihn aufzuklären.

»Ein Stein kann nun nicht mehr aufgestellt werden«, sagte sie ruhig. »Dieser Mann war ein Feind des Königs.«

Thorbjörn kam in großen Sätzen vom Grabhügel herunter. Den letzten Satz hatte er gehört und wußte wohl auch schon vorher, worum es ging. Nur zu deutlich war des Wikgrafen abrupte Entfernung gewesen. »Ich habe es mir überlegt«, sagte er halb zu Aasa, halb zum Steinhauer. »Du wirst den Stein schneiden, wie du es vorhattest: in Bildern. Als einzige Inschrift wird er enthalten: Geir.«

»Geir, nun gut.« Dem Steinmetz war auch das recht. Zuweilen hatte er sonderbare Kunden. Allerdings, um das zu erfahren, hätte er sich nicht den anstrengenden Weg herbemühen müssen. Er warf einen bärbeißigen Blick auf den Bootsbauer, dann drehte er sich um und begann seinen mühevollen Rückweg.

Noch bevor Aasa etwas sagen konnte, brach Thorbjörn zornig aus: »Soll man sagen, Thorbjörn wäre mit einer selbstauferlegten Verpflichtung schlampig umgegangen? Du wirst niemanden finden, der mich in dieser Weise beschuldigen wird. Geir wird den Gedenkstein bekommen, den er verdient.«

»Darin will ich dich bestärken, Thorbjörn«, sagte Aasa mit klarer Stimme, »und ich werde Husbjörn um den auf uns kommenden Teil der Kosten bitten.«

»Danke, Schwägerin.« Thorbjörn dankte Aasa mit einem flüchtigen Lächeln. Der Steinmetz würde etwa ein Jahr am Stein arbeiten; in dieser Zeit mußten er und seine Familie nun von der Sippe der Bären ernährt werden. Jedoch würden die geteilten Kosten erheblich leichter zu tragen sein. »Ich hätte nicht gedacht, daß ich einmal für einen schwedischen Jarl mit meinem Hab und Gut einstehen würde«, sagte Thorbjörn nachdenklich, bevor er auf den Grabhügel zurückkehrte.

Folke und Aasa aber machten sich auf den Weg in die Stadthalle.

»Ich habe noch eine Schrift, die du entziffern mußt«, sagte Folke plötzlich und zog den Stab aus seinem Ärmel. »Er gehört Ivar, soviel ich weiß, und Odd wollte ihn Geir als Botschaft an die Götter mitgeben.« Er reichte ihn seiner Mutter, die ihn verwundert entgegennahm und den Rükken zur Sonne drehte, um die Kerben in vollem Licht zu sehen.

Aasa studierte den sonderbaren Stab, als gäbe er ihr zu denken auf; in Wahrheit aber hatte sie das Rätsel schnell gelöst. »Es ist wirklich der Anfang einer Botschaft«, sagte sie, »aber nicht an Thor, sondern an König Heinrich. Ich kenne keinen anderen König Heinrich als den der Sachsen, also wird wohl er gemeint sein. ›Von I. an Hendricus Rex‹ steht hier. Dahinter sollte wohl die Nachricht folgen.

»Mutter«, sagte Folke entgeistert, »soll das bedeuten, daß Ivar dem König der Sachsen Nachrichten schickt?«

»Ich wüßte nicht, was es sonst bedeuten soll. Ich denke, ich habe Ivar sogar beobachtet, als er nach diesem Stab suchte und dabei von Hild verdächtigt wurde, er forsche nach Kakerlaken.« Aasa schmunzelte, als sie an die entrüstete Hild dachte.

»Ach, laß sie doch«, sagte Folke ungeduldig. »Über ihren Hühnerhof kann sie nicht hinaussehen.«
Aasa wurde wieder ernst. »Nein, aber Ivar um so mehr.«
»Mutter, er hat die Botschaft auch abgeschickt –, wenn nicht diese, dann eben eine andere. Vielleicht wurde sie von Odd gestohlen, bevor er die Gelegenheit dazu bekam. Er hat ein Pferd gekauft und einen Mann damit fortgeschickt.«
»Ein Mann, der in diesen Zeiten mit dem Sachsenkönig verkehrt, hat nichts Gutes vor«, schloß Aasa. »Um Felle wird es da wohl kaum gehen . . . Weißt du das genau?«
»Nein«, bekannte ihr Sohn. »Nur, daß er das Pferd in barem Silber bezahlt hat. Aber ich kann mich leicht erkundigen. Die Männer der Wache kenne ich mittlerweile.«
»Tu das«, sagte Aasa. »Es wird wohl besser sein, wenn du zu niemandem davon sprichst, deinen Vater natürlich ausgenommen, und Thorbjörn, wenn du es für nötig hältst.«
»Noch nicht«, sagte Folke, und sein junges Gesicht nahm die Härte an, die seinem Vorhaben angemessen war. »Nur, wenn ich Hilfe brauchen sollte.« Entsetzt dachte er daran, daß es vor wenigen Stunden beinahe aus mit ihm gewesen wäre, wenn der Sklave Ketil ihm nicht großzügig das Leben geschenkt hätte. Da wäre auch die Hilfe seines Oheims nicht mehr zur rechten Zeit gekommen.
»Was ist, Folke?« frage Aasa beunruhigt, die in ihrem Sohn wie auf einem Runenstab lesen konnte.
»Nichts«, sagte Folke, »es hat mit Ivars Sache nichts zu tun.« Damit mußte Aasa sich begnügen; in Folkes Hinterkopf jedoch blieb die nagende Frage, ob das wirklich stimmte. Letzten Endes aber war der einzige Zusammenhang zwischen beiden Angelegenheiten die Tatsache, daß

beide mysteriös waren und sich beide zur gleichen Zeit ereignet hatten.
Sie setzten ihren Weg zur Stadthalle fort. Folke schielte mit zusammengekniffenen Augen in die Sonne. Sie brannte immer noch unbarmherzig herab, obwohl der Höhepunkt des Sommers längst überschritten war. »Ich glaube, Ivar könnte es schaffen mit seinem Boot«, überlegte er laut. »Das Wasser sinkt mit jedem Tag.«
Aasa mußte ihm recht geben. »Er wird es versuchen«, sagte sie. »Er ist ein Mann, der niemals etwas ohne Absicht tut und auch niemals aufgibt. Und er berechnet vorher sehr genau, ob es sich lohnt.«
»Wirklich?« Mehr sagte Folke dazu nicht, denn sie bogen jetzt ein in den Weg, der an der Stadthalle endete. Von allen Seiten strömten auch hier wieder die Leute, besonders die Kinder. Wahrscheinlich hofften sie, den einen oder anderen Knochen zu ergattern, der beim Festmahl abfallen würde. Selten gab es Fleisch in einer gewöhnlichen Handwerkerfamilie; mit Brei, Milch und Bier waren die meisten dankbar und zufrieden.
Neben der Halle waren zwei Dreibeine aufgebaut, über denen je ein großer Kessel hing, aus dem bereits die Suppe dampfte. Zwei Sklaven liefen hin und her, spalteten Holz, legten nach und schichteten die Glut um. Eine dunkelhaarige Frau mit ausdruckslosem Gesicht rührte abwechselnd in beiden Kesseln. Von der Hitze waren ihre Wangen gerötet. Folke sog den Duft, der über den Platz strich, zufrieden ein. Nichts ging über Schweinefleisch in festlicher Runde. Aber auch das Schaf am Spieß war nicht zu verachten: der Wikgraf hatte sich nicht lumpen lassen! Mit großen Schritten trat er an die Tür.
Am Eingang standen rechts und links zwei Krieger, die der Wikgraf abgeordnet hatte. Sie entboten jedem Gast stum-

men Willkomm und gaben außerdem zu verstehen, daß sie unbarmherzig eingreifen würden, wenn ein Ungeladener sich einzuschmuggeln versuchte. Folke und Frau Aasa ließen sie durch, ohne sich zu rühren.

Der Wikgraf und die meisten der rund zwanzig Gäste saßen bereits auf Bänken längsseits einer Doppelplanke, die über Böcke gelegt worden war und als Tisch diente. Am Kopfende stand der Thron des Königs, der heute nicht besetzt sein würde; der Platz rechts davon wurde vom Wikgrafen eingenommen. Eigentlich hätte dieser Platz dem Toten gebührt und also frei bleiben müssen; statt dessen lag Geirs Messer am anderen Kopfende, dem König gegenüber.

Aasa nickte. Mit diesem Kompromiß war sie zufrieden. Heimlich hatte sie befürchtet, daß der Wikgraf nun überhaupt nicht mehr kommen würde, aber diesen Schimpf hatte er Thorbjörn wohl nicht antun mögen. Lächelnd setzte sie sich zwischen den Wikgrafen, der seinen Ellenbogen zuvorkommend an sich nahm, und ihren Ehemann. Ihr Eintreten war das Signal zum Beginn des Gastmahls zu Geirs Ehren. Auf Thorbjörn brauchte man nicht zu warten, er würde später alles nachholen.

Eine Sklavin im sauberen grauen Kleid trat zum Wikgrafen und reichte ihm ein gefülltes Trinkhorn. Er hob es mit beiden Händen über den Kopf, bis alle schwiegen und ihn ansahen. »So, wie ich euch im Namen von Geir willkommen sage«, erklärte der Wikgraf mit lauter Stimme, »so wurde Geir von Sleipnir ins Reich der Toten getragen und tafelt jetzt an Odins Seite.«

Die jungen Männer aus den vornehmen Familien Haithabus ergriffen ihre Schilde, die an die Wand gelehnt waren, und klopften beifällig mit den Messern an die metallenen Schildbuckel. Es war gut, daß ein verdienter Mann in Walhall angekommen war. Nur auf einigen Gesichtern machte sich der blanke Neid breit. Niemand hatte je von besonderen Taten dieses Geir gehört. Was für ein Krieger war er, daß er neben Odin sitzen durfte? Ihre Väter, die Kaufleute, rührten sich nicht. Aus dem waffenrasselnden Alter waren sie heraus, Schilde benötigten sie selten und niemals beim Speisen.

In der Zwischenzeit hatten die Sklavinnen von Hild und aus deren Nachbarschaft, die zur Hilfe ausgeliehen worden waren, mehrere Trinkhörner unter die Männer verteilt. Aasa bemerkte zu ihrer Überraschung, daß Kaare aufstand und sich zu einer Rede anschickte, während Ivar auch jetzt nicht anwesend war.

Kaare erhob ebenfalls das Horn: »Ich will dir Bescheid geben, Wikgraf«, sagte er, »an der Stelle des Mannes, für den ich hier bin. Du weißt selber wohl weniger als ich über den Mann, der Geir war: Geir ist ein verdienter Mann. Er erschlug in seiner Jugend in einem einzigen Kampf fünf Männer, gegen die er allein kämpfte.«

Während er dem Wikgrafen zutrank, nickten die Männer am Tisch und ließen ihre Blicke weiter auf dem Schweden ruhen, denn der hatte seine Rede noch nicht beendet.

»Sieg-Hjalmar hatte ihm diese Aufgabe übertragen, die ehrenvoll hätte sein können, wenn der König nicht zur selben Zeit geflohen wäre.«

Ein Seufzer der Betroffenheit ging durch die Reihen. Die Feigheit des Königs fiel auch auf seinen Mann, mochte er selber noch so tapfer gewesen sein. Manches Messer sank auf den Tisch, während sein Besitzer Kaare anstarrte und auf die Fortsetzung der Erzählung wartete. Kaare hielt sein Horn so fest, daß seine Hand weiß wurde. Mit unveränderter Stimme fuhr er fort: »Er floh, weil er eine Halle, in der er selber zu einem Festmahl geladen hatte, anzünden ließ, so daß Männer, Frauen und Kinder darin verbrannten.«

Der Wikgraf stand auf. »Woher weißt du das?« fragte er mit harter Stimme.

Kaare, der gleichmütige Steuermann, seufzte, und seine Trauer wurde jedem sichtbar. »Mein Vater war unter den Getäuschten, und meine Mutter auch.«

»Wer noch?«

»König Olovs Bruder, zwei seiner Söhne, Knubas Mutter und eine Reihe von Kriegern, deren Namen dir sicher nicht bekannt sind. Auch Frakki und Bue, die Söhne von Geir, hörte ich...« Kaare setzte sich und gab das Trinkhorn an seinen Nachbarn weiter. Er würde nichts mehr sagen, das sah man.

Für den Wikgrafen jedoch war die Angelegenheit nicht geklärt. »Hattest du keine Bußforderung mehr an Geir?«

»Nein«, erklärte Kaare widerwillig, »die Mannbuße ist von der Sippe bezahlt worden, nachdem Geir verschwunden war. An ihn habe ich schon lange keine Forderung mehr. Ich wußte auch nicht, daß er hier war, ja daß er überhaupt noch lebte.«

Beides war glaubhaft. Weniger streitsüchtige Männer als die Vorväter durchbrachen häufig den endlosen Strom von Blut aus Rachegelüsten, indem sie die Mannbuße bezahlen ließen und damit der Sippe jeden Grund zum Eingreifen nahmen.

Högni, der große Kaufmann, stand auf. Er, der seine Geschäfte wie die Spinne im Netz zu betreiben pflegte, war durch seine seßhafte Lebensweise für einen Nordmann ungewöhnlich dick. Er legte sein Gesicht in mißvergnügte Falten, während er bemängelte: »Es könnte sein, daß Thorbjörn uns einen Bärendienst mit dem üppigen Grab für Geir erwiesen hat. Besser wäre er an einen unauffälligen Platz auf dem Südfriedhof gekommen.«

Husbjörn sprang auf, um die Ehre der Sippe zu verteidigen,

und Aasa sah ihn liebevoll an. Gut, ihn wieder an ihrer Seite zu wissen. Lange genug hatte sie Entscheidungen allein treffen müssen.

Aber der Wikgraf kam Husbjörn noch zuvor. »Bisher hast du keinen Ärger mit Knuba gescheut«, rief er. »Sperrten sich nicht auf deinen Rat hin die meisten Kaufleute gegen die Münze des Königs? Obwohl es eine weise Entscheidung war, die Zahlungsmittel zu vereinheitlichen. Zu eurem eigenen Nutzen! Jetzt aber willst du einem tapferen Mann das Recht auf seine Fahrt nach Walhall streitig machen, nur um deinen kleinen Vorteil zu wahren. Schande komme über uns, wenn wir das zulassen!«

Die Kaufmannssöhne wollten ein Protestgeschrei anstimmen, aber die schwächliche Reaktion von Högni ließ sie verstummen. Er murmelte lediglich: »Jetzt, wo Knuba kommt, sollten wir einiges überdenken«, und rieb sich nervös die Hände.

Diesen Moment der allgemeinen Unschlüssigkeit nutzte Aasa, um den Mägden schnell das Zeichen zu geben, das Fleisch aufzutragen; als die Männer die Bretter mit den dampfenden, duftenden Stücken sahen, die so groß waren, daß sich jeder mehr als satt essen konnte, vergaßen sie die aufgekommene Verärgerung. »Her damit!« brüllten sie und stießen die Messer mit den Griffen so lange auf den Tisch, bis diese besseres zu tun bekamen.

Aber Folke war nachdenklich geworden. Selbst die knusprige Kruste des Spanferkels wollte ihm weniger gut als sonst schmecken. An der Haut des Schweines meinte er, das versengte Fleisch schreiender Menschen zu riechen. Er drehte sich um und winkte dem kleinen Odd, der sich, wie mehrere andere Kinder, eingeschlichen hatte und vom Beginn des Festmahls an an der Wand hockte, ohne sich zu rühren und ohne die Augen aufzuschlagen. Das Fleischstück aber sah er sofort und nahm es ohne Zögern entgegen. Aus seinen strahlenden Augen versprühte er so viel Dankbarkeit, daß Folke sich ein wenig schämte, ohne zu wissen, warum.

Auch Frau Aasa, Husbjörn und der Wikgraf hatten weniger Freude am Festmahl, nun wo sie die Umstände von Geirs größtem Sieg gehört hatten. Nur am anderen Ende des Tisches, wo Hild den Platz neben dem Geirs innehatte, waren sie und die Männer so fröhlich, wie es sich für ein Totenmahl ziemte. Hier trugen die Mägde unaufhörlich auf; dem gekochten und gebratenen Fleisch folgte eine Blutsuppe mit Kutteln, danach fette Heringe, frisch aus der Bratpfanne. Das warme Gerstenbrot in der Tischmitte wurde ständig ergänzt, und mit ihm kratzten die Männer das Fett von der Tischplatte. Auch Geirs Eßplatz war wohlgefüllt mit den besten Stücken; diese würden an seiner Statt die Götter verzehren.

Der Wikgraf vergewisserte sich, daß Folke ihm zuhörte, und raunte ihm dann zu: »Der Steuermann hat vergessen zu erwähnen, warum er für Ivar sprach.«

»Und warum Ivar nicht da ist«, ergänzte Folke und nahm dankend den Met im Horn entgegen, den die Frauen jetzt herumreichten.

Frau Aasa war fest entschlossen, die anfängliche Unstimmigkeit vergessen zu lassen. Glücklicherweise hatte sie rechtzeitig erfahren, daß sich ein Skalde in der Stadt aufhielt, der auf der Durchreise von Irland nach Norwegen auf ein Schiff wartete. Er hatte sich bereit erklärt zu kommen. Sie gab ihm ein Zeichen. Sofort strich er über die Saiten seiner Harfe, bis die Gäste still wurden.

Er begann ein Lied, und schon nach dem ersten Vers seines Gesangs beugte sich Husbjörn zu ihrem Ohr. »Du hast eine gute Wahl getroffen.«

Aasa dachte zuerst, er meine den Mann und den Klang seiner Stimme, aber dann merkte sie, daß Husbjörn lange vor ihr den Text erkannt hatte. Der Skalde hatte mit feinem Gespür für die Stimmung in der Halle das Lied von der Mühle Grotti gewählt, die alles mahlte, was ihr Besitzer wollte. Vor allem wollte der Besitzer im ganzen Land Frieden; besonders ausdrucksvoll wurde der Skalde an der Stelle, die ihm am meisten am Herzen lag:

»Nie soll einer den andern schädigen,
nicht zu Leid ihm hausen, noch sein Leben gefährden,
noch mit schneidigem Schwert ihn hauen,
und hätt' er gebunden des Bruders Mörder.«

Der Besitzer der Mühle Grotti war König Frodhi, und der Friede, den er dem ganzen Land gab, wurde »Frodhis Frieden« genannt. Alles war vor langer Zeit passiert, wenn überhaupt, aber die rauhbärtigen Krieger wurden still, vorübergehend sogar die jungen Kaufmannssöhne.
Das zweite Lied kannte niemand, der alte Skalde hatte es schon vorher gewußt. Er, der die Freude und die Musikalität seiner Zuhörer in den irischen Weilern und Höfen bis in die Fingerspitzen gespürt hatte, begann zu leiden, als er das unverschämte Lächeln auf einigen der jungen Gesichter bemerkte. Er legte sein Instrument beiseite und ließ sich ein Trinkhorn geben. Nun wußten alle, daß er nicht mehr singen würde.
Aber sie waren dennoch befriedigt und fingen an zu schwatzen. Allmählich wurde eine Unterhaltung mit leiser Stimme unmöglich. Aasa sah zufrieden aus. So sollte es sein, und sie wußte, daß ihre Familie für einen ihr unbekannten Mann Ehre eingelegt hatte. Die Frage war nur, ob Geir so viel Ehre für sich selbst einlegen konnte.

Sie stand auf. Zu diesem Zeitpunkt war es für Frauen geraten zu gehen. Später am Abend würden die Männer ihr gewohntes Maß an Unflätigkeit bei weitem überschreiten: dann war ein Aufenthalt in ihrer Mitte unangenehm. Nachdem sie sich beim Wikgrafen für sein Kommen bedankt hatte, verabschiedete sie sich von ihrem Mann und ging zu den Mägden hinaus, die immer noch an den drei Feuern beschäftigt waren. Die Zuschauer, die endlich ihr Warten belohnt wähnten, rückten näher zusammen, um Frau Aasas Worte über dem Gebrüll, das von drinnen herausschallte, nicht zu überhören.

»So, jetzt könnt ihr die Reste verteilen«, sagte Aasa lächelnd zu den Frauen. Sie ging davon, unbemerkt von der Menge, die nun mit den übriggebliebenen Fleischstücken verköstigt wurde. Wie die Wölfe, dachte sie bekümmert und wurde wieder einmal in ihrem beängstigenden Wissen bestätigt, daß Menschen sich manchmal wie reißende Tiere benehmen können.

Zweite Woche
im Erntemonat

11 Sonnentag

Obwohl Folke am nächsten Morgen nur allmählich wieder einen klaren Kopf bekam, fiel ihm doch auf, wie hohläugig und übermüdet ihr Hausgast Ivar aussah. Er selber konnte sich ja denken, warum; aber den anderen mußte dies sicher als ungewöhnlich auffallen. Auch Thorbjörn, der meistens zu allem lange schwieg, machte sich seine Gedanken, und diesmal machte er aus seinem Herzen keine Mördergrube. Schmunzelnd, wohl um seiner Klage die Schärfe zu nehmen, sagte er: »Du siehst aus, als hättest du von uns allen am meisten dem Met zugesprochen. Aber ich weiß wohl, daß du gar nicht beim Gastmahl warst.« Er fügte mit einem leisen Vorwurf hinzu: »Obwohl du eingeladen warst. Manch einer hätte sich alle Finger danach geleckt.«

Der Kaufmann verrührte umständlich die Butter im Brei, bevor er anwortete, und seine Antwort war wohlerwogen. »Nicht jeder kann in einem Toten etwas Wichtigeres sehen als in den Tagesgeschäften.«

Thorbjörn wurde innerlich steif. »Das ist die Rede eines Christen«, sagte er gepreßt. »Nur Christen bringen es fertig, ihre Toten zu vergessen, bevor sie unter der Erde sind.«

»Mein Toter ist er nicht!«

Folke sah mit Überraschung, daß Ivar seinen Löffel langsam hinlegte und die Fäuste ballte. Ihn schien die Sache mehr aufzuregen, als sie wert war.

Thorbjörn aber, gegen seine sonstige Gewohnheit, lenkte nicht ein. Er blickte nicht einmal auf. »Geir ist auch nicht mein Sippenangehöriger. Aber mein Haus übernahm

klaglos die Verpflichtung, ihm die Reise nach Walhall zu ermöglichen, und du bist Gast meines Hauses.«
Jetzt verstand Folke endlich, warum Thorbjörn keine Ruhe gab: er war in seiner Ehre tief gekränkt. Er durfte erwarten, daß Ivar am Totenmahl teilnahm. Statt dessen hatte er Kaare geschickt.
Auch der Kaufmann hatte es begriffen. Sein Gesicht bekam einen entschlossenen Ausdruck, als er entgegnete: »Es gibt noch höhere Verpflichtungen als die eines Gastes. Du wirst mir sicher glauben, daß meine eigene Sippe mir näher steht als die eines solchen Mannes.«
Thorbjörn sah hoch, und Erleichterung spiegelte sich in seinen Augen. »Ich hörte davon erzählen«, sagte er langsam, »daß Kaare einen alten Haß gegen den Herrn von Geir, Sieg-Hjalmar, mit sich herumtrug. Ich könnte mir denken, daß auch deine Familie damit zu tun hatte, mit dem Brand, meine ich...«
Ivar biß die Zähne zusammen, daß sie laut hörbar knirschten.
Der Bootsbauer Thorbjörn, der jetzt eine verständliche Erklärung gefunden hatte und dessen weiches Herz sich sofort fremdem Unglück öffnete, sah den Mann voller Mitleid an. »Dann trifft dich kein Vorwurf«, sagte er. »Ich hätte wie du gehandelt. Vielleicht wäre es nur besser gewesen, mir vorher einen Wink zu geben.«
Ivar nahm seinen Löffel wieder auf, und Thorbjörn verstand, daß er kein Wort mehr darüber verlieren wollte.
Folke aß auch, dennoch wollte es ihm nicht einleuchten, daß Ivar sich mit ungetrübtem Gleichmut bei der Suchaktion nach dem Alten beteiligt, sich seinem Begräbnis aber verweigert hatte. Vielleicht weil er Christ war und nicht zugeben wollte, daß sein Glaube ihm die Teilnahme an der Totenfeier eines Andersgläubigen verbot? Seine Mutter

hatte Ivar mit gerunzelter Stirn zugehört, sie schien sich mit ähnlichen Fragen zu schlagen.

Nur Hild kümmerte sich um gedachte und ausgesprochene Vorwürfe nicht: sie bediente ihren Gast mit erhöhter Zuvorkommenheit, wie um Thorbjörns Vorwurf ungeschehen zu machen – oder um ihren Mann zu ärgern. Stets bekam Ivar den frischesten und wärmsten der Gerstenbrotfladen, und jeden Morgen wurde ihm ein Stückchen der kostbaren Butter in den Brei geschnitten, obwohl sonst niemand davon erhielt. Hild wachte streng über ihre Vorräte, und auch die Einteilung und Ausgabe waren ihre Sache. Thorbjörn würde niemals ein Wort darüber verlieren.

Nachdem sie ihr Morgenmahl beendet hatten, standen die Männer auf, um ihrer Tagesarbeit nachzugehen, Thorbjörn in der Werft, Ivar wie üblich an seinem Wrack, Husbjörn mußte nach Schleswig hinüber, und Folke machte sich auf den Weg zum Stadttor.

Von dem Moment an, in dem Folke seinem Vater die Ereignisse der Reihe nach aus seiner Sicht dargestellt hatte, war ihm klar geworden, was er tun mußte. Er war nun fest entschlossen, aufzudecken, wer die beiden Männer getötet hatte. Bis dahin würde er mit ruhigem Sinn keine Bootsplanke mehr anfassen können. Sein Vater hatte ihn gebeten, vorsichtig zu sein und die Sippe nicht bloßzustellen, vor allem Thorbjörns wegen, der schließlich in Haithabu leben mußte. Im übrigen hatte er Folke freie Hand gelassen, der dabei viel mehr lernen konnte, auf eigenen Füßen zu stehen, als beim Bootsbau.

Auf dem Weg zum Hafen hörte Folke, was ihm schon längst zu Ohren gekommen wäre, wenn er nicht, wie die ganze Sippe, ausschließlich mit der Bestattung von Geir beschäftigt gewesen wäre: Sote, der cholerische Schwede

war außer sich. Erstens war ihm schon wieder Handelsgut abhanden gekommen, zweitens war der Sklave Ketil auf und davon. Es lag nahe, eins und eins zusammenzuzählen, und da ergab sich: Ketil hatte die Ware gestohlen und sich mit ihr abgesetzt.
»Er tobt schon wieder«, sagte der Nachbar von Thorbjörn, der ihm dies alles geschwind erzählte, nachdem er sich Folke als Gesellschaft für das kurze Stück Weg zum Hafen ausgesucht hatte, und lachte. Folke lachte gezwungenermaßen mit, obwohl ihn Sote wirklich nur am Rande interessierte. Er war froh, als sich der Mann am Wasser von ihm trennte.
Der Schwede aber gab augenscheinlich immer noch keine Ruhe. Kaum ein Mann unter den Ladeleuten und Bootsbesatzungen, dem er die Geschichte nicht ausführlich und persönlich berichtete. Als Folke vorbeikam, stand er mit einem Fuß auf dem hinteren Steven, hielt sich mit der Hand am Achterstag fest und schwatzte mit einem Seemann, dessen Boot quer zu seinem längsseits am Ufer vertäut war. »Das Schlimme ist«, sagte er so laut, daß auch Folke weder Punkt noch Komma seiner Litanei entgehen konnte, »daß der Wikgraf zwar Marktfrieden befiehlt, sich aber selber nicht darum kümmert, daß man hier sicher handeln kann. Paß nur auf deine Ware auf! Hier hilft dir kein Mensch. Nur ...«, sein Ton ging in ein vernehmliches Flüstern über, »wenn du dir selbst zu helfen versuchst, wirst du wegen Bruch des Marktfriedens belangt.«
»Wirklich?« fragte der andere Schiffer, und sein Unterkiefer fiel vor Erstaunen und Entrüstung herab. »Na ja«, fügte er hinzu, »Speckstein werden sie wohl nicht abschleppen.«
»Nein«, knurrte Sote, »aber ich habe wertvollere Ware und ich greife mir den Mann.«

Das konnte sein oder auch nicht. Folke blieb stehen. Eigentlich ohne es zu wollen –, aber er mußte dem Großmaul widersprechen. Der Zorn, der all den ungeklärten Fragen der letzten Tage folgte, brach aus ihm heraus. »Das hast du bei Geir auch gedroht«, sagte er aggressiv. »Hast du ihn ermordet?«
Sote sah den jungen Bootsbauer an, als wäre er von allen guten Geistern verlassen. »Was?« schrie er. »Mord? Ich? An Geir?«
Zu spät fiel Folke ein, daß niemand davon wissen konnte. Er hätte sich ohrfeigen können dafür, aber es war zu spät. Der fremde Schiffer, der auf dem Vordersteven gesessen und seine Beine über dem Wasser hatte baumeln lassen, schwang sie jetzt auf die Plattform zurück und stand auf. »Hattet ihr hier einen heimtückischen Mord?« fragte er wißbegierig. »Und niemand hat ihn gerächt? Euer Wikgraf scheint wirklich allerhand zu dulden.« Sein Blick streifte Sote verständnissinnig, und dieser, der anfangs wohl zu einer kleinen Schlägerei mit Folke Lust gehabt hatte, überlegte es sich. Ihm paßte es besser in den Kram, daß der andere nun auf diese unverhoffte Art seine Klage bestätigt bekommen hatte.
»Verpiß dich!« bellte er zu Folke hinüber und machte einen jener drohenden Schritte, mit denen man Hunde oder Sklaven verjagt.
Folke aber erschrak nicht und ging auch nicht. »War nur so eine Idee«, sagte er. »Jeder weiß, daß der alte Geir ertrunken ist.«
Sote ließ sich sofort ablenken. »Warum Njörd ihn sich geholt hat, weiß ich nicht, kann ich mir auch nicht denken. Aber fest steht: Er kam mir nur zuvor. Nächst ihm hatte ich das größte Recht auf den Alten.« Er warf sich in die Brust. Nicht viele Leute konnten sich selber in einem

Atemzug mit einem Gott nennen. Er aber, der das Meer fast genauso beherrschte wie sein Schutzgott, er durfte sich das anmaßen. Das hatte Njörd ihm schon viele Male bewiesen, als er ihm in brenzligen Situationen seinen Schutz nicht versagt hatte. O ja, er war mächtig stolz auf sich und sein Verhältnis zu Njörd.

»Warum denn?« fragte Folke listig. »Ich denke, der Sklave Ketil hat dich bestohlen, nicht der alte Geir. Oder willst du gleich zwei Männer für dieselbe Sache dingfest machen?«

Sote war nahe daran, die Selbstbeherrschung zu verlieren. Wie konnte ein Jüngling wie dieser, der noch keinen einzigen Waffengang hinter sich gebracht, geschweige denn gesiegt hatte, versuchen, ihn mit Worten niederzuschlagen wie ein Skalde? »Wenn nicht der eine«, blaffte er, »dann der andere. Oder beide zugleich, mir ist es einerlei! Nur büßen müssen sie!«

»Recht hast du«, stimmte der Schiffer mit den großen Ohren und dem neugierigen Gesicht zu. Dann machte er eine vielsagende Bewegung mit dem Kinn in Richtung auf sein Schiff, und Folke begriff genauso wie Sote die in jedem Land gebräuchliche Geste für eine Einladung zum Trinken.

Sote konnte nicht widerstehen. Während er von seinem Schiff stieg, schob er den Unterkiefer vor und warf finstere Blicke auf Folke, sagte aber nichts mehr.

Folke, der gar nicht daran dachte, sich von einem Rüpel wie diesem schwedischen Schiffer vertreiben zu lassen, wartete, bis er bei seinem Gastgeber an Bord geklettert war, erst dann wandte er sich um und ging.

Als er die Schiffe im Rücken hatte, blies er vorsichtig die angehaltene Luft aus. Das war gerade noch gutgegangen. Sote würde nun wahrscheinlich über alles und jedes

schwadronieren, nur nicht über einen Mord, der ihn als säumigen Rächer hinstellen würde.
Während er die große Bohlenstraße zum mittleren Stadttor, dem Tor zum Sachsenland, entlangging, bemerkte er, wie viele der Handwerker sich bemühten, ihn frühzeitig und beflissen zu grüßen. Die Knechte wichen ihm scheu aus, die Mägde machten einen Knicks und blieben stehen, bis er vorüber war. Kein Zweifel, sein Ansehen war in den letzten Tagen gestiegen. Dabei war es für ihn ein beklemmender Gedanke, daß dies womöglich dem alten Geir zu danken war, eine nicht sehr angenehme Vorstellung. Nach dem, was er gestern über diesen Mann gehört hatte, war es sogar möglich, daß er einer alten Rache zum Opfer gefallen war. Ivar? Hatte auch Ivar eine offene Rechnung bei Geir?

Am Tor stand wie üblich ein Wachmann. An diesem Tage hatte er gut zu tun, das sah Folke sofort und ärgerte sich. Ausgerechnet an dem Tag, den er sich ausgesucht hatte, um den Soldaten auszuhorchen, sah es aus, als würde der gar keine Ruhe im Strom der Einreisenden bekommen. Aber wenigstens war es einer, den Folke gut kannte. Er beschloß zu warten und setzte sich müßig an den Fuß des Walls, dem Krieger genau gegenüber.
Mit Umsicht versah Höskuld seinen Dienst, das war zu sehen. Keine Spur der ängstlichen Unsicherheit, die den Mann am Burgtor fast gehindert hatte, Hallgärd hinauszulassen. Während er trotz allem Zeit fand, Folke freundlich zuzuwinken, fertigte er diejenigen schnell ab, die vertrauenswürdig genug schienen, um eingelassen zu werden, die anderen mußten warten.
»Gleich kommt ein Wachoffizier, der euer Anliegen entscheiden wird«, beruhigte er einen fremdländisch ausse-

henden Mann mit großer Eskorte. Der trug um den Kopf ein wallendes Tuch, das von einem Reifen gebändigt wurde und nur die tiefbraunen Augen über einer kühnen Hakennase und schmalen roten Lippen freigab. Sein weißer Umhang umgab ihn wie eine Pferdedecke und bedeckte halb auch den Rücken seines zierlichen weißen Hengstes.

»Er heißt Ibn Khordadhbeh«, stellte ihn sein Begleiter vor, dessen helle Haut ihn von den anderen unterschied. Folke hielt ihn für einen Sachsen. »Er und seine Gefolgschaft kommen von Särkland, um mit euch zu handeln. Ich selber bin Ordulf aus Regensburg und ihm von meinem Fürsten als Dolmetscher und Führer zugeteilt.«

Folke atmete tief ein. Sein Anliegen hatte er vorübergehend vergessen. Hier kamen Menschen aus den fernsten Teilen der Welt und unterschieden sich doch nicht so sehr von ihnen selbst. Am meisten vielleicht noch durch das Zaumzeug ihrer Pferde und die Kleidung. Seine Augen funkelten und er konnte sich an dem vornehmen Fremden nicht sattsehen.

»Willkommen Ordulf, willkommen Ibn Kord«, sagte der Soldat höflich und gewandt. »Aber du verstehst sicher, daß ich nicht der richtige Mann bin, um für euer Wohlergehen in Haithabu zu sorgen. Wartet eine Weile, dann wird sich jemand um euch kümmern.«

Auf ein Wort ihres Führers saßen die Männer widerspruchslos ab. Dieser Anführer war ein besonders kleiner Mann, fast nur halb so groß wie Höskuld, der freilich von ganz besonderem Wuchs war. Höskuld blickte auf ihn hinunter wie auf ein Kind und wies einladend auf das Grasland am Fuß des Walls. Die Männer setzten sich und faßten sich in Geduld. Ihre Pferde fingen am langen Zügel sofort an, am verdorrten Gras zu zupfen.

Der Wachsoldat wandte sich den nächsten Händlern zu. Die Sonne stand schon im Mittag, als es endlich weniger wurden, die Einlaß begehrten. Die fremdländischen Kaufleute waren längst abgeholt worden, als Folke zu seinem Bekannten trat.

»Heute hast du aber mächtig zu tun«, leitete Folke das Gespräch ein, das ihm so wichtig war, daß er mehr als zwei Stunden darauf gewartet hatte.

Höskuld, der Wachmann, wischte sich den Schweiß von der Stirn und nickte. »Davon kann ich wirklich ein Lied singen«, bestätigte er. »Seit vorgestern geht das so.«

»Warum das denn?« fragte Folke verblüfft und dachte bei sich, daß die Krieger gewiß nicht zu beneiden waren: die Hitze stand hier zwischen den Wallenden wie über einem Bratrost. Höskulds Hemd war dunkel vor Nässe. Auch er schwitzte, aber seine Leinentunika ließ wenigstens Luft durch.

»Tja«, antwortete der Mann nachdenklich, »die Händler bummeln nicht mehr im Land herum, wenn sie von der Hammaburg und Itzehoe nach Haithabu wollen. Die letzten kamen dahergebraust, als wären ihnen die Obotriten gleich auf den Fersen.«

»Vielleicht stimmte das auch.«

»Weiß ich nicht. Tatsache ist, irgend etwas geht im Süden vor, wenn's Slawen nicht sind, so sind's die Sachsen. Der Sachsenkönig scheint Soldaten im ganzen Grenzgebiet zusammenzuziehen. Unser Wikgraf ist ganz nervös.«

Das konnte Folke sich kaum vorstellen, aber ein Höskuld, der sich selbst durch Särkländer nicht aus der Ruhe bringen ließ, sah das vielleicht anders. »Wirst du bald Wachhauptmann?« fragte er in ehrlicher Bewunderung.

Höskuld schob die Unterlippe vor, aber Folke sah, wie geschmeichelt seine Augen lächelten. »Wer weiß«, sagte er.

»Der Wikgraf selber hat mich hierherbefohlen. Nicht jeder darf hier Dienst tun. Neulinge haben hier nichts zu suchen.«
»Das kann ich mir vorstellen. Und ich wünsche dir viel Glück«, sagte Folke ehrlich. »Kennst du eigentlich alle Fremden, die du einläßt?«
»Ihre Gesichter, ja«, antwortete Höskuld sofort. »An diesem Tor darf man sich nicht irren.«
»Und die die Stadt verlassen?«
»Auch. Die meisten kommen ja zurück.« Höskuld blickte den Bootsbauer erwartungsvoll an. Er schien auf weitere Fragen zu warten, als ob seine Eignung für den Tordienst geprüft würde.
Folke tat ihm den Gefallen. »Vor einigen Tagen muß ein Mann auf einem schwarzen Pferd mit einer Blesse wie einem Thorshammer die Stadt verlassen haben. Hast du den gesehen?«
Höskuld wurde ein wenig unsicher. »Mit Pferden habe ich nicht so viel im Sinn«, gab er zu. »Nur mit Menschen. Und immer habe ich auch nicht Dienst.«
»Na, überleg doch mal«, drängte Folke, der so schnell nicht aufgab. »Der Reiter wurde wahrscheinlich als Bote losgeschickt.«
»Wie sah der Mann denn aus?«
»Das ist eben das, was ich nicht weiß.«
Höskuld bekam wieder Oberwasser. »Kann es sein, daß dein Mann ohne viel Gepäck ritt, vor allem ohne Packpferd? Und allein?«
»Das wird wohl so sein«, mutmaßte Folke.
»Ich erinnere mich an einen. Aber ob das dein Mann ist?« fragte der Soldat zweifelnd. »Denn der wurde von diesem Kaufmann Ivar zum Tor begleitet...«
»Das ist er!« So einfach hatte Folke es sich nicht vorge-

stellt. Er lachte laut und fuhr sich mit gespreizten Fingern durch seine blonde Haare.
Höskuld war zufrieden. Er hatte seine Beobachtungsgabe wieder einmal unter Beweis gestellt. In Gedanken suchte er noch weitere Merkmale des fraglichen Mannes zusammen. »Den Namen von dem, den du als Boten bezeichnest, kann ich dir nicht nennen, aber er ist öfter mit dem Silberschmied Skule zusammen.«
»Mit Skule!« Folke war im höchsten Grad verwundert, hatte er doch gedacht, Ivar würde einen seiner eigenen Männer losschicken.
Höskuld nickte und richtete seinen Blick auf den nächsten Ankömmling. Als er ihn erkannte, winkte er ihn durch. Der Mann wohnte in Haithabu und war auswärts gewesen. Mürrisch zerrte er sein vollbepacktes Pferd durch das Tor und verschwand grußlos in einer Seitengasse. »Hat nichts verkauft«, urteilte Höskuld spöttisch. »In den kleinen Höfen machen sie ihre Töpfe selber. Er will's nicht glauben.«
»Mein Meister wäre auch nicht froh, wenn die Leute sich Schiffe bauen würden«, sagte Folke verständnisvoll.
Der Wachmann warf ihm mit hochgezogenen Augenbrauen einen Blick zu. »Ein Schiff! Na, das ist aber auch etwas anderes! Dazu brauchst du ja auch Kenntnisse. Mit Lehm herumschmieren kann jeder. Laß mal meinen dreijährigen Sohn ran, und der knetet dir einen Topf, so groß, wie du ihn haben willst.«
»Vielleicht lasse ich mir mal einen machen«, versprach Folke und dachte an Odd, dem er auch allerhand zutraute. Einer, der versucht, mit einem Gott ins Gespräch zu kommen, macht auch andere Dinge. Vielleicht war Höskulds Sohn auch so einer. Er blinzelte zur Sonne hoch. »Weit über Mittag«, stellte er fest. »Ich muß dringend in die

Werkstatt. Könnte sein, daß Thorbjörn den Bootsbau sonst doch noch den Leuten überlassen muß.« Lachend entfernte er sich und wedelte zum Gruß mit der Hand über seinem Kopf, ohne zurückzusehen.
»Nur nicht so großspurig!« rief Höskuld und grinste hinter ihm her. Dann wurde er wieder von neuen Ankömmlingen beansprucht. Verständnislos schüttelte er den Kopf über eine ganze Familie mit Großmutter und kleinen Kindern. Das sah ja fast aus, als ob alle Dänen des Grenzgebietes sich in der Stadt in Sicherheit brachten. Er würde dem Wikgrafen vorsorglich eine Meldung machen.

Schon von weitem sah Folke, daß ein Mann am Zaun vor Thorbjörns Grundstück herumlungerte. Während er die Straße hinunterschritt, steckte der Neugierige gleich zweimal seinen Kopf durch das Tor, um sich drinnen umzusehen, aber sichtlich fand er den nicht, den er suchte. Oder er hatte Angst vor dem Hund, der vor ihm stand und ihn verbellte.
Folke rümpfte die Nase, als er den Mann erkannte: Ubbe Einohr hatte ihm gerade noch gefehlt. »Sei ruhig, Greif«, befahl er, und der Hund verstummte. Nicht das leiseste Knurren gab er mehr von sich, aber er bewachte den Einohrigen mit seinen scharfen gelben Augen und ließ keinen Zweifel darüber aufkommen, daß er auf den leisesten Wink hin zubeißen würde.
»Ah, der Bootsbauer Folke«, sagte Ubbe mit unverhülltem Schmeicheln und bemühte sich, den Hund zu ignorieren. »Sicher halten dich wichtige Geschäfte von der Arbeit ab. Man sieht dich jetzt öfter bei Tage in der Stadt.«
Folke maß den unangenehmen Kerl wortlos vom verstümmelten Kopf bis zu den Füßen, die in verschlissenen Schuhen steckten. Unter dem Arm trug er ein zusammengewik-

keltes Bündel, das in einen Sack verpackt war. »Willst du etwas abgeben?« fragte er knapp. Er hatte keine Lust, sich mit Ubbe auf ein Gespräch einzulassen. Der Mann stank zu allem Übel auch noch erbärmlich nach Dreck und Schweiß. Und wer weiß, was Greif an ihm roch.

»Nein, nein«, antwortete Ubbe schnell. Das war das letzte, was er vorhatte.

Folke hätte ihn am liebsten stehenlassen, aber damit wäre man Ubbe ja nicht losgeworden. Widerwillig fragte er: »Was willst du denn? Wartest du auf jemanden?«

Ubbe, der nicht verjagt werden wollte, mußte sich zu einer Antwort bequemen, die wenigstens halbwegs der Wahrheit entsprach. »Ich will gerne mit Ivar sprechen«, sagte er vorsichtig. »Aber ich glaube, er ist nicht da.«

»Nein, jetzt sicher noch nicht«, stimmte Folke zu, erstaunt, was so einer mit dem Kaufmann wohl zu schaffen hatte. »Bist du mit ihm verabredet? Kennen kannst du ihn wohl kaum.«

»O doch!« widersprach Ubbe und ließ das bißchen Stolz, das er auf sich haben konnte, deutlich genug durchblikken. »Gleich nach Halvdans Tod habe ich mit ihm gesprochen«, fügte er dann lauernd hinzu.

Folke merkte auf, und das hatte der Mann beabsichtigt. Vorsicht schimmerte in Ubbes Augen, als er auf die Reaktion des Bootsbauers wartete. Dieser war zwar nur Lehrling, aber die Männer aus den guten Familien hatten seinesgleichen immer etwas voraus. Er hätte einiges darum gegeben, wenn er gewußt hätte, was das war. »Ich kannte auch Halvdan ganz gut«, stieß er nach. »Einer wie der hängt sich nicht selbst auf.«

Daher wehte also der Wind. »Wer sagt das denn?« fragte Folke in überzeugend harmlosem Ton, ohne Ubbe aus den Augen zu lassen.

»Ivar.«

Folke war höchst erstaunt, ließ es sich aber nicht anmerken. Damit stand dann wohl fest, daß Ivar das Gerücht vom Thorsopfer nicht selbst ausgestreut hatte. Blitzschnell entschloß er sich zu einem Wagnis. »Du hast also das Gerücht über die Opferung verbreitet, stimmt's?« sagte er ihm auf den Kopf zu.

Ubbe lächelte geschmeichelt und stritt es nicht ab.

Folke fragte nicht, warum. Der Mann verfolgte seine eigenen Ziele; er spielte mit ihm Katz und Maus und wollte ihm nur allzu offensichtlich klarmachen, daß er seinen Anteil an der Angelegenheit hatte. Den Grund aber, weshalb er in diesem gefährlichen Spiel mitspielte, würde er ihm wohl kaum auf die Nase binden. Folke versuchte es gar nicht erst.

Der Handwerker war befriedigt, aber am Ende war er noch nicht. »Ich habe hier etwas, das Ivar sehr interessieren wird.« Er schielte zum Hund und rückte dann dicht an Folke heran, der, überwältigt von dem beißenden Gestank des Mannes, den Atem anhielt. Ubbe schlug einen Zipfel der Sackleinwand zurück und ließ den Bootsbauer einen Blick in das Innere des Bündels werfen, das einen roten Stoff mit geometrischem Muster enthielt.

Folke erstarrte. Als er diesen Webstoff das letzte Mal gesehen hatte, hatte er als Mantel die knochigen Schultern des alten Geir gewärmt. Und Geir war noch am Leben gewesen.

12 Mondtag nacht

Ubbe Einohr ging Folke nicht mehr aus dem Sinn. Zu gerne hätte er gewußt, was der Handwerker mit dem Mantel vorhatte. Ihn an Ivar verkaufen? Folke setzte sich nach dem Nachtmahl auf einen alten Baumstamm, der den Enten als Tränke und Teich diente, und dachte nach. Gestern hatte Ubbe den Kaufmann gewiß nicht mehr gesprochen, denn der war nicht nach Hause gekommen. Wahrscheinlich ging seine Wartezeit am Wrack dem Ende entgegen. Und heute? Das war fraglich; gesehen hatte ihn den ganzen Tag niemand.

Thorbjörn trat gemächlich in den Hof, auch er zufrieden und müde nach einer langen Tagesarbeit. Er winkte zu Folke hinüber, und dieser erwiderte erleichtert den Gruß. Sein Oheim hatte zwar kein Wort geäußert, als Folke heute wieder in der Werft erschienen war, aber die Scherze waren geflogen, und es war fröhlich zugegangen wie früher. Folke fühlte sich sehr froh, daß er vermißt und wieder aufgenommen worden war, und hatte dennoch ein schlechtes Gewissen. Wann immer es notwendig war, würde er aus der Werft verschwinden, so lange, bis er wußte, was geschehen war und warum.

Der junge Bootsbauer erhob sich und klopfte sein Wams ab. Wie nicht anders zu erwarten, war seine Sitzfläche nun voll Entendreck. Hinter ihm kicherte jemand. Er drehte sich um. Odd hielt beide Hände vor den Mund und konnte doch nicht verhindern, daß ein Gluckern hinausdrang, das so ansteckend war, daß Folke mitlachen mußte. Dann hielt der Junge ihm die offene Handfläche entgegen. »Ich weiß«, sagte Folke ein wenig verdrossen, »ich habe dir eine Botschaft versprochen. Morgen.«

Odd nickte ernsthaft, und Folke wußte, er würde den verlangenden Augen des Sklavenjungen nicht mehr entgehen können, bis das Versprechen eingelöst war. Er knurrte leise und ging über den Hof. In der beginnenden Dämmerung zogen die Hühner sich bereits in ihr Haus zurück, von drinnen ertönten die leisen, zufriedenen Laute, wenn Hühner sich hinkauern und in ersten Schlaf fallen. Folke aber war hellwach, seine Sinne waren geschärft wie kurz vor einer Entdeckung. Er beschloß, in die Kneipe zu gehen, in der die Bootsleute von Ivar ab und zu hockten.

Die Straßen waren ruhig. Nur das Holzschild über der Kneipe, das einen Topf darstellte, der genausogut ein Grütztopf wie ein Bierkessel sein konnte, schwankte an seinem Galgen in einer abendlichen Bö. Folke sah nach oben. Der Himmel war zwar klar, aber der Mond hatte einen Hof. Womöglich würde sich das Wetter bald ändern. Vielleicht war Ivar deshalb ununterbrochen an der Arbeit.

Als Folke die Wirtschaft betrat, in der er sonst kaum einmal verkehrte, wurde er sogleich bemerkt. Der Wirt machte eine ehrerbietige Geste, aber Folke konnte sich des unangenehmen Gedankens nicht erwehren, daß sie vielleicht spöttisch gemeint war. Er hob deshalb nur kurz die Hand und setzte sich in eine Ecke, in die kaum Licht fiel. »Bier«, verlangte er, als der Schanksklave zu ihm trat. Nach den ersten durstigen Schlucken verfiel er in ein stummes Nachdenken wie so viele, die in der Kneipe nicht die Gesellschaft, sondern die Einsamkeit suchen. Seine Gedanken begannen um den Ruderer Halvdan zu kreisen, als ob dessen Geist den Platz, an dem er saß, besetzt hielt. Halvdan war nicht geopfert, sondern ermordet worden. Infolgedessen mußte es jemanden geben, der ein Interesse an seinem Tod hatte. Wahrscheinlich kannten eine ganze Menge Leute den Mann, nachdem er sich mehrere Tage in der Stadt herumgetrieben hatte. Wer von ihnen war es gewesen?

Vor Folke, der sich auf der breiten Sitzbank nach hinten lümmelte, tauchte eine grobe, schmierige Schürze auf. Er hob seinen Blick. Vor ihm stand der Wirt, ein beflissenes Lächeln im feisten Gesicht. »Ist alles nach deinem Wunsch?« fragte er »Schmeckt dir das Bier?«

Folke nickte gleichgültig. Heute war ihm ein Bier so recht wie das andere. »Wenn ich nur nicht das Gefühl haben müßte«, sagte er geistesgegenwärtig, »daß ein Toter hier mit mir auf der Bank sitzt.«

»Oh, für den kann ich nichts«, widersprach der Wirt sofort. »Als er das Haus verließ, war er so lebendig wie du und ich, wenn auch stockbesoffen.«

»Und doch spüre ich, hier will einer Rache«, sagte Folke und rückte beiseite, als ob er den Geist einlüde.

Der Wirt verstand es anders. Flink setzte er sich neben seinen Gast. »Wenn du ihm dazu verhelfen willst«, sagte er hastig, »so soll es mir recht sein. Schließlich wurde er durch den Strang um Walhall betrogen, hab ich sagen hören. Das hat er nicht verdient.«

Folke ergriff das Angebot beim Schopf. »Das stimmt. Der Strang ist beschämender als der Tod im Bett. Mit wem war er hier immer zusammen?«

»Zu seinen Freunden zählten natürlich die anderen Ruderer«, erzählte der Wirt gemächlich, »an dem Tag aber, als er besonders wütend war, saß er hier mit Ubbe, dem Einohrigen, und später kam der Steuermann hinzu.«

»Und worüber sprachen sie denn so?« fragte Folke und hoffte inständig, daß er seine Fragen nicht zu plump stellte.

Aber der Wirt war nicht gerade von der feinfühligen Sorte. Schnurgerade Fragen waren ihm recht, denn sie enthoben ihn der Mühe, nachzudenken. »Ich bin kein Lauscher«, sagte er, und Folke glaubte ihm aufs Wort. »Aber an dem Tag war wenig zu tun, und ich stand im Eingang zu meiner Vorratskammer und konnte gar nicht anders als mithören... Na ja. Über das Schiff von diesem Ivar haben sie gesprochen und was es geladen hatte. Ubbe war ziemlich neugierig.« Der Wirt verzog das Gesicht. Folke verstand sofort, daß der Handwerker kein gerngesehener Gast war. Dann rieb er Zeigefinger und Daumen aneinander. »Geldgierig, der Kerl. Und geizig. Läßt sich hier höchstens freihalten, bestellt kaum einmal selber.« Dann machte er eine Pause, und Folke beeilte sich, dem Wink zu folgen und zu bestellen. Der Wirt nickte befriedigt und ließ sich von seinem Knecht auch einen Becher bringen. Dann fuhr er fort. »Er hat den Halvdan sogar beschwatzt, daß er tauchen sollte. Halvdan wußte, daß sich etwas viel Wertvolleres als die Felle im Schiff befindet: viel Silber. Und er erwähnte eine Erkennungsmarke. Ob die nun besonders kostbar sein soll, oder was sonst mit ihr ist, daraus wurde ich nicht schlau. Aber der Ubbe wird's wohl geahnt haben. Wurde ganz aufgeregt, der Kerl!« Er unterbrach sich, um einen Schluck zu nehmen, und Folke tat ihm Bescheid.
In seinem Kopf wirbelte es. »Glaubst du, daß noch jemand anders mitgehört hat?«
Der Wirt lachte. »Sicherlich. Der Steuermann, der saß ja dabei.« Während Folke ihn gespannt beobachtete, nahm sein Gesicht einen nachdenklichen Ausdruck an. »Halt, nein«, widersprach er sich selber. »Der kam erst später. Und als er merkte, daß Halvdan schwatzte, wurde er wütend. Danach machte er ihn besoffen. Dachte wohl, ich

merke das nicht. Aber es gibt keinen Trick, den ich in meiner Kneipe nicht kenne.« Er verzog die Lippen, bis er einen ganz breiten Mund bekam.
Karpfenmaul, dachte Folke, ohne es bösartig zu meinen, und erkundigte sich sicherheitshalber: »Und Ubbe war genauso voll?«
»Wie gesagt«, erklärte der Wirt selbstgefällig, »ich sehe den Männern an der Nasenspitze an, wieviel sie geladen haben. Ubbe war stocknüchtern.«
»Nüchtern?«
»Jawohl. Er hat den Ruderer nach allen Regeln der Kunst ausgehorcht. Kannst sicher sein, der kennt die Ladung besser als der Steuermann. Und der...« Der Wirt lachte laut und gluckernd und fuhr erst fort, als er sich wieder beruhigt hatte, während Folke ihn mit hochgezogenen Augenbrauen anstarrte. »...der Steuermann hat nicht gemerkt, daß Ubbe ihn hereinlegte. Ubbe schwankte wie ein Mast im Sturm, als er hinausging. Er ist wirklich ein Spitzbube«, sagte der Wirt, fast bewundernd. »Aber ich habe dem Steuermann nichts gesteckt; was soll ich mich da einmischen? Außerdem: ein Schwede!« Er winkte ab.
»Donnerwetter«, sagte Folke. Mit seinem geschauspielerten Gleichmut war es vorbei.
Der Wirt nickte und stand auf. Er entschuldigte sich, daß er im Vorratsraum einmal nach dem Rechten sehen müsse. Gleich würde er wieder zurück sein.
Während er im Hinterzimmer mit dem Schankknecht brüllte, ohne im eigentlichen Sinne zornig zu sein, er pflegte eben nur vorzubeugen, trat ein neuer Gast ein. Als dieser seine Kapuze vom roten Haar streifte, erkannte Folke den Schiffer Sote. Der hat mir gerade noch gefehlt, sagte er sich. Nun konnte er genausogut gehen, denn eine ruhige Unterhaltung mit dem Wirt würde nicht mehr

möglich sein. Die Schwierigkeit war nur: Wie sollte er an ihm vorbeikommen?
Sote polterte auf eine Sitzbank gleich neben der Tür. Noch hatte er Folke nicht bemerkt, und der Bootsbauer versuchte sich so unsichtbar wie möglich zu machen. Der Schiffer schien schlechte Laune zu haben. Als der Schankknecht ihm das Trinkhorn mit ausgestrecktem Arm und argwöhnischem Gesicht hinhielt, murrte er: »Sklavenpack!« Der Knecht wieselte wie eine erschrockene Maus davon, obwohl er Schlimmeres erwartet zu haben schien. Der Wirt, dem es nur Ärger brachte, wenn sein Sklave bei der Arbeit zu Schaden kam, dachte wohl Ähnliches. Die nächste Füllung brachte er selber und setzte sich dann zu Sote. Er hatte ein Gespür dafür, wann es angebracht war, mit einem Gast zu schwatzen; schon oft war es ihm gelungen, einen zornigen Mann zu beruhigen, bevor er anfing zu randalieren.
Sotes mürrisches Gesicht hellte sich ein wenig auf. »Die ganze Stadt habe ich nach meinem Sklaven durchgekämmt. Das macht Durst.« Mit wenigen langen Schlukken ließ er den Inhalt des gesamten Horns durch die Kehle rinnen, so wie es nur einer kann, der jahrelang geübt hat. Endlich setzte er ab und legte es zwischen sich und den Wirt auf die Bank.
»Und?«
Sote schüttelte den Kopf. »Nicht mal eine Laus.«
Der Wirt holte unaufgefordert ein drittes Horn. Sote wurde richtig warm davon, innerlich wie äußerlich. Er zog sein Wams aus und warf es neben sich. Dann fing er an, dem Wirt zu erklären, wo genau er gewesen war und wo nicht. Es war eine lange Geschichte, und Folke wurde schläfrig. Er behielt nur, daß Ketil nicht in der Stadt sein konnte. Erschrocken schlug er die Augen auf, als er den

Kapitän sagen hörte: »Ich weiß nur noch zwei Stellen, wo er sein kann, und ich schwöre dir bei deinem Bierkessel: Ich werde dort nachsehen. Bei den verfluchten Mönchen und in dieser Spelunke auf dem Weg nach Eckernförde.«
Folke schüttelte den Kopf und lächelte schief. Bei den christlichen Mönchen war Ketil nicht, dafür legte er seine Hand ins Feuer.
Der Wirt, der sich längst selbst mit einem Trinkhorn versehen hatte, schlug die Faust krachend auf die Bank. »Wahrhaftig«, stimmte er grollend zu, »diese Leute mit ihrem erschwindelten Schankrecht sind mir schon lange ein Dorn im Auge. Versteh gar nicht, daß der Wikgraf das Haus nicht abbrennt. Gründe gäbe es genug. Die verstekken Vogelfreie, da bin ich sicher.«
»Und verfluchte Christen«, fügte Sote hinzu.
Folke lauschte mit zunehmendem Entsetzen. Hallgärd würde in Gefahr sein, wenn es diesem Berserker einfiel, ihr Haus zu durchsuchen. War Ketil tatsächlich da, würde er das Haus aus Rache vermutlich dem Erdboden gleichmachen, und war er nicht da, dann aus Ärger. Unruhig rutschte er auf der Bank hin und her. Aber jetzt konnte er erst recht nicht gehen, vorbei an Sote, der trotz seiner beginnenden Trunkenheit sofort wissen würde, daß er alles gehört hatte. Er drückte sich noch tiefer in den Schatten an der Wand.
Sote war ein ausdauernder Zecher. Folke schwitzte Stein und Bein aus Furcht, entdeckt zu werden. Der Wirt wußte durchaus, daß der Bootsbauer noch in seiner Ecke saß, aber er sprach ihn nicht an und hielt auch seinen Knecht davon ab, ihn zu belästigen. Endlich begriff Folke, daß er ihn gegen den Schweden zu schützen versuchte.
Es war tiefe Nacht, als der Schiffer endlich hinauswankte. Folke sah ihm prüfend nach. Der würde heute nacht kei-

nen Unsinn mehr machen, soviel stand fest, und Hallgärds Elternhaus war bis zum nächsten Morgen sicher. Er verabschiedete sich vom Wirt und trat auf die Straße, die in sternloser Dunkelheit dalag.

Dann kehrte er nochmals um, um den Wirt nach der Wohnung von Ubbe zu fragen. Der Schankknecht war dabei, die Becher einzusammeln, und der Wirt blickte ihm neugierig aus dem Nebenraum entgegen. »Wohnung?« fragte er dann voll Spott. »In einer Hütte haust er.« Er beschrieb Folke den Weg. »Ich hoffe«, sagte er zum Schluß zögernd, »daß du gemerkt hast, wie ich dir geholfen habe. Vielleicht kannst du . . .« Trotz seiner sonstigen Derbheit und seinem rohen Wesen hatte der Mann anscheinend Hemmungen weiterzusprechen.

Folke wußte, was er sagen wollte. »Mich erkenntlich zeigen«, ergänzte er. »Irgendwann, ja.«

Unter Nordleuten war ein solches Versprechen so gut wie bares Silber – sofern es nicht unter Feinden gefallen war. Der Wirt bedankte sich überschwenglich, begleitete seinen Gast zur Tür und blickte ihm fürsorglich nach, wie er im Dunklen seinen Weg suchte, in die Teile der Stadt, wo die Ärmsten der Armen wohnten und sich in den letzten Tagen die Flüchtlinge sammelten, die keine Verwandten in der Stadt hatten. »Paß auf dich auf!« warnte er, aber das konnte Folke gar nicht mehr hören.

Laut Auskunft des Wirts wohnte Ubbe in einer Gegend, wo Folke sonst kaum einmal hinkam: zwischen den Seilziehern und dem Wall. Die Nacht war lichtlos; der Himmel hatte sich bezogen. Folke merkte bald, daß auch in tiefster Nacht eine Stadt wie Haithabu nicht zur Ruhe kommt: er war nicht allein unterwegs. Aber genau wie er selber, scheuten auch die anderen schwarzen Gestalten die Gesellschaft und wichen in Nebenstraßen aus. Einmal fiel er

in den Bach, weil er die Uferbefestigung übersehen hatte. Fluchend kletterte er wieder heraus und orientierte sich aufs neue. Den Bachlauf bis zum scharfen Knick, dann weiter zwischen dem alten Friedhof und dem der Schweden hindurch, hatte der Wirt gesagt.
Die innerhalb der Unterstadt mit Bohlen befestigte Straße war längst in einen unbefestigten Weg übergegangen und hier oben zum Steig geworden. Immer öfter stolperte er über Haufen von Unrat, den die Hunde oder Ratten oder auch Kinder auseinandergelesen und zwischen die ausgetrockneten Grasbüschel verteilt hatten. Den Rat des Wirts im Sinn, versuchte er, so leise wie möglich zu sein, und kam immer langsamer vorwärts. Endlich aber fand er die Hütte, wie sie ihm beschrieben worden war. Da stand ihm bereits der Schweiß auf der Haut, und er war ehrlich genug, um zu wissen, daß er nicht von der Wärme der Nacht, sondern vor Angst schwitzte.
Nun, da er die Hütte sah, marschierte er geradewegs darauf los und klopfte an die Tür, die aus zwei Bohlen bestand und schief in ihren Angeln aus brüchigen Weidenzweigen hing. Nichts rührte sich drinnen, und Folke legte das Ohr über den Ritz zwischen den Brettern.
Zuerst spürte er es kaum, aber plötzlich wurde ihm bewußt, daß an seiner Kehle keine vorwitzige Mücke ihren Stachel eingebohrt hatte, sondern sich dort eine Messerspitze befand. Er wagte sich nicht zu rühren.
»Was willst du?« zischte eine Stimme an seinem Ohr.
Folke schluckte, obwohl sich dabei das unbarmherzige Messer in die Haut seines Kehlkopfes bohrte. »Ich suche Ubbe Einohr«, flüsterte er zurück. »Sein Haus wurde mir beschrieben. Ich muß ihn sprechen. Ich bin Folke Bootsbauer.« Längst hatte seine Nase festgestellt, daß der Mann mit dem Dolch nicht Ubbe war.

»Komm mit.« Folke wurde am Arm gepackt und hinter die Hütte geführt, wo die Brennesseln, die ihm bis an die Knie reichten, an seinen nackten Unterschenkeln brannten. Er verkniff sich einen Fluch. »Hier will dich einer sprechen«, sagte der Mann halblaut, dem die Nesseln nichts auszumachen schienen, und stieß Folke vorwärts, bis er neben einer anderen Gestalt an die Hüttenwand prallte.
Ubbe kicherte, und Folke erkannte ihn sofort. Er wartete, daß Ubbe ihn ansprechen würde. Ubbe nahm sich Zeit. Hier war er der Anführer. Trotzdem spürte Folke die lauernden Gedanken des Handwerkers, die genauso unruhig zu sein schienen wie das Weiße in seinen Augen. Um ihn nicht noch mehr zu beunruhigen, wagte Folke nicht einmal, sich den Schweiß am Hemdkragen abzuwischen.
»Ich wollte noch mal mit dir reden«, sagte er endlich zögernd, als er das lange Schweigen nicht mehr aushielt. Er verstand nicht, warum Ubbe nicht neugierig war. »Es ist wichtig.«
»Fragt sich, für wen«, entgegnete der Handwerker ohne Eile. »Und da du dich herbemüht hast, wird es wohl eher für dich als für mich wichtig sein. Aber ich entbiete dir einen Willkomm, der nicht schlechter sein soll als in deinem Teil der Stadt. Nur das Bier fehlt, leider.« Ubbe und der andere Mann brachen in Gelächter aus.
Folke wurde zunehmend verwirrt. Trotz der hochtrabenden Worte war ein Treffen zwischen Brennesseln und nach Urin stinkender Erde nichts Erstrebenswertes. Oder sollte der Einohrige es als Spott gemeint haben? Er beschloß, sehr vorsichtig zu sein. »Dein Mann hier«, verlangte er als erstes, »muß verschwinden. Was ich zu sagen habe, ist nur für dich bestimmt.«
»Oh, was das betrifft«, antwortete Ubbe, »so haben wir hier oben wenig Geheimnisse voreinander. Hier weiß je-

der alles. Das ist der beste Schutz, den wir uns gegenseitig geben können, verstehst du? Das ist nicht wie bei euch Vornehmen in der Unterstadt, Sippe gegen Sippe. Wir haben keine Sippen. Wir haben Blutsbrüder – und Feinde.«

Jäh überkam Folke die Erkenntnis, daß das Rätsel, dem er nachjagte, hier vielleicht längst bekannt war. Trotzdem war er dem Einohrigen dankbar, daß er ihn warnte. Eins wußte er nun: In dieser brutalen Gesellschaft war Zurückhaltung fehl am Platz. »Ich bin gekommen, um dich zu warnen«, sagte er offen. »Bei dem Gegner, den du dir ausgesucht hast, werden dir auch Blutsbrüder nicht mehr helfen können. Es sei denn, du wärst zufrieden, daß sie dich rächen.«

Ubbe schnappte hörbar nach Luft. »Wie meinst du das?« fragte er heiser.

»Du weißt zuviel«, flüsterte Folke, der es sich jetzt leisten konnte, geheimnisvoll zu sein. »Zwei Männer sind ermordet worden, und du gehst herum und mischst dich ein. Wenn du so unvorsichtig bist, könntest du bald mehr als dein Ohr loswerden.«

Ubbe schied plötzlich einen so scharfen Gestank aus, daß Folke seine Angst riechen konnte. Mit grimmiger Entschlossenheit begann er sein Verhör. »Warum hast du ausgestreut, daß Halvdan von Geir geopfert wurde?«

Ubbe dachte kurz nach und entschied, daß es nicht schaden konnte, gewisse Dinge preiszugeben. Überhaupt hielt er sich gerne auf beiden Fronten auf, zwischen Freund und Feind. »Ach, daß er geopfert wurde, stand ja fest. Dem Geir hat ein solches Gerücht nicht geschadet. Ob er nun hier lebt oder woanders, ist ihm doch gleichgültig. Oder war, vielmehr.«

»Aber warum?« fragte Folke eindringlich.

»Ich wollte nicht, daß Ivar mit hineingezogen wird«, sagte Ubbe. »Ich hatte andere Pläne mit ihm.«
»Welche Händel hast du denn mit Ivar?« fragte Folke.
Ubbe zuckte mit den Schultern, bevor er sich zu einer Antwort entschloß. »Wir hätten ihm helfen können«, sagte er vorsichtig. »Ich kenne zuverlässige Männer, die gut tauchen. Wir hätten ihm seine Bronzeplatte besorgt, dafür hätte er uns von seinem Silber abgegeben. Aber er wollte nicht.«
Folke ahnte, daß sich in dieser Bronzeplatte ein Teil des Geheimnisses verbarg, dem er nachspürte. Er fragte ganz beiläufig: »Was ist das für eine Platte?«
»Ja, das wüßte ich auch gern«, antwortete Ubbe eifrig. »Anscheinend ist sie das einzige, was er wirklich aus dem Boot haben will, denn weder Felle noch Silber kümmern ihn. Wir haben ihn beobachtet. Er hätte längst etwas holen können, so tief ist es nicht. Man kommt nun leicht heran.«
»Bist du getaucht?« fragte Folke verwundert.
Ubbe verzog das Gesicht. »Ein wenig«, bekannte er. »Aber es ist schwierig. Ivar verläßt die Gegend nicht mehr. Damals, als Halvdan es versuchte, war Ivar noch jede zweite Nacht in seinem Bett. Na, das weißt du wohl selber am besten.«
In Folkes Kopf überschlugen sich die Gedanken. »Was hat Halvdan denn gefunden?«
»Na, etwas Silber. Aber eben nicht das Ding!«
»Und du weißt wirklich nicht, was es darstellen soll?«
»Halvdan vermutete, es wäre eine Botschaft. Aber ich glaube das nicht. Dafür stellt man sich doch nicht so an! Wahrscheinlich war es viel wertvoller, vielleicht doch Gold.«
»Hm, hm«, murmelte Folke nachdenklich. »Eins verstehe

ich nicht. Wenn ihr Ivar aus dem Weg haben wolltet, wozu dann das Gerücht über Geir?«

»Wenn er womöglich dem Wikgrafen hätte Rede und Antwort stehen sollen, wäre sofort sein Steuermann am Schiff gewesen – und den konnten wir überhaupt nicht brauchen. Nein, ich sage dir doch, ich brauchte Ivar.«

Vermutlich hatte Ubbe aus bestimmten Gründen vermutet, daß Ivar der Täter war, ihn aber aus der Schußlinie heraushalten wollen, um eigene Fische ins Trockene zu bringen. Ubbe schwieg sich aus, und Folke blieb nichts weiter übrig, als es ihm auf den Kopf zu zu sagen. »Du erpreßt Ivar, stimmt's?«

»Nein«, verwahrte Ubbe sich energisch. »Das habe ich nicht getan. Nur ein bißchen geplaudert. Noch weiß er nicht, was ich weiß ...«

»Aber er wird es ahnen, wenn du ihm den Mantel von Geir zeigst«, erklärte Folke bestimmt. »Und dann ...«

»Was ist dann?« fragte Ubbe höchst beunruhigt.

Statt zu antworten, begann Folke die Brennesseln neben seinen Beinen herunterzutreten. »Wo hast du den Mantel überhaupt her?«

»Nein, nein, mein kleiner Bootsbauer«, sagte Ubbe höhnisch, der sich schnell von seinem Schrecken erholte, »so haben wir nicht gewettet. Dich gehen meine Geheimnisse überhaupt nichts an.«

»Ivar wird nicht lange fackeln, der hat höhere Pläne, als sich mit deinesgleichen abzugeben«, stellte Folke nüchtern fest und trat von der Wand weg. Hier würde er nichts mehr erfahren, soviel war ihm klar.

»Das werden wir ja sehen!« Ubbe starrte ins Dunkel hinter dem Bootsbauer her, aber weder er noch der andere Mann, der sich im Hintergrund gehalten hatte, hinderten Folke zu gehen.

Wütend stapfte Folke auf den Steig zurück. Viel hatte er nicht erfahren. Aber immer deutlicher wurde ihm klar, daß er Ivar alles mögliche zutraute – waren es am Anfang nur ehrenwerte Dinge gewesen, so schlug es jetzt doch mehr und mehr ins Gegenteil um.
Kurz bevor er an Thorbjörns Hof ankam, fing es an zu regnen, es fiel ein feiner, warmer Landregen.
Der Hund schlug nicht an, als er das Tor aufdrückte. Greif stand neben einer Gestalt in einem hellen Gewand und wedelte freundlich mit dem Schwanz. »Junge«, sagte Aasa erleichtert und wischte sich die Regentropfen aus dem Gesicht, »so bist du also endlich gekommen. Ich habe mir schon Sorgen gemacht, um so mehr, als auch Ivar noch nicht da ist.«
Folke schüttelte müde den Kopf. Viel zu sehr war er mit anderen Dingen beschäftigt, als daß die Angst seiner Mutter ihn anders als oberflächlich hätte bekümmern können. »Mutter, hör zu!« befahl er. »Ivar sucht in seinem Schiff nach einer Metallplatte, die eine Botschaft enthalten könnte. Warum ist diese Platte so geheim, daß er keine Dienstleute zur Hilfe annimmt, und warum ist sie so wichtig, daß er keine Zeit hat, seine sonstige Ladung zu bergen? Ivar kann lesen und schreiben. Die Inschrift weiß er mit Sicherheit auswendig. Warum macht er keine Kopie von der Urschrift? Kannst du dir darauf einen Reim machen?«
Aasa lächelte ihren Sohn an. »Ja, das kann ich.«
»Was?« Folke hatte sich so sehr auf ein »nein« eingestellt, daß er gar nicht fassen konnte, was Aasa sagte. »Sag das noch mal.«
»Ich kann«, bestätigte Aasa. »Was Ivar sucht, kann nur die Legitimation sein, nicht die Botschaft selbst. Könige und Jarle pflegen ihren Boten die schriftliche Bestätigung mitzugeben, daß der Überbringer der Nachricht vertrau-

enswürdig ist. Häufig ist das ein geheimes Zeichen, das nur die Beteiligten erkennen können. Es könnte auch eine durchgebrochene Münze oder ein Schmuckstück sein.«

Folke stieß einen Pfiff aus. »Damit die Botschaft selber nicht schriftlich festgehalten zu werden braucht.«

Aasa nickte. »Das ist sicherer. Ohne diese Platte ist die ganze Nachricht nichts wert. Wahrscheinlich kennt der Sachsenkönig Ivar nicht. Heinrich wird also klug genug sein, Ivar nicht zu glauben, solange er nicht die Bestätigung von seinem Gewährsmann vorzeigen kann. Ohne sie ist Ivar ohnmächtig.«

»Jetzt verstehe ich endlich, daß er so hartnäckig hierbleibt«, sagte Folke langsam. Allmählich fügten sich die Ereignisse in seinem Kopf zu einem brauchbaren Bild zusammen. Nur Sote, Ketil und die Christen wollten noch nicht hineinpassen. Wie ein Traumwandler ging er ins Haus, und Aasa ließ ihn gehen.

»Laß ihn, Greif«, flüsterte sie dem Hund zu. »Folke wird alles herausbekommen. Er hat sich in das Geheimnis verbissen wie ein Frettchen ins Huhn.« Greif konnte nicht ermessen, wie stolz sie auf ihren Sohn war, aber er sah sie mit seinen klugen, im struppigen Haar halb verborgenen Augen an und wedelte zum Einverständnis. Treu begleitete er sie bis an ihr Schlaflager, das sie mit einer Magd teilte.

Folke wunderte sich nicht, daß Ivar nicht im Bett lag. Dies war nicht die Zeit zum Schlafen, sondern zum Fischen. Und es eilte mehr denn je.

13 Tyrs Tag

Das Haus lag noch in tiefem Schlaf, als Folke sich am nächsten Morgen aufmachte, um Hallgärd und ihre Familie zu warnen. Selbst die Sklavin, die beizeiten dafür zu sorgen hatte, daß aus der abgedeckten Glut ein Kochfeuer wurde, war noch nicht auf.

Zum Glück war das Stadttor schon geöffnet. Der Wachsoldat schob gerade den letzten der schweren Sperrbalken in seine Tagesposition zurück. Erstaunt wandte er sich um, als er Folke hörte. »Nanu«, sagte er. »So früh schon Geschäfte?«

Aber Folke hatte keine Zeit zur Unterhaltung. »Eher ein Gang auf Leben und Tod«, sagte er im Vorübergehen und war schon weg, bevor der Krieger seinen Mund auch nur zugemacht hatte.

Der Weg führte durch dichten Wald, aber auch hier wurde es langsam hell, und die Vögel flogen im Gebüsch. Folke hatte Schild und Axt mitgenommen, und sein Schritt war zügig. Wenn er ehrlich war, mußte er sich eingestehen, daß der Gedanke an Hallgärd ihn mehr beflügelte als der an Sote, der ihm auf den Fersen sein konnte.

Nach einer Stunde strammen Marsches sah er den Hof von Hallgärds Leuten plötzlich vor sich. Der Wald öffnete sich zu einem weiten Bogen, der nach Süden ausreichend Platz für ein kleines Anwesen und Felder freigab. Im Norden und Osten stand ein alter Eichenwald, der Folkes Heimweh jäh aufflammen ließ. Folkes Blick schweifte über die Felder. Die Gerste stand zum Teil noch, offenbar war die Ernte in vollem Gang. Alles war ordentlich und gepflegt. Folke bog in den Weg ein, der zum Hof führte, und ging zögernd entlang einer niedrigen Palisade, die ebenfalls gut gehalten war, bis zum Hoftor. Einen Wächter hatten sie hier natürlich nicht, aber einen Hund. Das Riesentier tobte bereits hinter der Umzäunung, an der Folke entlangging, bellte und sprang mit den Tatzen an die vibrierende Holzwand. Vor der verschlossenen Tür blieb Folke stehen und wartete: das Untier würde ihn zerfleischen, wenn er unwillkommen das Anwesen betrat.

Aber man hatte ihn gehört. Eine tiefe Stimme beruhigte den Hund, dann kam der Mann ans Tor und schob den Sperriegel nach oben. Die Tür öffnete sich nur einen Spalt breit: Oben blinzelte ein bärtiges Gesicht hindurch, unten klemmte sich die Schnauze des Hundes in die Öffnung.

»Was willst du?« fragte der Mann nicht eben höflich, aber auch nicht geradezu abweisend. »Noch ist die Schenke nicht geöffnet. Komm am Nachmittag wieder.«

»Ich muß den Hausherrn sprechen, den Vater von Hallgärd«, antwortete Folke und stellte sich auch selbst gleich vor.

»So, so«, brummelte der Mann und öffnete die Tür so weit, daß Folke eintreten konnte. Folke machte einen vorsichtigen Schritt über die Schwelle, aber der Hund äußerte sich nicht dazu. Er hatte sich hingesetzt und blinzelte den Besucher aus blaßbraunen Augen aufmerksam an.

Folke hielt ihm seine Hand hin, und der Hund erkannte mit seiner feuchten Nase, daß er ein willkommener Besucher und ein netter Mann dazu war. Der Schweif wischte zurückhaltend über den staubigen Boden. Auch die Prüfung durch den älteren Mann war zu dessen Zufriedenheit ausgefallen. Er drehte sich um und ging sorglos vorweg ins Haus.

Vier Häuser zählte Folke auf dem Gelände, das sauber aufgeräumt war, aber sich umzusehen hatte er keine Zeit.

Er legte Schild und Axt neben der Tür ab, dann stand er auch schon einem großen Mann, dem Hausherrn, gegenüber. »Ich bin Grane, und wer bist du?«
Folke stellte sich höflich vor. Plötzlich legte jemand eine Hand auf seinen Arm, und er unterbrach sich.
»Willkommen, Folke«, sagte Hallgärd würdevoll.
Der Bootsbauer atmete auf. Er mußte sich nun nicht mehr so ausführlich erklären. Er brauchte nicht als Bittsteller dazustehen. Er wandte sich unmittelbar an das Mädchen, als er weitersprach. »Ihr müßt euch auf eine unangenehme Begegnung gefaßt machen«, sagte er. »Sote, der schwedische Schiffer, ist überzeugt davon, daß ihr seinen entlaufenen Sklaven Ketil versteckt. Wenn er ihn hier findet, wird es nicht dabei bleiben, daß er ihn abholt. Er giert danach, eure Häuser abzubrennen.«
»Bist du gekommen, um uns zu warnen?« fragte Grane, der in seinem Lederwams durchaus wehrhaft aussah, jedoch schon etwas älter war. »Warum? Wir haben mit deiner Sippe keine Verwandtschaft gemein.« Er runzelte die kräftigen grauen Augenbrauen und musterte Folke intensiv. »Wie ein Christ siehst du auch nicht aus.«
»Nein«, sagte Folke und verstummte. Er wußte nicht, wie er sich erklären konnte.
»Vater«, sagte Hallgärd verlegen. »Es gibt auch unter den Heiden gute Menschen.«
»Meistens ist Güte an Sippe gebunden – bei denen.« Grane ließ den Besucher nicht aus den Augen, während er sich auf seinen Hochsitz niedersinken ließ. Er stöhnte leise und streckte mit beiden Händen sein linkes Bein vorsichtig aus. »Wenn nicht, haben sie anderes im Sinn, und das ist oft auch nicht besser«, fuhr Grane bärbeißig fort.
Hallgärd errötete heftig. »Vater hat große Schmerzen«, sagte sie leise zu Folke und hoffte, daß er verstehen würde,

was sie damit eigentlich sagen wollte. »Ihm ist eine Axt ins Bein gefahren.«
Folke zögerte. Er hatte eigentlich keine Lust, sich in die Angelegenheiten einer fremden Familie einzumischen. Aber genaugenommen hatte er den Anfang längst gemacht. »Meine Mutter würde einen Brei aus Beinwell darauflegen», sagte er halb zu Hallgärd gewandt, halb zu ihrem Vater. »Das zieht die Hitze heraus. Beinwell habt ihr genug unten am Bach, habe ich gesehen.«
Grane lächelte plötzlich unter seinem Bart und nickte dann. »Du bist im Herzen ein Christ«, sagte er. »Du bist uns willkommen.«
Hallgärd strahlte, voll Erleichterung. »Danke«, sagte sie herzlich, und die Männer wußten nicht, wen von beiden sie meinte. Folke genierte sich im Innersten. Er war sich nicht schlüssig, ob es für einen Nordmann ein Lob war, als verkappter Christ zu gelten. Aber der Alte hatte es gut gemeint, und es war sicherlich die höchste Anerkennung, die ein Christ an einen Wikinger zu vergeben hatte.
Grane zog das verletzte Bein behutsam an sich und stand auf. »Die Behandlung deiner Mutter würde ich gerne nach deinen Anweisungen annehmen, aber jetzt haben wir dafür keine Zeit. Nach dem, was du sagst, ist es ernst.«
Endlich fühlte Folke sich wieder auf festem Boden. Er schilderte in aller Hast, was er gehört hatte und was seiner Meinung nach passieren würde. Grane war ein kluger und erfahrener Mann. Er gab Folke vorbehaltlos recht und verschwendete keine Zeit damit, in kleinlicher Weise nach Fehlern in Folkes Erwägungen zu suchen.
»Wie viele Männer hast du hier?« wollte Folke wissen.
»Wir sind fünf freie Männer...«, Grane zögerte und entschloß sich dann, Freundlichkeit mit Vertrauen zu erwidern, »zwei Sklaven und Ketil.«

Folke grinste spitzbübisch. Sote hatte also recht gehabt. Aber ihm war Ketil lieb, falls es zum Kampf kommen sollte. Er würde wehrhafter als Grane sein, nicht nur, weil es um sein Leben ging.

Grane, der Folkes Miene mißdeutete, sagte warnend: »In meinem Hause dulde ich keine Übergriffe gegen Sklaven, auch nicht, wenn es sich um eine persönliche Fehde handelt.«

»Ich habe keine Fehden mit Sklaven«, erwiderte Folke verärgert, »ich erschlage sie, wenn sie es verdient haben. Sonst kümmere ich mich nicht um sie. Mit Ketil bin ich quitt.«

»Stell dir vor«, sagte eine energische Stimme von der Tür her, »du wärst bei den Arabern in Gefangenschaft geraten. Würdest du dich als Sklave fühlen oder als gefangener Wikinger?«

»Als Wikinger natürlich«, antwortete Folke prompt und drehte sich um.

Eingetreten war ein großer junger Mann mit hellbraunen Haaren, bekleidet mit einem roten Wams, das von einem Ledergürtel zusammengehalten wurde, und mit Wickelgamaschen. Er hätte für den kampfbereiten Sohn eines jeden Jarls durchgehen können, wenn Folke ihn nicht erkannt hätte. »Ketil«, sagte er staunend.

»Jawohl. Ich, Ketil aus der weithin bekannten Familie der tom Broks im Emsigerland, habe mich auch nie als Sklave, sondern als gefangener Friese gefühlt«, erklärte er.

Solcher Stolz sprach aus ihm, daß Folke in ganz ungewohnter Weise betroffen war. Erstmals mußte er zur Kenntnis nehmen, daß freie Männer, die nicht geringer als er waren, zu Sklaven gemacht wurden. Sklave war kein angeborener Zustand, obwohl viele danach aussahen. Möglicherweise war die Familie mit dem zungenbrecherischen Namen in Ketils Heimat angesehen, vielleicht sogar angesehener als seine eigene. Dann fiel ihm ein Stein vom Herzen. Er hatte zwar gesagt, daß er mit Ketil quitt sei, aber erst jetzt war er es wirklich. Es war keine Schande, von einem solchen Mann niedergeschlagen zu werden.

»Ich habe dir zu danken, daß du mich nicht totgeschlagen hast«, rang er sich ab.

»Auch meine Leute sind nicht zimperlich«, sagte Ketil kühl. »Friesen haben viele Wikinger erschlagen und Wikinger viele Friesen. Aber darum habe ich doch keinen Groll einem einzelnen gegenüber, und du hattest mir nichts getan. Totschlagen ist bei uns keine Leidenschaft.«

Das klang fast wie eine Anklage, aber Folke schwieg. So ganz unrecht hatte Ketil nicht.

Hallgärd trat zwischen die beiden jungen Männer, und ihr Blick flog von einem zum anderen. »Bitte«, sagte sie, »bitte haltet Frieden.«

Ketil lächelte sie warmherzig an. »Es ist nicht nötig, daß du mich mahnst«, sagte er, »ich tue ihm nichts.«

»Und du?« fragte Hallgärd ängstlich.

»Natürlich nicht! Die Totschlagerei hätte ich sonst ja auch Sote überlassen können.« Folke war schon wieder ärgerlich, aber dieses Mal mischte sich Eifersucht ein. Wie stand Hallgärd zu Ketil?

Ketil sah Folke argwöhnisch an, aber dann beruhigte er sich wieder. Es stimmte, was der Wikinger sagte. Dann überflog er die Möglichkeiten, die ihm blieben. »Mir stehen nur zwei Wege offen. Entweder ich fliehe, oder ich bleibe.«

»Bleib lieber«, schlug Folke spontan vor. »Sote wird das Haus so oder so niederbrennen, wenn nicht mit dir, dann wegen dir. Es ist besser, du kämpfst mit uns. Jeder Krieger zählt.«

Ketils Gesicht hellte sich auf. Es sah ganz danach aus, als hätte er einen Waffengefährten nach seinem Geschmack gefunden. Sein Gefühl auf dem Schiff, als er Folke zum ersten Mal gesehen hatte, hatte ihn wohl nicht getrogen.
»Ich habe eine bessere Idee«, sagte er und blickte fast träumerisch hoch ins Hausgebälk. »Ich kenne Sote besser als du. Er wird zwar ohne weiteres hierherkommen und Grane zu zwingen versuchen, mich herauszugeben . . .«
»Würde ihm aber nicht gelingen«, warf der Hausherr ein, der sich wieder gesetzt hatte, nachdem sich die Gemüter der jungen Männer beruhigt hatten.
»Ich weiß, wie starrsinnig du sein kannst«, sagte Ketil und sah Grane an wie ein Sohn, der aufmüpfig ist, aber Nachsicht erwarten kann. Grane lächelte gutmütig. ». . . aber er ist ein tückischer Mensch. Er wird auf jeden Fall etwas in der Hinterhand haben. Wir werden folgendes machen«, sagte Ketil.

Eine halbe Stunde später lagen sie am Eckernförder Weg auf der Lauer; sie hatten sich einen Platz ausgesucht, wo Sote den Bachlauf, der einer Quelle mitten im Wald entsprang, auf einer schmalen Brücke überqueren mußte. Ketil und Folke verbargen sich hinter einer alten Buche, deren Umfang einer ganzen Familie Schutz geboten hätte. Die Familie war nicht mitgekommen, wohl aber Hallgärd, die für ihren Plan unbedingt nötig war.
Mit sich hatten die beiden jungen Männer einen mannlangen Baumstamm geschleppt, der sich glücklicherweise am Waldrand gefunden hatte; wohl von spielenden Kindern des Hauses zu einem Einbaum bestimmt, war er innen ausgehöhlt, jedoch nie an ein Wasser gebracht worden, das breit genug gewesen wäre. Folke hatte einige Minuten mit der Axt an ihm gearbeitet, dann Handgriffe ange-

bracht, und schon war er für ihren Zweck tauglich. Nun lehnte er an der Buche.

Obwohl niemand gewußt hatte, wann Sote kommen würde, sie sich deshalb auf eine lange Wartezeit eingerichtet hatten, hatten sie Glück. Die Männer waren noch nicht einmal abgekühlt, als sie schon jemanden kommen hörten. Sie gingen in die Knie und spähten um den Baum herum. Hallgärd drückte sich hinter ihnen ins lichte Gras.

Sote, der stark wie ein Bär und ein ebensolcher Einzelgänger war, hatte sich allein auf den Weg gemacht. Er kannte keine Furcht, und mit einem Sklaven und ein paar Christen würde er allemal fertig werden. Summend wanderte er den Weg entlang, die Axt hatte er über die Schulter geworfen, den Schild gleich im Boot gelassen. Zum Erschlagen und Feuerlegen benötigte ein Mann nur ein Axt, nichts weiter.

»Jetzt«, flüsterte Ketil, als Sote an der Brücke angelangt war, und gab Hallgärd ein Zeichen.

Das Mädchen richtete sich auf und lockte mit zarter, lieblicher Stimme: »Komm, Wanderer, komm zu mir!«

Sote blieb auf der Stelle stehen und sah in die Richtung, aus der der Ruf erscholl. Er stand wie versteinert und nahm auch nicht die Axt von der Schulter.

»Komm her zu mir«, sang Hallgärd.

Im selben Moment sah Sote einen Baumstamm, der sich von einer Buche löste und auf die Lichtung trat. Während der Baumstamm ihn sanft weiter lockte und sich dazu im Takt hin- und herwiegte, erstarrte ihm das Blut in den Adern. Er wußte, was es war: eine Huldra, ein Geist, der zuweilen Frauengestalt annahm und Männer zum Mitgehen verführen wollte.

Die Axt polterte zu Boden. Sote schlug die Hände vor die Augen und konnte doch nicht verhindern, daß sein Blick für Sekundenbruchteile auf eine Frauengestalt im weißen Kleid fiel. »Bitte laß mich«, wimmerte er. Er hatte nicht ahnen können, daß sich der entlaufene Sklave mit einer Huldra zusammengetan hatte, und noch weniger, daß Hallgärd eine Huldra war. »Ich laß ihn dir«, keuchte er, »wenn du mich nur in Frieden läßt!« Dann preßte er sein Gesicht in die Walderde und legte die Hände über die Ohrmuscheln, um nicht ständig hören zu müssen: »Komm, Sote, komm her!« Sogar seinen Namen kannte sie, und er wußte nicht, wie lange er ihr würde widerstehen können.

Ging er erst mit, war er verloren. Noch nie hatte man von Männern gehört, die lebend aus den Fängen einer Huldra zurückgekehrt waren.

Solange sie rief, traute er sich nicht den Kopf zu heben, auch nicht, als es derbe Schläge auf seinen Nacken und Rücken regnete. Die Huldra duldete nicht, daß ein Mann, der von ihrem schönen Gesicht berauscht war, ihre häßliche Kehrseite sah, die nur ein hohler Baumstamm war.

Sote bat und bettelte um Schonung, und als er merkte, daß sie nicht vorhatte, ihn zu erschlagen, rief er laut: »Danke.«

Nachdem es im Wald wieder totenstill geworden war, wagte er den Kopf zu heben und vorsichtig zu der Buche hinüber zu schielen, in der die Huldra wohnte. Da er nichts mehr sah, was ihn hätte erschrecken können, raffte er hastig seine Axt an sich und zog sich die Schuhe an, die sie ihm ausgezogen und hinter einen Himbeerstrauch geworfen hatte.

Dann schlich er den Weg zurück, den er gekommen war. Erst lange, nachdem er außer Sicht war, setzten die drei jungen Leute sich entspannt ins Gras und lachten schallend.

»Führen Friesen immer auf diese Art Kriege?« fragte Folke bewundernd.
Ketil, der sich noch gar nicht beruhigen konnte, schüttelte den Kopf. »Ich glaube nicht«, sagte er und fing wieder an zu lachen. »Erst seitdem sie mit Huldren bekannt geworden sind, also seit heute. Großartige Idee von dir. Schade, daß man sie bei uns nicht verwenden kann.« Er klopfte übermütig auf die Baumrinde, die einen Hof und einige Menschenleben gerettet hatte.
»War doch deine eigene Idee«, hielt Folke ihm großzügig entgegen.
»Ich glaube«, sagte Hallgärd nüchtern und sprang auf, »wir gehen lieber nach Hause, um meinem Vater von unserem Sieg zu berichten. Schließlich sitzt der ganze Haushalt verteidigungsbereit da. Wir sollten sie von ihren Äxten befreien.«
Die jungen Männer, die lieber noch ein Weilchen schwadroniert hätten, erhoben sich lustlos. Aber Hallgärd hatte recht, und es wäre rücksichtslos gewesen, die Menschen des kleinen Hofes länger als nötig im Ungewissen zu lassen.
Während sie beschwingt zum Hof gingen, konnte Folke endlich Ketil die Fragen stellen, die ihm aus mehreren Gründen auf der Seele lagen. »Warum bist du nicht nach Hause geflüchtet? Man sollte meinen, daß ein Sklave, der sich befreien kann, so schnell wie möglich wegläuft.«
»Ach, was das betrifft«, antwortete Ketil sorglos und pflückte eine Handvoll Brombeeren von einem Strauch, »so hatte ich die Möglichkeit schon lange. Aber ich konnte Pater Gregor nicht im Stich lassen. Der wollte doch die gestohlenen Reliquien und Meßbecher wiederhaben.« Während Folke staunend stehenblieb, verteilte Ketil ein paar reife Beeren an ihn und das Mädchen.

»Sote?«

Ketil nickte. »Der hat sich in diesem Sommer darauf verlegt, Männer zu beauftragen, ihm aus den Kirchen wertvolle Gegenstände zu stehlen. Er verkaufte sie in Schweden. Ich führte sie, sooft es nicht auffiel, in den Schoß der Kirche zurück«, ergänzte er tugendhaft.

Auch Hallgärd fing nun an, am Brombeergesträuch zu ernten. Sie kannte die Umstände.

»Eins ist mir nicht klar«, sagte Folke nachdenklich. »Ich kann mir nicht vorstellen, daß du die Fischer nur ärgern wolltest.«

»Wegen der Netze?« fragte Ketil und rieb sich den blauen Saft von den Handflächen. Dann grinste er. »Nein, ich wollte sie erschrecken, damit sie mich nicht eines Nachts entdeckten. Hätte ich bloß die Huldren gekannt«, sagte er inbrünstig und blickte mit gespielter Sehnsucht zum Himmel: »Die Fischer wären längst am anderen Ende der Schlei gewesen!«

»Und was hatte Geir mit den Mönchen zu tun?«

»Nichts«, antwortete Ketil einfach. »Daß er dort lag, muß Zufall gewesen sein. Christ war er jedenfalls nicht, das sagte mir Gregor. Du hattest doch an der Stelle selber das Amulett eures Gottes gefunden, hörte ich.«

»Ja, und ich wüßte gerne, wie lange der Thorshammer dort lag.«

Ketil zuckte mit den Schultern. »Auf jeden Fall hat Pater Gregorius so schlechte Augen, daß du das Amulett schon vor seinem Gesicht baumeln lassen müßtest, wenn er es erkennen sollte.«

Folke rieb sich die Stirn. »Dann könnte der Thorshammer ja doch schon von Anfang an dagelegen haben«, sagte er leise, und lauter dann: »Kanntest du Geir?«

Ketil hörte nachdenklich auf zu kauen und sah Folke scharf

an. »Deine Fragen zielen doch auf etwas Bestimmtes«, sagte er. »Was ist mit Geir?«

»Ich hatte mich flüchtig gefragt«, erklärte Folke indirekt, »ob du etwas mit den Morden an Halvdan und Geir zu tun haben könnest.«

»Morde!« riefen Ketil und Hallgärd wie aus einem Mund. Folke berichtete ihnen, und je mehr er erzählte, desto sicherer wurde er, daß weder Ketil noch Sote mit den Morden zu tun hatten. Ketil stimmte ihm sofort zu, was den Schiffer betraf. »Sote hat nur sein eigenes Schäfchen ins Trockene gebracht, da bin ich sicher. Er ist scharf auf Gold. Mit raffinierten Morden würde er sich nicht aufhalten; im Vorübergehn jemanden erschlagen, ja. Aber Nachdenken ist seine Sache nicht.«

»Und geplant war das alles«, sagte Folke. »Scharfsinnig sogar. Raffiniert, wie du ganz richtig sagst.«

»Wir müssen unbedingt gehen«, warf Hallgärd ein, wie alle Frauen stets das Wichtigste im Auge behaltend, während die Männer sich über einer Diskussion vergessen konnten. Während sie sich dem Hof zuwandte, den sie unterhalb des Waldrandes bereits sehen konnten, legte Ketil seine Hand auf Folkes Arm.

»Du weißt also nicht, wer die Männer ermordet hat, richtig?«

Folke nickte.

»Was passierte alles am Donnerstag morgen?«

Folke sah seinen neuen Kameraden erstaunt an, dann begann er zu überlegen. »Warte einmal. Die Fischer fanden Geir. Die Suchmannschaft suchte immer noch im Wald. Was in der Stadt passierte, weiß ich nicht.«

»Und am Mittwoch?«

»Der Wachhauptmann hatte uns für den einen Tag freigegeben. Die Soldaten mußten ...«

Ketil unterbrach ihn lässig. »Die Soldaten interessieren nicht. Ihr von der Suchmannschaft, was habt ihr gemacht?«

»Ich gehe schon vor«, rief Hallgärd ihnen zu, die ihre Zweifel hatte, daß sich die Männer in den nächsten Minuten von ihrem Gesprächsthema würden lösen können. Ketil hob die Hand zum Zeichen, daß er verstanden hatte.

»Ich war in der Werft«, begann Folke seine Aufzählung, »Ivar war sicher bei seinem Boot, wie immer, und Ubbe – das weiß ich nicht.«

»So«, sagte Ketil in äußerst zufriedenem Ton. »Der Mörder hat es so eingerichtet, daß Geir zu einer Zeit entdeckt wurde, zu der er selber vor aller Augen beschäftigt war. Am Donnerstag nämlich. Ich glaube also, daß der Mörder sich in der Suchmannschaft befand. Er wußte wohl nicht, daß deine Mutter sich auf das Deuten von Totenmalen versteht.«

»Woraus zumindest folgt, daß ich es nicht war«, sagte Folke mit Selbstironie.

»Ja, das stimmt«, bestätigte Ketil ernsthaft, aber seine Augen lachten.

»Also Ubbe oder Ivar. Ubbe würde ich es zutrauen, der hat allerhand Schlechtigkeiten im Sinn, aber ...«

»Aber?«

»Ihm fehlt nicht nur ein Ohr, es fehlt ihm auch an Verstand. Schlau ist er zwar, aber nicht klug«, tat Folke den Handwerker ab. Zögernd fuhr er fort: »Aber dann bliebe nur noch Ivar, und das kann ich einfach nicht glauben. Er ist ein Mann von guter Abkunft und viel Erfahrung. Er ist in der halben Welt umhergereist ...«

»Ist das ein Grund?« fragte Ketil sanft. »Ich bin auch gereist und von bester Abkunft, und trotzdem war ich Sklave.«

Folke verstummte betroffen. »Ubbe hatte wohl auch mehr Vorteile vom lebenden als vom toten Halvdan«, gab er zu und mußte Ketil in mehr Punkten recht geben, als ihm lieb war. »Ich würde dir zustimmen, wenn ich wüßte, daß Ivar eine Blutrache ausstehen hatte gegen Geir. Dann wäre es ganz klar.«

»Dann verschaff dir Gewißheit«, sagte Ketil knapp und begann endgültig auf den geretteten Hof zuzumarschieren. Folke folgte gedankenvoll.

Noch bevor Folke am Tor angelangt war, wußte er, daß er genau das tun mußte. Er würde zu Kaare gehen.

Im Hof herrschte Jubel. Selbst der wilde Hund wedelte begeistert, als Ketil und Folke eintraten. Grane eilte auf sie zu und bedankte sich überschwenglich bei den jungen Männern.

»Bedanken mußt du dich bei Hallgärd«, sagte Ketil, »sie war eine vollendete Huldra. Vielleicht ist sie schon bei einer in der Lehre gewesen.«

Überraschend rang Grane ängstlich die altersnervigen Hände. »Bitte sprich nicht so unvorsichtig. Vielleicht hört sie dich. Wenn ich gewußt hätte, was ihr vorhattet, ich hätte meine Zustimmung nicht gegeben.«

»Vater«, rief Hallgärd mahnend, »du weißt doch, daß es keine Huldren gibt.«

Grane nickte unglücklich und besann sich auf sein Christentum. Aber so ganz überzeugt war er nicht.

Als Folke bei Dunkelheit zurückkehrte, erwartete er, das Haus in tiefem Schlaf vorzufinden. Das war nicht der Fall, und das war ungewöhnlich. Die letzten Meter rannte er, um auf dem Hof fast mit einer Sklavin zusammenzustoßen, die einen Eimer Wasser geholt hatte und ihn eben ins Haus tragen wollte.

»Was geht hier vor?« fragte er barsch, obwohl er genau wußte, daß die Sklavin sicher nicht die Ursache für die Fackeln neben der Haustür und mitten im Hof war.

Sie schüttelte verängstigt den Kopf, und Folke stürmte ins Haus. Beinahe hätte er Hild überrannt, die mit verkniffenem Gesicht und verschränkten Armen neben der Tür stand, den Blick starr auf einen zugedeckten Mann auf der Schlafbank geheftet. »Mußtest du ihn mir ins Haus bringen, Schwägerin?« fragte sie leise und bekümmert.

Folke achtete nicht auf seine mißvergnügte Hausherrin, sondern drängte sich zwischen Thorbjörn und einem seiner Gesellen durch zu seiner Mutter, die neben dem Lager saß. Auf dem Schoß hatte sie eine Schüssel mit Wasser, und von Zeit zu Zeit kühlte sie das Gesicht des Kranken, der sich nicht rührte und in tiefem Schlaf zu liegen schien, mit einem nassen Tuch.

Außer Augen, Nase und Mund war kaum freie Haut am Kopf des Kranken erkennbar, er war fest in Leintücher eingewickelt.

»Wer ist das, und warum ist er hier?« raunte Folke Aasa zu.

»Ubbe, der Töpfer«, antwortete Aasa, ohne ihre Augen von ihm zu wenden. Dann schlug sie behutsam die leichte Decke beiseite.

Folke richtete sich hastig auf und atmete tief ein, weil er

Übelkeit in sich aufsteigen fühlte. Ubbes Beine und Arme schienen unversehrt, aber keine einzige Gliedmaße lag, wo sie hingehörte.

»Jemand hat ihm alle Knochen gebrochen, wie Kleinholz«, sagte Thorbjörn laut, ohne erkennen zu lassen, ob er Ubbe auch nur eine Spur mehr bedauerte als das Huhn, wenn es zu Hühnerklein zerkocht im Suppentopf liegt. »Und sein Ohr ist abgeschnitten, das andere ...«

»Er wird sterben«, erklärte der Geselle sachlich, der auch etwas zu sagen hatte, obwohl Folke nicht klar war, warum er sich hier in Thorbjörns Haus befand.

»Bitte«, sagte Aasa und machte kein Hehl aus ihrem Ärger, während sie zu Thorbjörn aufsah, »laßt ihn hier ausruhen, bevor seine Seele entweicht. Mißgönnt ihm nicht einen Platz, den er nur wenige Stunden einnehmen wird.«

Thorbjörn knurrte etwas Unverständliches und wandte sich ab. An der Tür ergriff er Hild am Arm und zog sie mit sich nach draußen.

»Warum liegt er hier, Mutter?«

»Sie haben ihn in der Werft gefunden, im neuen Boot«, sagte Aasa. »Hätten sie ihn vor das Tor werfen sollen, damit ihn jemand anders aufliest?«

»Warum ist dann Thorbjörn so wütend?«

Aasa seufzte. »Er will mit der Sache nichts zu tun haben, und Hild bestärkt ihn darin. Aber die Männer hatten Ubbe nun mal hierhergebracht, weil sie dachten, daß ich ihm noch helfen könnte, und nun bleibt er hier.« Sie tupfte erneut die Nase des sterbenden Mannes mit dem Tuch ab. Nicht, daß es jetzt noch eine Rolle spielte; aber kein Mensch sollte ungeleitet in Hels Reich ankommen.

Folke hockte sich auf die Fersen neben das Lager und beobachtete Ubbe. Nicht das leiseste Atmen war zu sehen,

und doch schlug er die Augen auf. »Mein Thorshammer«, hauchte er.
Er mußte wohl verstanden haben, daß Folke nicht wußte, was er meinte. Eindringlich wiederholte er: »Mein Thorshammer, am Ufer.«
Vor Folkes Augen tauchte das Ufer der Christenbucht auf, wo er den Thorshammer gefunden hatte. Jäh wußte er Bescheid. Er stürzte an seiner aufgeschreckten Mutter vorbei zu seinem Lager, wo er Kleinigkeiten aufbewahrte. Hastig nestelte er den gefundenen Thorshammer aus einem Fellbeutel und hielt ihn dem Kranken vor die Augen. Als er ihn auf dessen Brust niedersinken ließ, schloß Ubbe mit einem nahezu unhörbaren Seufzer die Augen. Nach wenigen Augenblicken schien eine Veränderung mit ihm vorzugehen, doch Folke hätte nicht zu sagen gewußt, was es war.
Auch Aasa hatte es gesehen und besser gedeutet als ihr Sohn; sie stellte die Schüssel leise auf den Boden und verhüllte den Kopf des Mannes. »Ubbe Töpfer wird Hel zu beantworten haben, warum er so verstümmelt in ihrem Reich ankommt«, sagte sie und erhob sich.
»Ich wollte, ich wüßte es auch. War das Ohr ganz ab?«
Aasa, die im Hinausgehen war, drehte sich so heftig zu ihrem Sohn um, daß das Wasser aus der Schüssel auf den Boden spritzte. »Ja, ganz ab. Mit Absicht, wenn du meine Meinung wissen willst, und nicht im Kampf, sondern mit dem Messer sauber abgetrennt.«
»Und dann noch in Thorbjörns Boot«, ergänzte Folke und nagte an seiner Unterlippe. »Ich kann verstehen, daß Thorbjörn ungemütlich wurde. Das ist wie ein Zeichen.«
»Es galt Thorbjörn«, bestätigte seine Mutter, »und deswegen ist er so beunruhigt. Er weiß nicht, was es bedeuten soll.« Sie wußte es auch nicht. Ratlos schüttelte sie den

Kopf und brachte dann das Wasser an die Haustür. Folke hörte es platschen, als sie die Schüssel ausgoß. Danach rief sie Thorbjörn herbei und erklärte ihm leise etwas, das Folke nicht hören konnte. Wahrscheinlich, daß Ubbe tot war und man ihn fortbringen konnte.

Thorbjörn brüllte nach seinen Knechten, die ebenfalls noch nicht schlafen geschickt worden waren, und nach einigen Minuten stapften sie mit einer schnell zurechtgezimmerten Tragbahre ins Haus. Ohne Umstände luden sie den toten Handwerker auf und brachten ihn in den Hof hinaus.

»Nein, ich will ihn hier nicht haben«, schrillte Hilds Stimme. »Bringt ihn, wohin ihr wollt, nur fort vom Hof.«

Thorbjörn erschien im Raum, in dem Folke sich auf die Bank gesetzt hatte und verstört zu ordnen versuchte, was ihm allmählich aufging. Der Hausherr lehnte sich an den Türpfosten, die Daumen in den Gürtel gehakt, und betrachtete seinen Brudersohn ohne eine Regung im Gesicht. »Du begleitest die Männer mit Ubbes Leiche zu seiner Hütte«, sagte er streng. »Sie kennen den Weg nicht.«

Es hätte nichts genutzt zu behaupten, daß er ihn auch nicht kenne, zumal es die Unwahrheit gewesen wäre. Müde nickte Folke und stand auf.

Auf dem Hof war unter der Aufsicht von Hild die Magd bereits dabei, Waschwasser vorzubereiten. Sie kniete auf dem Boden vor dem Bottich und peitschte Asche hinein. Trotz der späten Stunde lag nun eine Menge Arbeit vor ihr: das Stroh aus dem Bett werfen, die Bank abwaschen, die Decken ausschlagen und zusammenlegen. Mit mürrischem Gesicht verrichtete die Sklavin ihren Dienst: Genau wie ihre Herrin fand sie, daß dieser Strolch besser woanders hätte sterben sollen. Aber wenn es schon hier sein mußte: hinter ihm herräumen hätte sie auch gut am nächsten Tag können. Aber die Herrin war unnachsichtig in Kleinigkeiten.

Folke ging an ihr vorbei, ohne zu beachten, daß sie den Kopf schnippisch zurückwarf und hoffte, seine Aufmerksamkeit zu erwecken, und holte aus dem Schuppen eine ungebrauchte Fackel, die er anzündete. Schweigend machte er sich mit den Sklaven auf den Weg. Sie wagten nicht, ihren Widerwillen zu zeigen, aber Folke merkte genau, wie unangenehm es ihnen war, einen Toten durch die stockdunkle Nacht zu tragen. Ihr scharfes Flüstern hin und wieder glich eher einem verborgen ausgetragenen Streit als der Hilfestellung bei einer schwierigen Ecke oder einem unsichtbaren Stein.

Tief in Gedanken ging Folke vorneweg. Er hatte Ubbe gewarnt, aber Ubbe hatte die Warnung in den Wind geschlagen. Ivar hatte ihn grausam zu Tode befördert – er war gefährlich wie ein gereizter Eisbär. Folke schrak aus seinen Gedanken auf, als ihm klar wurde, daß er selber in Gefahr war. Wahrscheinlich würde Ivar jetzt jeden töten, der sich seinen Plänen in den Weg stellte, in der sicheren Erwartung, daß er das Erkennungszeichen jederzeit finden und dann Haithabu endlich hinter sich lassen konnte. Folke fühlte, wie sich die Schlinge langsam auch um seinen eigenen Hals zusammenzog. Was alles wußte Ivar?

Er durfte nicht aus Sorglosigkeit in eine Falle stolpern. Er hielt die Fackel höher und bemühte sich, den Weg und die Umgebung noch besser auszuleuchten. Hinter jedem Zaun konnte Ivar lauern. Oder einer seiner Männer. Wie viele mochten überhaupt in die Angelegenheit verwickelt sein?

Die Sklaven hinter ihm wurden immer mutloser und tappten immer langsamer vorwärts. Als sie zwischen den beiden städtischen Begräbnisplätzen die schutzbietenden

Zäune der Häuser hinter sich gelassen hatten und unter ihren Füßen nur noch Gras fühlten, setzten sie die Bahre ab. »Wir wollen nicht mehr«, flüsterte der Mutigere von beiden. »Die Luft ist voll mit bösen Geistern. Sie schweben von Grabstelle zu Grabstelle.«
Folke wünschte zum ersten Mal in seinem Leben, daß er eine Peitsche hätte. Auch er fürchtete sich, jedoch nicht vor Geistern, aber das konnte er den Sklaven nicht erklären. »Los, nur noch ein paar Schritte«, drängte er in barschem Ton und marschierte weiter, ohne sich um die Männer zu kümmern.
Zögernd hoben sie die Bahre wieder an und folgten ihrem Herrn, der schon an der Hütte angelangt war. Die Tür war zu, und ungern öffnete Folke sie und spähte im Schein der Fackel hinein. In einer Ecke befand sich ein armseliges Lager aus Lumpen, im übrigen war sie leer. Er winkte energisch die Sklaven heran, die die letzten Schritte im Trab zurücklegten. In aller Hast schoben sie die Bahre in die Hütte. Während Folke die Tür wieder schloß, waren sie bereits auf dem Rückweg, laut schreiend, um die Geister zu vertreiben. Folke schlug die Fackel aus, eilte hinter ihnen her und schlüpfte nach wenigen Minuten aufatmend durch das Tor in das Anwesen seines Vaterbruders.

Der Wohnraum war aufgeräumt und die Sklavin schon fort. Nichts deutete darauf hin, daß hier vor kaum einer Stunde ein verstümmelter Mann gelegen hatte. Aber Folke fiel auf, daß auf der eben noch benutzten Bank niemand schlief: die Kinder hatte man auf einer anderen Bank zusammengelegt; Aasa, Hild und Thorbjörn kauerten schweigsam in der am weitesten entfernten Ecke.
Als Folke sich zu ihnen gesetzt hatte, sah Thorbjörn kurz auf und sprach ihn danach mit gesenktem Kopf an. »Ich

bin mit deiner Mutter übereingekommen, daß du über Ivar und seine Geschäfte schweigen wirst wie ein Toter im Grab. Wenn du es nicht tust, Folke, ist das Grab dir sicher, so wahr ich hier sitze.«

»Ihr wißt Bescheid?« stammelte Folke. Er war von flammender Röte übergossen, hauptsächlich aus Scham, aber auch aus Angst um sein Leben.

»Aasa hat uns alles erzählt«, sagte Thorbjörn knapp, dem allein das Reden und Planen in solchen Stunden oblag. »Wir verstehen nicht alles, aber wir wissen, daß Ivar sich in eine unglückliche Situation gebracht hat, aus der Flucht der einzige Ausweg ist. Mir ist vor allem nicht klar, warum er nicht längst fort ist.« Fragend sah er seinen Brudersohn an in der sicheren Erwartung, daß dieser alle Wissenslükken bei ihm schließen konnte.

»Er kann noch nicht«, murmelte Folke, »er wartet darauf, daß er endlich die Beglaubigung für seine Botschaft an den Sachsenkönig bergen kann. Ich weiß nur nicht, wer die Botschaft schickt.«

»Das ist auch gleichgültig«, fuhr Thorbjörn ihm über den Mund. »Tatsache ist, daß du dich in Ivars Geschäfte eingemischt hast und er dir das sehr übelgenommen hat. Ich auch. Es ist noch nicht lange her, daß ich beschlossen hatte, daß wir uns heraushalten.«

Folke schüttelte den Kopf. »Da wußten wir aber nicht, daß die Morde mit Ivar zu tun haben.«

»Und deine Pflicht«, fuhr Thorbjörn mit erhobener Stimme fort, »war es, mir bedingungslos zu gehorchen!«

»Ivar ist gefährlich«, beharrte Folke. »Ich habe außerdem dem Wikgrafen kein Wort gesagt.«

»Als du das merktest, hättest du uns um so mehr heraushalten müssen«, erwiderte Thorbjörn und sah seinen Neffen kalt an. »Daß du selber noch lebst, hast du nur der

Tatsache zu verdanken, daß Ivar nicht gegen die Gesetze der Gastfreundschaft verstößt. Bisher jedenfalls. Ist dir das klar?« Er wartete die Antwort von Folke gar nicht ab, sondern fuhr fort: »Deutlicher aber konnte die Warnung an dich nicht sein: Ubbe hat gelauscht und mehr gewußt, als ihm guttat. Ich hoffe um deiner selbst willen, daß Ivar nicht beschließt, dich ebenso zu strafen.«
Folke fror plötzlich und wurde blaß. Verstohlen sah er zu seiner Mutter hinüber. Aber diese konnte ihm nicht helfen. Auch sie hatte sich Thorbjörn zu fügen.
Thorbjörn war immer noch nicht fertig. »Da Ubbe in meinem Boot lag, galt die Botschaft genauso gut mir: Mein ganzer Haushalt ist gefährdet, wenn du nicht aufhörst, Ivar hinterherzuspüren.«
»Ich glaube, das reicht, Thorbjörn«, sagte Aasa mit zitternder Stimme. »Folke hat es verstanden und wird sich danach richten. Nicht wahr, Folke?«
Thorbjörn stand auf. Er haßte unangenehme Unterredungen. Um Folke kümmerte er sich nicht mehr, genausowenig wie Hild, die mit Feuereifer an einem Gewand nähte. Nur Aasa bemerkte entsetzt, daß ihr Sohn weder genickt noch irgend etwas versprochen hatte. Aber sie schwieg.

»Nein«, sagte Kaare entschieden, den Folke nach langem Suchen am nächsten Morgen endlich am Hafen aufgestöbert hatte. »Nein! Ich bin durch meinen Eid an Ivar gebunden. Ich werde dir über Ivars und meine Geschäfte nichts erzählen!« Kaare, der Steuermann, war bekümmert und störrisch zugleich. Seiner Meinung nach ging es den jungen Bootsbauer überhaupt nichts an, was Ivar tat oder nicht tat. Es war allein Ivars Angelegenheit und höchstens am Rande seine eigene.
Folke, der gegen seine Gewohnheit heute unordentlich

gekleidet war und seine Haare in der Eile auch nicht gekämmt hatte, biß die Zähne vor Enttäuschung zusammen. Er war so weit gegangen, nun mußte er es herausbekommen. »Ich glaube, daß Ivar Geir getötet hat«, sagte er herausfordernd. Angst und Unsicherheit überspielte er mit viel zu lauter Stimme. Neben den Männern wogte das vormittägliche Geschäftsleben der Stadt, und jeder konnte mithören, aber Folke achtete nicht darauf. »Er muß Blutrache gegen den Alten ausgeübt haben. Er kannte Geir«, sagte er eindringlich. »Du kanntest ihn ja auch.«

Kaare leckte sich nachdenklich die Lippen, und seine Augen glitten sehnsüchtig zwischen den an den Stegen vertäuten Schiffen hin und her. Wie einfach war es doch, ein Boot auf der Route zwischen Birka und Haithabu zu befehligen, verglichen mit diesen unendlichen Schwierigkeiten, in die sie in Haithabu verwickelt worden waren. Es wurde Zeit, sie zu beenden. Sein ganzes Silber hätte er dafür gegeben, wenn er gewußt hätte, wie. »Meine Ansprüche waren ausgeglichen, ich sagte es schon«, antwortete er bissig. »Ivar aber hat nie Ansprüche an Geir gehabt. Von seinen Leuten kam beim Brand niemand ums Leben.«

Folkes Herzschlag setzte einen Moment aus. Sein ganzes Gedankengebäude fiel in sich zusammen. »Es gab keine Blutrache?«

Kaares Stimme traf den Bootsbauer, als hätte er auf ihn eingeschlagen. »Es gab keine Blutrache gegen Geir.« Mit traurigen Augen wandte sich der Steuermann ab und nahm seine Wanderung am Ufer wieder auf. Fast täglich lief er hier entlang, besah sich die neu angekommenen Schiffe, sprach und scherzte leichthin mit den Schiffern, ohne verbergen zu können, daß der Alp auf seinem Rükken immer schwerer wurde.

Ivar sprach kaum noch mit ihm; er wurde täglich hastiger und wilder bei seiner Taucherei. Und immer noch lehnte er jede Hilfe ab. Er, der sich sonst dank seiner planerischen Umsicht und Zuverlässigkeit eines hohen Ansehens bei seinen Kunden erfreut hatte, wollte nicht einsehen, daß es töricht war, sich so zu verausgaben. Es gab unter seinen Ruderern Männer, die besser als Ivar tauchen konnten. Aber er lehnte ab, gleichgültig gegen alle vernünftigen Begründungen. Dabei war Ivar erschreckend abgemagert, wahrscheinlich nahm er sich kaum Zeit zum Essen und zum Schlafen. »Fanatiker sind nicht zu belehren«, sagte Kaare, ohne zu bemerken, daß er laut gesprochen hatte.
»Was sagst du, Mann?« fragte einer neben ihm und sah ihn erstaunt an. Kaare hob entschuldigend die Hand. Der Mann schüttelte mürrisch den Kopf und fuhr fort, die Taue von den Haken zu lösen, die den Wagenkasten hielten. Diese Kaufleute! Die Lademulde sollte morgen mit dem »Breitfüßigen Elch« nach Birka. Auf dem »Trächtigen Wurm« wartete die andere Lademulde schon darauf, abgeholt zu werden. Damit sollte er sofort zurück nach Hollingstedt! Und so weiter. Bis zum Einbruch des Winters würden seine Zugtiere kaum Ruhe bekommen. Aber wenn er sich weigerte, würde Högni ein anderes Fuhrunternehmen beauftragen. Er hatte keine Zeit, dem Mann nachzusehen, der so sonderbare Selbstgespräche führte, schade.
Kaare wußte plötzlich, was er zu tun hatte. Er würde die Männer an ihren Eid erinnern, der auch dem Steuermann gegenüber galt, und sie gegen den Willen Ivars nach Hause bringen.
Folke sah dem Steuermann mit den gebeugten Schultern nach. Er war kein übler Kerl. Unter anderen Bedingungen hätte er gern mit ihm nähere Bekanntschaft geschlossen. Seine Fähigkeiten als Seemann wurden gerühmt. Aber es

ging nicht. Kaare war verschlossen wie eine Auster, sobald es um den Kaufmann ging, und wenn nicht, blieb er doch immer auf der Hut. Folke war klar, daß er die Sache mit der Blutrache nur preisgegeben hatte, weil damit der Verdacht gegen Ivar entkräftet wurde. Und trotzdem – Ivar mußte alle diese Morde begangen haben, wenn er auch immer noch nicht wußte, warum.
Während um ihn herum Säcke und Wagenkästen geschleppt wurden, stand Folke unbeweglich wie ein Felsblock und dachte nach. Er fuhr zusammen, als ihm jemand von hinten auf die Schulter tippte. Hastig drehte er sich um, aber zu seiner Erleichterung war es nicht Thorbjörn, sondern ein Krieger der Wache.
»Du bist doch Folke Bootsbauer«, sagte er. Als Folke nickte, stemmte er seinen Speer auf den Steg und sah Folke gerade in die Augen. »Du sollst zum Wikgrafen kommen«, richtete er ihm aus, »so schnell wie möglich, und dich auf dem Weg nicht aufhalten lassen, egal durch wen.«
Folke nickte und dachte über die merkwürdige Wortwahl nach. »Hast du alles so gesagt, wie der Wikgraf dir aufgetragen hat?« erkundigte er sich zur Sicherheit.
»Wort für Wort«, bestätigte der Soldat. »Ich weiß nicht, was es bedeutet.«
Ich auch nicht, dachte Folke und machte sich unverzüglich auf den Weg zur Burg. Er wunderte sich nicht einmal, daß der Soldat ihn hartnäckig begleitete. Offensichtlich hatte er seine Befehle.
Er war ganz froh, aus dem Bereich herauszukommen, in dem eine Begegnung mit seinem Vaterbruder am wahrscheinlichsten war. Er hatte keine Ahnung, ob ihm nun die Verbannung aus der Sippe drohte, nachdem er sich derart gegen die Anweisung des Familienoberhauptes ver-

gangen hatte, oder ob Thorbjörn es bei einer milderen Strafe belassen würde.

Ivar sah, wie so oft in den letzten Tagen, über das Wasser der kleinen Bucht; der Mast seines »Kühnen Adlers« lag länger denn je auf dem Wasser und schwojte in den sanften Wellen, ein wenig gedämpft durch den Strick, der an ihm festgebunden war. Ivar, der früher so gepflegte Mann, war erschreckend abgemagert, und seine Haut schien ihm durch die ständige Nässe zu weit geworden zu sein. Seine Atmung ging schnell, obwohl er sich seit geraumer Zeit am Ufer ausruhte. Aber allmählich hatte er nicht mehr die Kraft, Stunden um Stunden im Wasser zu bleiben.
Ergebnisse seiner zermürbenden Arbeit waren am Ufer kaum sichtbar. Nie hatte er sich die Zeit genommen, die Fellbündel ans Ufer zu schaffen, auszupacken, zum Trocknen auszubreiten und was da noch alles zu tun gewesen wäre. Einzig seine zweisprachige Beglaubigung in nordischer und fränkischer Schrift war ihm wichtig.
Er zitterte in der bleichen Sonne, die kaum mehr den frühherbstlichen Dunst durchdringen konnte, und er wußte selbst nicht, ob vor Kälte oder vor Aufregung. Vor einer knappen Stunde erst war es ihm gelungen, ein langes Tau durch den Zugring zu der Holzklappe zu ziehen, hinter der sich die wichtigsten Dinge auf dem Schiff befanden. Beide losen Enden hatte er mit je einem Palstek am Mast gesichert. Fast belustigt dachte er zurück an den Tag, als er geglaubt hatte, Verwirrung stiften zu können, indem er Halvdan mit einem fürchterlich unseemännischen Gewurstel am Baum befestigte. Trotzdem waren sie ihm jetzt hart auf den Fersen.
Geschmeidig sprang er auf. Er würde den Wettlauf gewinnen. In seiner Jugend war er ein guter Wettkämpfer gewe-

sen, und jetzt, ohne ein Gramm Fett, war er so durchtrainiert wie früher.

Doch kaum war er ins Wasser gewatet, fror ihn schon wieder. Hastig sprang er in das kleine Ruderboot, das er sich besorgt hatte, und ruderte hinüber zum Mast. Das Tauende, das er jetzt lockerte, hatte er bereits mit einer Boje gesichert: Auf keinen Fall sollte es ihm aus Versehen entgleiten. Selbst jetzt konnte er nicht umhin, sich selbst wegen seiner grundsätzlich sorgfältigen Planung zu loben. Dann, als er langsam anfing am Seil zu ziehen, verloren seine Gesichtszüge jeden Ausdruck. Auch den Atem hielt er an. Hand über Hand zog er vom Boot aus die Klappe auf, die wochenlang den Zugang zu seinem Allerheiligsten versperrt hatte. Endlich ging es nicht mehr weiter, und er hörte auf zu ziehen, aus Sorge, daß sich womöglich der Ring aus dem Holz löste.

Zum Schluß band er das Tauende fest und machte sich bereit zu seinem allerletzten Tauchgang. Dann sprang er.

15. Odins Tag

Nach einer halben Stunde war Folke an der Burg angekommen. Hier war, wie in letzter Zeit immer, ein geschäftiges Treiben im Gang. Sein Begleiter blieb bei seinen Kameraden zurück. Folke schlängelte sich durch die Soldaten hindurch und stand endlich vor dem Wikgrafen. Als der Folke entdeckte, sprang er vom Stuhl auf und winkte dem Bootsbauer, ihm zu folgen. Durch einen düsteren Gang wanderte Folke mit klopfendem Herzen hinter dem Wikgrafen her, bis sie zu einem kleinen Eckzimmer kamen; zwei Gänge trafen dort im rechten Winkel aufeinander. Der Wikgraf schloß die Tür hinter Folke und wies ihm einen Platz auf einer Bank unter dem Fenster zu.

Folke war verwirrt. Galt er als Gefangener? Der Wikgraf war so geheimnisvoll schweigsam. Unbehaglich nahm er am Fenster Platz, nicht ohne kurz hinauszublicken. Plötzlich wußte er, wo er war. Die Fenster, eines in jeder Wand, gaben den Blick auf die Schlei, auf Haithabu, auf das Dorf Schleswig und auf ein Stück des Weges zur Burg frei. Dann war es auch keine Gefangenenzelle, sondern der Raum des Wikgrafen. Ein wenig erleichtert wandte er sich dem Hausherrn zu.

Düstere Gedanken umwölkten die Stirn des Wikgrafen. Aber daran war nicht der junge Mann schuld, den er hatte rufen lassen und der glücklicherweise unversehrt angekommen war.

»Die zwei Morde«, begann der Wikgraf, »haben dich nicht ruhen lassen und mich auch nicht.« Er hob abwehrend die Hand, als Folke protestieren wollte, und ließ ihn nicht zu Wort kommen. »Doch, ich weiß es. Du hast Höskuld ausgefragt und andere und dir dabei die Hacken abgerannt, um die ganze Stadt aufmerksam zu machen. Einer der Schiffer, der noch nicht lange hier ist, trug auf jedes Schiff das Gerücht, daß ich Morde ungeahndet lasse, obwohl die Stadt dem besonderen Recht des Königs unterstellt ist. Du kannst dir denken, daß das für den Handel nicht gut ist. Für mich auch nicht.«

Folke nickte beschämt, weil der Wikgraf auf ein Geständnis zu warten schien. Immer noch wußte er nicht, wozu er hier war. Er machte sich auf das Schlimmste gefaßt.

»Ivar, der Franke«, fuhr der Wikgraf fort und begann mit den Händen auf dem Rücken durch das kleine Zimmer zu wandern, »gab mir keine Möglichkeit einzugreifen, weil er den Marktfrieden nicht gestört hat. Die Morde waren außerhalb der Stadtmauer und der Hafenpalisade geschehen, so daß nur die Sippenangehörigen ein Recht auf Vergeltung hatten. Bisher wandte sich jedoch niemand in dieser Angelegenheit an mich. Der Mann, der für all das verantwortlich ist, schlägt zu wie eine Kreuzotter: blind, schnell und tödlich. Deshalb ist dein Leben in Gefahr, was dir sicher nicht unbekannt geblieben ist.« Der Wikgraf drehte sich zu Folke um und sah ihn streng an. »Ich mochte nicht warten, bis er dich erschlagen hätte, deshalb habe ich dich rufen lassen.«

Folke konnte nicht verhindern, daß er errötete wie ein Mädchen.

Der Wikgraf weidete sich an seiner Verlegenheit. Plötzlich lächelte er väterlich. »Aber es hatte noch einen anderen Grund. Es ist dir zu verdanken, daß Ivar sich so in die Enge getrieben sah, daß er einen Fehler beging: den Mord an Ubbe. Um ihn ist es nicht schade, und nun kann ich tätig werden.«

Folke, dem vor lauter Überraschung und Freude über das Lob ganz warm wurde, richtete sich auf. »Ubbe hat kurz

vor seinem Tod noch ein Rätsel aufgeklärt«, sagte er ohne falsche Zurückhaltung. »Gregorius ist blind wie ein Maulwurf, und der Thorshammer kann auch schon dagelegen haben, als er vom Fischen kam. Aber der Zeitpunkt ist ganz gleichgültig. Auf jeden Fall hat nicht Ivar ihn hingelegt, sondern Ubbe, als er den Mantel des Alten stahl. Er konnte auf Thor gar nicht häufig genug hinweisen, um Ivar für seine eigenen Zwecke den Rücken freizuhalten.«
Der Wikgraf setzte sich auf die Bank unter dem anderen Fenster und streckte die Füße von sich. »Ah ja«, sagte er behaglich. »Mir waren diese vielen Thorshämmer viel zu auffällig. Wie mit dem Holzknüppel verabreicht, obwohl Ivar eher einer ist, der leise zu Werke geht. Das Amulett bei Halvdan war völlig ausreichend, um auf Thor zu verweisen. Das zweite konnte Ivar gar nicht hingelegt haben. Ich glaubte nicht an den Hammer als Beweis für irgend etwas.«
Folke errötete wieder, aber nun aus Scham. »Deswegen hast du ihn mir überlassen...«
Der Wikgraf ließ ihm zur Besinnung keine Zeit. »Es hat sich noch ein anderer Umstand ergeben, der zu bedenken war«, fuhr er fort, ohne auf Folkes Einwurf zu achten. »Einer der vielen Flüchtlinge, die seit einigen Tagen Schutz in der Stadt suchen, wußte zu berichten, daß der Sachsenkönig Truppen zusammenzieht, um sie gegen Haithabu zu führen. Es war von einem Verräter die Rede, der angeblich von Haithabu aus Nachrichten schicken soll. Oder schicken wird. Der Sachsenkönig scheint in der Tat auf irgend etwas zu warten, bevor er losschlagen kann. Das eben gab den Leuten die Möglichkeit zu fliehen, bevor sie überrannt wurden. Nur: Worauf er wartet, wußte der Gewährsmann nicht zu sagen. Ich weiß es auch nicht.«
»Aber ich«, sagte Folke aufgeregt und konnte seinen

Triumph kaum verbergen. »Auf die Botschaft von einem schwedischen Jarl. Die hat Ivar. Aber seine Legitimation nicht. Die liegt im Schiff. Deshalb taucht er so hartnäkkig.«

Der Wikgraf begriff und schlug sich mit der Handfläche gegen die Stirn. »So ist das also.« Nachdenklich strich er sich über den Bart. »Ich habe mich nach diesem Ivar erkundigt. Sein Vater war Parteigänger...«

Folke sprang auf und unterbrach ihn hastig. »Du mußt verhindern, daß er das Zeichen findet. Sobald er es hat, marschiert der Sachsenkönig los! Los, komm!«

Der Wikgraf sah lächelnd hinter Folke her, der mit einem langen Schritt bereits an der Tür war und sie aufriß. Er streckte die Hand nach ihm aus. »Komm zurück«, befahl er ruhig, »für Ivar ist längst gesorgt.«

Folke kehrte beschämt an seinen Platz zurück. Dem Wikgrafen war so leicht niemand im Denken voraus. Außerdem hatte er sich erlaubt, mit ihm zu sprechen wie mit einem Burschen in seinem Alter.

Aber der Wikgraf ging darüber hinweg. »Du erinnerst dich sicher noch an Kaares Bericht bei diesem unglückseligen Festmahl zu Ehren Geirs. Olov führte einen Kampf gegen zwei Könige, die mit ihm um die Gesamtherrschaft stritten. Der eine von ihnen war Sieg-Hjalmar, dessen Gefolgsmann Geir war. Der zweite war Ambjörn der Harte, und ihm folgte Ivars Vater Waldemar. Hjalmar, Ambjörn und Waldemar gerieten in denselben Hinterhalt und wurden getötet.«

Folke atmete hörbar ein. Endlich verstand er die Zusammenhänge.

Der Wikgraf nickte. »Ja, Ivars Rache geht gegen Olov beziehungsweise seinen Sohn Knuba, unseren König. Was er macht, macht er im großen Stil. Unter einem Königreich, das er zur Bestrafung aufbietet, tut er's nicht. Geir muß Ivar erkannt haben und war selbstverständlich nicht auf der Flucht vor Sote, wie das Mädchen dachte, sondern vor Ivar. Ivar hatte wohl Angst, daß der neugierige Alte herausfindet, was er treibt, vielleicht hatte auch Halvdan schon geschwatzt. Vielleicht hat Geir sogar in Sotes Schiff nach einer Nachricht für den Auftraggeber von Ivar gesucht, wer auch immer das ist. Klug war Geir ja. Bis in die letzte Einzelheit werden wir das nicht mehr klären können.«

Folke, der nachdenklich zugehört hatte, dachte an sein Gespräch mit Ivar im Wald. Ganz gerecht war die Beurteilung durch den Wikgrafen nicht. »Ich glaube nicht, daß Ivar ausschließlich seinen Vater rächen wollte. Ivar glaubte an eine bessere Zukunft. Er wollte uns zu so glücklichen Menschen machen, wie es die Franken sind«, widersprach er.

Der Wikgraf lächelte milde und stand auf. »Wie er glaubte, daß die Franken sind«, korrigierte er. »Hat er dir das erzählt?« Er wiegte seinen Kopf unschlüssig. »Meistens geht es den Menschen, die glauben, uns anderen auf solche Art Glück bescheren zu müssen, um eigene Macht. Im Laufe eines langen Lebens macht man diese Erfahrung. Leider. Deine Mutter wird es dir bestätigen können. Selten einmal handelt jemand wirklich uneigennützig. Selbst die Christen, die behaupten, unsere Seelen erlösen zu wollen, häufen über dieser Sorge Reichtümer an. Wie sollen die Menschen nun unterscheiden können, was den Mönchen wichtiger ist: unsere Seelen oder unser Gold?«

Der Wikgraf schob seinen jungen Besucher durch die offene Tür. Wieder wußte Folke nicht, was er vorhatte, aber er folgte ihm in den Hof.

»Sie kommen«, berichtete dem Wikgrafen ein eifriger

junger Krieger, der sich denken konnte, was seinen Vorgesetzten beschäftigte.
Der Wikgraf betrachtete trotz aller Sorge den Mann genau, der seine Gedanken erraten hatte, und nahm sich vor, ihn im Auge zu behalten. Auch an unangenehmen Tagen ergab sich meistens etwas, das zu Hoffnung berechtigte, und wenn es nur ein winziges Splitterchen am großen Baum Yggdrasil war.
Der junge Soldat hatte recht. Reiter kamen im Galopp den Weg zur Burg hoch. Erst vor dem Tor fielen die Pferde in Trab und schritten dann eins hinter dem anderen in den Burghof hinein. Der letzte Reiter führte ein Handpferd mit sich: quer über dem Sattel war ein lebloser Mann festgebunden. Die bunten, wenn auch zerfetzten Kleider konnten nur einem Mann gehören: Ivar.
»Was ist passiert?« fragte der Wikgraf gleichmütig und trat an das Pferd heran.
Ein Soldat band Ivar schweigend los und fing ihn auf, bevor er hinunterrutschte. Auch der Wachhauptmann Benno, dem die Aufgabe übertragen worden war, den Kaufmann einzufangen, war vom Pferd gesprungen. Eilig rannte er zum Wikgrafen hinüber. »Niemand kann etwas dafür«, verteidigte er sich mit klagender Stimme und deutete auf den toten Mann. »Wir hatten ihn fast eingeholt, da fiel er vom Pferd. Er war schon tot, bevor er aufschlug, aber niemand hat ihn angerührt.«
Benno hätte dieses alles nicht zu versichern brauchen; Bogenschützen waren nicht bei der Truppe, und eine Speerwunde wies Ivar nicht auf. Außerdem hatte der Sachse sich seit langem als umsichtig erwiesen.
»Ich glaube, er war vom vielen Tauchen erschöpft«, mutmaßte Folke, der von seiner Mutter manche Kenntnisse erworben hatte.

»Ich habe überhaupt keinen Zweifel, daß es sich so verhält«, bestätigte der Wikgraf und schloß damit auch den Wachhauptmann Benno ein.
Folke verlangte noch in einem einzigen Punkt Aufklärung. Breitbeinig stand er vor dem Wikgrafen, als ob er Rechenschaft forderte. »Wie bist du darauf gekommen, daß Ivar mit alldem zu tun hat?«
»Oh«, sagte der Wikgraf schmunzelnd. »Ich erinnerte mich eines Tages daran, daß Ivar gar nicht über den Verlust seiner Waage geklagt hatte. Ein Kaufmann, der das nicht tut, hat etwas anderes vor...« Er klopfte dem verblüfften Bootsbauer wohlwollend auf die Schulter und sah zu Benno hinüber.
Der winkte seine Männer, die längst abgesattelt hatten, mit ihren Pferden auf die Weide, und es wurde vorübergehend sehr lebhaft auf dem Hof. Erst als die drängelnden, wiehernden Hengste sich durch die enge Öffnung geschoben hatten, kam Benno wieder zum Wikgrafen. Er kramte eine kleine Bronzeplatte aus seinem Wams und übergab sie seinem Vorgesetzten. »Das war es, wonach ich suchen sollte, stimmt's?«
Erleichtert nickte der Wikgraf; dann las er laut vor: »Dies schickt dir Ragnvald, Ambjörn des Harten Sohn, zum Zeichen, daß der Überbringer der Botschaft die Wahrheit spricht.« Dann drehte er die Bronzeplatte um, und buchstabierte sich langsam durch die fränkische Schrift auf der Rückseite hindurch. Die Botschaft war die gleiche. »Irgend etwas aus dem Schiff mußte es ja sein«, murmelte der Wikgraf. »Aber nie hätte ich an so etwas gedacht. Und an Ragnvald auch nicht. Dafür also sind vier Männer gestorben.« Er richtete seinen Blick nach Süden und fügte hinzu: »Aber wie viele sind gerettet! Der Sachsenkönig wird ohne Verbündeten nicht losschlagen.«

Folke nickte und dachte immer noch über die politischen Verwicklungen nach, die ihnen Ivar ums Haar beschert hätte. Er ließ sich nicht davon abbringen, daß Ivar ein großer Mann gewesen war. Einer, der vielleicht in eine ferne Zukunft besser gepaßt hätte, und er war daran gescheitert, daß er versucht hatte, seine Vorstellungen mit den Mitteln der Gegenwart zu verwirklichen. Dann merkte er auf.

»Odin ist der stärkere von beiden«, fuhr der Wikgraf mit großer Befriedigung fort. »Er hat den christlichen Gott besiegt. Nicht Thor. Odin. Und mag Ivar Geir mit Absicht oder aus Zufall auch am Odinstag getötet haben, so hat Odin sich doch an seinem Namenstag gerächt.« Eindringlich sah er Folke an, wie um auf eine Bestätigung zu warten.

Doch der hatte plötzlich genug. Er holte tief Luft. »Ich muß nach Hause. Thorbjörn braucht mich.«

Der Wikgraf hielt ihn zurück. »Ich habe dich davon abgehalten, deine Arbeit rechtzeitig wieder aufzunehmen. Sage das deinem Vaterbruder, außerdem, daß ich mich sehr herzlich bei ihm für deine Hilfe bedanke, an der auch er einen Anteil hat. Vergiß aber nicht, ihm zu sagen, daß du das Gesetz der Gastfreundschaft Ivar gegenüber nie verletzt hast, hörst du?«

Folke nickte, verblüfft, wie gut der Wikgraf seinen Oheim kannte. Thorbjörn würde nun gar nicht anders können, als seinen Ungehorsam zu übersehen.

Ein Krieger kam mit einem gesattelten Pferd von der Tränke und führte es zum Wikgrafen. »Nun kannst du losreiten«, sagte der Wikgraf zu Folke und drückte ihm den Zügel in die Hand. »Es ist deines. Dein Lohn. Damit Thorbjörn sieht, daß du deinen Lebensunterhalt verdienst, auch wenn du nicht an seinem Boot arbeitest.«

Folke warf sich überglücklich auf sein Pferd und ritt hinunter in die Stadt. Es wurde Zeit, sich um den Mast zu kümmern, bevor der Herbstregen das Holz aufweichte. Als allererstes war aber der Runenstab für den kleinen Odd an der Reihe. Dann Hallgärd.

Nach einigen Wochen wurden die Soldaten des Sachsenkönigs Heinrich I., auch Heinrich der Vogler genannt, aus dem Grenzgebiet zurückgezogen, und die Dänen konnten wieder in ihre entfernt liegenden Höfe zurückkehren.

Erntemonat: August

Freyas Tag: Freitag (schwed. *Fredag;* der Göttin Freya, auch Frigg genannt, gewidmet)

Fuß: römisches Längenmaß, von den Wikingern verwendet = 29,33 cm

Hacksilber: Zahlmittel vor dem Aufkommen von Münzen, auch zeitgleich; Wert nach Gewicht

Hel: Todesgöttin; allg. Totenreich

Huldra: schwed. Fabelwesen

Jarl: schwed. Häuptling, Gebietsherrscher, nur dem König untertan

Knorr: Handelsschiff der Wikinger

Miklagard: Konstantinopel

Mondtag: Montag (dem Mond gewidmet)

Noor: Einbuchtung eines Gewässers ins Land mit enger Einfahrt

Njörd: Gott der Seefahrt und der Winde

Obotriten: slawischer Volksstamm

Odins Tag: Mittwoch (schwed. *Onsdag;* Odin gewidmet)

Palstek: Seemannsknoten, den Wikingern bereits bekannt

Särkland: jenseits des Schwarzen Meeres, wahrsch. Zusammenhang mit schwed. *silk,* Seide, d. h. Seidenland

Schlangenmonat: Juli

Skalde: altnord. Dichter und Sänger

Sleipnir: achtbeiniges Pferd Odins

Sonnentag: Sonntag (der Sonne gewidmet)

Thors Tag: Donnerstag (schwed. *Torsdag*; dem Gott Thor gewidmet)

Tyrs Tag: Dienstag (schwed. *Tisdag*; der Göttin Tyr od. Ti gewidmet)

Walhalla: Halle im Götterheim Asgard, in der sich die gestorbenen Krieger sammeln, um dereinst in Odins Heer zu kämpfen

Waschtag: Sonnabend (vornordisch *Laugadag*, schwed. *Lördag*)

Wikgraf: ständiger Vertreter des Königs in der Handelsstadt *(Wik)*; zuständig für Zoll, Polizei- und Militärgewalt

Yggdrasil: Weltesche; Sinnbild für das Weltgefüge der Wikinger; umfaßt die Welt der Menschen und der Götter

Der Vers des Mühlliedes wurde zitiert aus: Altnordischer Sagenschatz. Übersetzt und erläutert von Dr. Ludwig Ettmüller, Leipzig 1870

Gerhard Keppner

Ginette
oder Bin ich Scheherazade?

Roman. 272 Seiten. Geb. ISBN 3-431-03242-7.

Ginette ist Syrerin. Sie strotzt vor Temperament, ist klug, schön, sprachbegabt und liebenswert. Sie hat ein Tagebuch geschrieben, dreisprachig: arabisch, französisch, deutsch. Als sie es wegwirft und alle Brücken hinter sich abbricht, fällt es einem in die Hände, der die Schreiberin gar nicht kennt...
Aber er entschlüsselt die Aufzeichnungen in mühevoller Kleinarbeit und liest mit wachsender Faszination was „die Ausländerin", die „Exotin" in ihrer schwäbischen Provinz erlebt, in ihrer angeheirateten deutschen Familie, – und in Teheran während der Islamischen Revolution, schließlich in Amman, wo ihr Mann entführt wird, den sie aus den Händen der Kidnapper zurückholt...
Der Herausgeber übersetzt, ordnet, ergänzt auf seine Art, aus der Sicht des platonisch Verliebten.

Nicholas Luard

YETI

Roman. Aus dem Englischen von Barbara Schaden.
448 Seiten. Geb. ISBN 3-431-03282-6.

„Geraint Hughes blieb wie angewurzelt stehen.
Zweihundert Meter über ihm auf dem Hang stand ein Wesen und schaute auf ihn herunter. Sehr groß war es, bestimmt zwei Meter hoch. Es hatte breite, hängende Schultern, lange Arme und einen dichten Pelz, eine fliehende Stirn mit stark entwickelten Brauenbogen, unter denen die Augen schmal und tief in den Höhlen lagen; die untere Gesichtspartie war schnauzenähnlich vorgeschoben.
Ein YETI. – Als Hughes näher kam, sah er, daß der Pelz fein und seidig war, weich wie ein Katzenfell, und seine Farbe war ein helles Ocker, fast ein Weizenblond. Als er noch näher kam, sah er die Augen, starr und furchtlos. Schiefergrau waren sie und blickten aufmerksam und intelligent, überlegt, fast verschlagen und so durchdringend, daß Hughes erschrak und unsicher wurde..."